Was bleibt, wenn sich nach dem Tod eines Menschen herausstellt, dass dieser ein ganz anderer war als der, den man glaubte zu kennen und zu lieben? Voll Mitgefühl erzählt Jackie Kay die Geschichte des gefeierten Jazztrompeters Joss Moody, bei dessen Tod sich herausstellt, dass er eigentlich eine Frau war.
Moodys Witwe Millie, die einzige, die von seinem Geheimnis wusste, denkt an die gemeinsamen Jahre zurück, an die erste Verliebtheit, die Jahre des Jazz und des Erfolgs und an die glücklichen Familienurlaube mit ihrem Adoptivsohn Colman. Colman jedoch fühlt sich betrogen, seit er von der »wahren« Identität des Vaters erfahren hat. Für ihn ist eine Welt zusammengebrochen, und nur mühsam beginnt er die Scherben wieder zusammenzusetzen. Inspiriert durch die wahre Geschichte des Musikers Billy Tipton zeichnet Jackie Kay die Umrisse eines ungewöhnlichen Lebens nach.

»Verwandelt ein wichtiges gesellschaftliches Thema in unterhaltsame Literatur.« Der Tagesspiegel

Jackie Kay, geboren in Edinburgh, wuchs bei Adoptiveltern in Glasgow auf. Sie arbeitet u. a. als Dramatikerin und Fernsehautorin; bekannt wurde sie vor allem durch ihre Lyrikbände »The Adoption Papers« (Saltire and Forward Prize) und »Other Lovers« (Somerset Maugham Award). Zusammen mit ihrem Sohn lebt Jackie Kay in Manchester. »Die Trompeterin« ist ihr erster Roman.

Unsere Adresse im Internet: www.fischer-tb.de

Jackie Kay

DIE TROMPETERIN

Roman

Aus dem Englischen
von Susanne Goga-Klinkenberg

Fischer Taschenbuch Verlag

Veröffentlicht im Fischer Taschenbuch Verlag,
Frankfurt am Main, April 2002

Lizenzausgabe mit Genehmigung des
Argon Verlags, Berlin
Die englische Originalausgabe erschien 1998
unter dem Titel »Trumpet«
im Verlag Picador, London

Satz: LVD GmbH, Berlin
Druck und Bindung: Clausen & Bosse, Leck
Printed in Germany
ISBN 3-596-15059-0

Für Carol Ann Duffy

The way you wear your hat;
The way you sip your tea,
The memory of all that –
No, no! They can't take that away from me!

George Gershwin

HAUS UND HEIM

Ich ziehe den Vorhang einige Zentimeter zurück und sehe, wie sie die Köpfe zusammenstecken. Ich habe keine Ahnung, wie lange sie schon dort stehen. Es wird dunkel. Ich erwarte immer noch, daß sie verschwinden; dann wüßte ich, daß ich sie mir nur eingebildet habe. Ich wüßte, daß ich sie mir mit ebensolcher Gewißheit eingebildet habe wie mein Leben. Doch sie sind noch da, tragen echte Kleidung, sind wirklich nicht zu übersehen. Auf den Fotos in den Zeitungen sehe ich immer unwirklich aus. Ich sehe nicht so aus, wie ich mich in Erinnerung habe. Ich komme mir jetzt fremd vor. Ich war mir so sicher, ich selbst zu sein. Es war so einfach, so schmerzlos.

Ich muß in unsere Höhle zurückkehren und mich vor all dem verstecken. Tiere haben es besser; sie können ihren Kopf in den Sand stecken, ihn in ihrem Pelz verbergen, so tun, als hätten sie überhaupt keinen Kopf. Ich spüre an eben jener Stelle Schmerzen, an der Joss monatelang über Schmerzen klagte. Ein stechender Schmerz in der linken Seite. Konnten wir nicht an der gleichen Sache sterben?

Ich habe einmal einen Film gesehen, *Frau ohne Gewissen*, in dem dieser Typ, sterbend und atemlos, seine Geschichte auf Band spricht. So fühle ich mich auch. Ich habe niemanden getötet. Ich habe nichts Schlimmes getan. Wenn ich ein Band besprechen wollte, würde ich es für Colman tun.

*

Ich bin mitten in der Nacht mit dem klopfenden Herzen eines Diebes aus meinem Haus geschlichen. Niemand hat mich gesehen. Ich bin der Dämmerung entgegengefahren. War erleichtert, als ich die

Grenze nach Schottland überquerte. Ich kurbelte die Fenster runter, um die andere Luft zu riechen. Ich bin erschöpft. In den letzten zehn Tagen hat mich jeden Morgen jemand mit Kameras und Fragen vor meinem Haus erwartet. Ich habe furchtbare Bilder von mir in den Zeitungen gesehen, auf denen ich verstört und entsetzt wirke. Natürlich sieht man verrückt aus, wenn sich irgendein Schreiberling hinter der Hecke verbirgt und losblitzt, sobald man auftaucht. Wie sonst sollte man wohl aussehen?

Selbst hier ertönt das Geräusch der Kameras noch wie Maschinengewehrfeuer in meinem Kopf. Was ich auch versuche, ich kann das Geräusch nicht loswerden. Ich höre es durch Musik, durch laufendes Wasser, durch das Pfeifen des Wasserkessels – die blitzschnellen Kugeln der Kameras. Sie haben die Finger am Abzug, lassen nicht los, bis der Film voll ist, bis man mich wieder und wieder erschossen hat. Sie halten für den winzigen Bruchteil hektischer Sekunden inne, laden nach und legen wieder an. Was wollen sie nur mit all diesen Bildern? Ich spüre, wie ich, wie das Innerste meiner selbst mit jedem Knipsen und Blitzen und Surren weggefressen wird. Meine Seele. Ich bin einmal einem Mann begegnet, der sich nicht mit Joss fotografieren lassen wollte. Er sagte, es würde seine Seele rauben. Ich weiß noch, wie ich dachte, das ist doch lächerlich, eine Seele kann man nicht rauben. Wie seltsam, daß man sich an solche Dinge erinnert, so als wollte das Leben einem beweisen, daß man unrecht hatte. Joss' Seele ist fortgegangen, und meine ist geraubt worden. Das ist die schlichte Wahrheit.

Einmal kam ich aus meinem Haus, zwei Tage nach Joss' Begräbnis, und da warteten mindestens zehn von ihnen. Ich war noch wie betäubt. Ich konnte nicht schnell genug reagieren. Ich fand keine Zuflucht. Ich konnte mich nicht verstecken. Sie erwischten mich auf dem Weg zum Auto, beim Einsteigen, wild hinter dem Steuer sitzend. Ich sah aus wie eine Schauspielerin in einem alten Schwarzweißfilm, die gerade ihren Mann umgelegt hat und fliehen will. Die laufenden Scheibenwischer, der Regen auf der Windschutzscheibe, mein wahnsinniges Gesicht hinter dem Steuer. Das blendend weiße Licht, das aufblitzt und mich dabei erleuchtet. Ich konnte beim

Wegfahren kaum etwas sehen. Natürlich bin ich nicht mehr ich selbst, sobald ich diesem rasend weißen Licht gegenüberstehe. Ich bin nicht mehr ich selbst, bin ein Kaninchen, das wie gefangen vor gleißenden Scheinwerfern hockt. Das Kaninchen erstarrt, und vor sich auf der Straße sieht man eigentlich nur die Angst als solche, kein pelziges Kaninchen, die Angst, die eine Sekunde lang aufblitzt, bevor man bremsenkreischend zum Stehen kommt. Ich habe die Frau angestarrt, die endlos lange vom Licht gefesselt wurde, um mich in ihr wiederzufinden. Ich habe nie zuvor meine eigene Angst gesehen. Die meisten Menschen bekommen nie die Gelegenheit, sich selbst in ihrem Schrecken zu sehen. Wäre ich gestorben, hätten sie weiter Bilder geschossen, mich aufgenommen, einen Schnappschuß nach dem anderen gemacht. Sie hätten mich tot aufgenommen. Am nächsten Tag war ich wieder über die ganze Zeitung verspritzt, noch mehr Lügen, noch mehr wilde Schlagzeilen.

Ich mußte weg. Also fuhr ich hierher. Ich bin tausendmal hier gewesen und habe nie diese Abzweigung links nach Kepper bemerkt. Ich packte wahllos eine Tasche, warf sie in den Kofferraum und machte mich auf den Weg. Ich habe keine Ahnung, wie lange ich für die Fahrt gebraucht habe. Es ist, als sei die Zeit jetzt auf der anderen Seite, dort drüben, jenseits des Meeres, wie ein anderes Land. Ich lebe nicht mehr in ihr, und sie beherrscht mich nicht mehr.

Ein Feuer brennt. Es kämpft erfolgreich ums Überleben. Die einzigen Geräusche sind hier drinnen. Trockenes Knistern, Spritzen und Sprühen. Es hört sich wahnsinnig an. Es leistet mir anfangs seltsam unbeständige, flackernde Gesellschaft, könnte jeden Moment einfach ersterben mit seinen bleichen, zögerlichen Flammen, doch nach einer Weile hat es sich in einen treuen, zuverlässigen Freund verwandelt. Ich sitze eine Ewigkeit hier, bewundere die satten Farben, schaue mitten hinein in die wilde Seele des Feuers und will mich dort finden. Ich sehe Joss, wie er sich vorbeugt, um das Feuer zu entzünden, eine zusammengerollte, sorgfältig verschnürte Zeitung als Grundlage, dann das Brennmaterial. »Ein Feuer zu entfachen, ist eine Kunst«, sagt er und zündet es selbstgefällig, zufrieden an.

Colman weiß als einziger, daß ich hier bin. Ich habe eine Nachricht auf seinem Anrufbeantworter hinterlassen. Ich glaube, viel habe ich nicht gesagt, nur, daß ich nach Torr fahre. Er kann mich hier stellen, wenn er will, was ich aber bezweifle. Ich weiß nicht, ob er je wieder mit mir reden wird. Bruce, der Metzger, nimmt jederzeit eine Nachricht entgegen. Ich werde nicht die Luft anhalten.

Von dem kleinen Wohnzimmerfenster unten kann ich im schadhaften Licht die Wellen sehen, die gegen die Felsen peitschen. Meine Augen suchen die Wellen weiter hinten, wo das Meer plötzlich tief ist. Es ist, als sei Joss schon ungeheuer lange tot. Jeder Tag kommt mir wie eine Woche vor. Ich bin meistens wach, starre in die Dunkelheit oder den Tag hinaus; das macht kaum einen Unterschied.

Meine Hand zitterte, als ich das Feuer entzündete. Es ist albern. Ich kann nicht einmal das winzige Feuer im Cottage entzünden, ohne zu zittern. Das könnte der Anfang sein. Tiere tun so etwas, nicht wahr, wenn eines stirbt, stirbt das andere kurz darauf, oft an der gleichen Ursache. Ich weiß nicht, was wirklich ist und was nicht, ob der Schmerz in der Seite echt oder eingebildet ist. Das Furchtbare daran ist, daß der Schmerz nicht wichtig ist, es tut dennoch weh. Es tut höllisch weh.

Hier werden sie mich nie finden. Torr ist sehr abgelegen. Wir haben die Existenz dieses Hauses den Medien gegenüber nie erwähnt. Wir haben es für uns behalten. Nur Colman weiß davon, und er wird nicht mit ihnen reden. Er hat mir gesagt, daß er sich zu sehr geschämt hat, um vor die Tür zu gehen. Ich hätte nie gedacht, daß die Leute so ein Theater machen würden. Jetzt weiß ich, warum man Reporter auch Bluthunde nennt. Ich fühlte mich von Hunden gejagt. Armer Fuchs.

Joss' ganze Urlaubskleidung ist hier. Colmans Modellflugzeuge, Angelruten, alte grüne Flaschen, die er aus dem Meer gefischt hat. Colmans kleine Antiquitätensammlung. Seine Münzen. Joss' Schallplatten. Eine Kiste seiner milden Zigarren. Alles, was uns wichtig war, haben wir hier gefeiert. Als wir Colman adoptiert hatten, kamen wir bald darauf mit ihm hierher. Hier haben wir auch seinen Namen ausgewählt. Joss und ich hätten uns beinahe scheiden lassen, als es um Colmans Namen ging. Joss wollte Miles; ich wollte

Campbell. Joss wollte Louis; ich wollte Alastair. Joss wollte einen Jazz- oder Bluesnamen. Wie wär's mit Jelly Roll, fragte ich lachend. Oder Howling Wolf, Bird, Muggsy, Fats, Leadbelly. Pee Wee – ich krümmte mich vor Lachen. Joss schlug mir ins Gesicht. »Das reicht«, sagte er. »Weiße lachen immer über schwarze Namen.« Ich rieb mir die Wange. Ich konnte es nicht glauben. Ich sah ihn nur an, bis die erste Schamröte auf seinen Wangen erschien. Wir gaben die Namenssuche auf und gingen ins Bett. Nach einem Streit ist der Sex immer besser. Danach einigten wir uns auf die irische Schreibweise von Colman, nicht wie Coleman Hawkins. Damit hatten wir den irischen Namen und den Jazznamen unter einen Hut gebracht. Colman stammt aus dem Lateinischen und bedeutet Taube, erklärte ich Joss. Ich war zufrieden mit mir. »Stimmt das?« fragte er. »Ich hoffe bei Gott, er bringt uns Frieden.«

Ich muß raus. Der Tag ist fürchterlich, der Himmel ganz finster und schlechtgelaunt. Es könnte naßkalt sein. Es könnte in Strömen regnen. Aber ich muß raus. Ich ziehe meinen alten Regenmantel an und rieche draußen das Salz in der Luft. Ich schließe die Tür ab, nur für den Notfall. Ich gehe ein paar Schritte die Straße hinunter und begreife, daß ich es einfach nicht kann. Manche Leute werden nicken und hallo sagen und fragen, wie es mir geht. Es ist ungefähr vier Monate her, daß wir hier waren. Ich kann ihnen nicht gegenübertreten. Nicht heute. Vielleicht gehe ich später raus, wenn es dunkel ist. Ich schließe die Tür auf. Ziehe den Mantel aus und setze mich ans Feuer. Es glüht noch immer. Ich lege noch einen Scheit auf, die langen roten Finger schnappen lustvoll danach.

Die meisten Leute hier wissen nicht, was in der Welt des Jazz passiert. Haben noch nie von Joss Moody, Großbritanniens legendärem Trompeter, gehört. Manche von ihnen haben vielleicht die Zeitung gelesen. Das ist so eine Sache: Die meisten Leute hier lesen nur die Lokalzeitung. Das hat uns so gefallen, wenn wir herkamen, diese völlige Anonymität. Nicht ein Wort von irgend jemandem, bis Joss Angus, dem Fischer, von sich erzählte. Angus stieg an diesem Tag aus seinem alten, lecken Boot; er stank nach Fisch.

»Was soll das heißen? Sie haben mir nicht gesagt, daß Ihr Mann Trompete spielt. Warum so geheimnisvoll? Wie wär's denn mit 'nem kleinen Schwof?« Noch vor Ende der Woche zeigte ich Angus die Trompete: das große Juwel im riesigen Schmuckkasten. Manchmal erwischte ich Joss dabei, wie er den Samt, mit dem der Kasten ausgeschlagen war, mit der gleichen sanften Konzentration streichelte, mit der er auch Katzen streichelte.

Das erste Mal brachte ich Joss mitten im Winter her. 1956. Unsere Reifen gerieten auf dem schwarzen Eis der Straße ins Schleudern. Als wir schließlich ankamen, war Torr tief verschneit, und Joss wollte umkehren. Das Cottage sah aus, als besitze es ein eigenes Gedächtnis, eines jener Gedächtnisse, denen die ferne Vergangenheit näher ist als das, was erst kurze Zeit zurückliegt. Es klammerte sich an die Gerüche der Menschen, die vor Jahren hier gelebt hatten.

Der Teppich war völlig zerschlissen. An den Wänden hingen alte Ölgemälde von einheimischen Künstlern, die schlichte Titel trugen. Fischernetze. Nebel am Meer. Früher Morgen, Kepper. Nur ein Titel verstörte mich, Skelett. Das Aquarell eines zurückgelassenen Fisches am Strand. Ich konnte mich aus meiner Kindheit daran erinnern. Ich betrachtete die Form der Gräten. Ich konnte erkennen, wie leicht man daran ersticken würde. Überall hingen große Spinnweben, die sich wie Fischernetze von einer Ecke zur nächsten zogen. Auf dem Tisch standen zwei schimmelige Kaffeetassen. Duncan war als letzter hier. Ich spürte die alte Aufregung wie zu der Zeit, als ich ein Mädchen gewesen war und hier den Urlaub verbracht hatte, im Geruch der Vergangenheit angekommen war. Die Vergangenheit hatte in diesen kleinen, luftleeren Räumen gewohnt, während wir woanders unser Leben gelebt hatten. Die Vergangenheit war die ganze Zeit hier gewesen, hatte gewartet. Es war wunderbar. Die dumpfigen, schalen Gerüche des letzten Sommers. Die alten, würzigen Kissen aufschütteln. In lauten, quietschenden Betten schlafen, Rost und alte Decken und feuchte Wände riechen. Wenn wir das Cottage nach dem vierzehntägigen Urlaub verließen, roch es wieder anders, als sei es plötzlich in die Gegenwart gelangt.

»Ist es das?« fragte er. »Es wird mir nur gelingen, diesen Ort zu mögen, wenn wir ihn auf der Stelle einweihen.« Und das taten wir. Ich rutschte an der Wand hinunter und riß ein paar Spinnweben ab, als ich kam.

Früher war ich ein furchtloses Mädchen. Ich kam jeden Sommer nach Torr, kletterte auf Felsen, rannte die Hügel hinunter, hub Gräber für meine Brüder aus, bis die Flut kam. Suchte den Strand nach seltenen Muscheln ab. Es kommt mir so fern vor, als hätte jemand anders diesen Teil meines Lebens gelebt. Nicht ich. Das Mädchen, das ich war, wurde vom Meer mitgerissen. Es ist eine gänzlich andere Tide. Weit in der Vergangenheit. Ich kann mir nicht vorstellen, was es von meinem jetzigen Leben halten würde, ob das Mädchen es als das Leben ansähe, das es erwartet hatte oder nicht. Ich weiß noch, es wollte immer heiraten. Ehe, Kinder. Es wäre nicht überrascht gewesen. Ich habe einen Mann geheiratet, der berühmt wurde. Er starb vor mir. Er starb vor kurzem. Was bin ich nun? Kann ich mich daran erinnern? Joss Moodys Witwe. Das bin ich, Joss Moodys Witwe. Das Mädchen hatte sich niemals vorgestellt, Witwe zu werden, oder? Natürlich nicht. Welches kleine Mädchen stellt sich jemals vor, Witwe zu werden?

Heute abend, nach Einbruch der Dämmerung, werde ich meine flaschengrüne Windjacke anziehen, die Kapuze über dem Kopf, und ins Halbdunkel hinausgehen. Joss hat mir jeden Abend die Haare gekämmt. Das war eines der wenigen weiblichen Dinge, die er tat. Ich liebte das. Er saß hinter mir, preßte sich an mich, kämmte mein dickes Haar mit festen, gleichmäßigen Bewegungen.

Ich folge der Straße zum Meer hinunter. Dieser Weg ist mir so vertraut, daß meine Füße sich an ihn erinnern. Ich muß nicht einmal hinsehen. Ich bin so oft mit Joss hier lang gegangen, den steilen Hügel von Torr hinunter, um die Ecke am Hafen und auf der anderen Seite hoch zu den Klippen. Arm in Arm den Hügel hinunter, bis wir uns auf dem Klippenpfad voneinander lösten, hintereinander gingen, Joss immer hinter mir. Der Weg ist schlammig nach dem vielen Regen. Glitschig, gefährlich. Ich gehe weiter, nehme auf dem Klippenpfad eine Stufe nach der anderen. Das Meer stöhnt wie ein kranker Mensch. Ich kann den Blick nicht davon lösen. Wie oft ich auch in seine Nähe komme, es jagt mir immer Angst ein. Ich stehe da und betrachte die wilden Bewegungen der See, die ungeheuren, angsteinflößenden Sprünge. Ich höre Joss sagen: »Die große Bestie.« Die umgedrehten Fischerboote da unten sehen leblos aus, einsam. Ich weiß, wem welches Boot gehört. Dann die Ruder, lange, traurige Arme, die darauf warten, daß man sie hochhebt und zum Leben erweckt. Ich bin angespannt, habe Angst, daß jemand mich angreift. Ich hätte nicht herkommen sollen. Ich muß umkehren. Der Weg hinunter ist noch schwieriger. Ich muß verrückt sein. Ich könnte stolpern und ins Meer stürzen. Dieser Gedanke zieht mich merkwürdig an. Vor oder hinter mir ist nichts: nur ich und der Wind und die See. Alles ist so vertraut, daß es mir angst macht. Ich versuche, meinen Atem zu dämpfen. Ich beginne zu laufen. Meine Beine sind kürzer geworden. Der Kummer läßt mich schrumpfen.

Ich schließe die Tür auf und stürme ins Haus. Ich spüre mein Herz mir bis zum Halse schlagen. Es fühlt sich falsch an; etwas stimmt nicht mit diesem Ort. Ich horche auf Geräusche. Es ist, als sei jemand hier oder hier gewesen. Ich gehe nacheinander in alle Zimmer. Mein eigener Mantel, der an einem Türhaken hängt, läßt mich zusammenfahren. Das plötzliche Scheinwerferlicht eines Autos, das draußen vorbeifährt. Nichts. Diese Angst ergreift von mir Besitz. Wenn sie mich nicht belauern, tue ich es selbst. Ich versuche, mir nichts aus meinen Ängsten zu machen. Es war unser Geheimnis. Sonst nichts. Viele Leute haben Geheimnisse, oder nicht? Die Welt lebt von Geheimnissen. Wie würde die Welt ohne sie aussehen? Unser Geheimnis war harmlos. Es hat niemandem weh getan.

Wir müssen einen Fehler gemacht haben. Einen großen Fehler, der sich irgendwo verbirgt, der mir irgendwie entgangen ist.

Ich setze mich in Joss' Sessel. Ich weiß nicht genau, was ich mit mir anfangen soll. Ich werde aufgeregt, weil ich überlege, was ich mit meinen Händen tun soll. Ich schlage ein Buch auf und versuche, einen Absatz zu lesen, nehme aber nichts auf. Die Wörter, die vor mir verschwimmen und zerlaufen, ergeben keinen Sinn. Ich klappe das Buch zu und schalte den Fernseher ein. Doch die Stimme des Talkmasters, sein Sprechtempo, beunruhigen mich. Ich schalte ihn aus. Ich mache Musik an. Ich kann Musik hören. Ich versuche, im Rhythmus zu atmen, weil mein Atem noch immer nicht richtig fließt. Er ist noch immer zu schnell. Joss' atmete zum Ende hin sehr schnell. Schnell und flach. Wenn ich an den Atem denke, mit dem er auf dieser Trompete spielte! Als er im Sterben lag, dachte ich, einer dieser tiefen Trompetenatemzüge würde ihm Erleichterung verschaffen.

Den Sommer, bevor ich Joss kennenlernte, verbrachte ich mit meinem Bruder und seiner Familie hier in Torr. Ich fühlte mich ruhelos, unzufrieden mit meinem Leben. Ich wünschte mir eine Leidenschaft, jemanden, der mit seiner raschen, wilden Liebe die Zeit schneller vergehen ließe. Damals hatten wir noch kein heißes Wasser. Abends sang ich im eiskalten Badezimmer, während ich mich mit dem heißen Wasser aus dem Topf wusch, der im gesprungenen Waschbecken stand. *Some day he'll come along, the man I love; And he'll be big and strong, The man I love ... Maybe I shall meet him Sunday, Maybe Monday – maybe not; Still I'm sure to meet him one day – Maybe Tuesday will be my good news day.* Danach lag ich in meinem schmalen, harten Bett und versuchte, ihn mir in Wasserfarben auszumalen. Ich verlieh ihm einen energischen Mund.

Ich sehe Joss noch immer vor mir an dem Tag, an dem wir uns beim Blutspenden in Glasgow begegneten. Wie hätte ich es damals ahnen können? Er war gut angezogen, erstaunlich attraktiv, mit hohen Wangenknochen, die ihm ein statuenhaftes, stolzes Aussehen verliehen; seine Augen waren dunkler als alles, was ich je gesehen hatte. Dickes, krauses schwarzes Haar, unvorstellbar dicht gekräuselt, das wie ein Beet aus federndem Adlerfarn auf seinem Kopf thronte. Gepflegte Fingernägel, schöne Hände. Ich betrachtete ihn eingehend, als hätte ich eine Vorahnung, als wüßte ich, was geschehen würde. Seine Haut hatte die Farbe von Highland-Toffee. Sein Mund war schön geformt. Mir war, als würde mich eine Herde Pferde mitschleifen. Im Geiste sah ich sie dahingaloppieren, bis sie den schmalen Weg erreichten, der zum großen Haus führte. Die riesigen, dunklen Tore. Es war, als könnte ich nicht beeinflussen, was mit mir geschah, spürte nur diese schwindelerregende, krankhafte Aufregung, dieses schreckliche Gefühl von Schicksal. Wir spenden beide Blut, dachte ich. Ich fragte mich, was ihn zum Blutspenden veranlaßte, welcher Unfall in der Familie, welches Trauma. Bei diesem ersten Mal sprachen wir nicht miteinander, obwohl ich spürte, wie er mich ansah.

Das Feuer schrumpft auch. Bricht in sich zusammen, wird zu Asche. Ich stehe auf, lege das Kamingitter über die Glut und gehe in die Küche. Ich stehe eine Ewigkeit neben dem Wasserkessel und reibe mir die Hände, bis mich das schrille Pfeifen wie unerwartet durchdringt. Ich mache mir eine Tasse Tee, die ich mit ins Bett nehmen will. In unserem Bett zu schlafen, ist so fürchterlich, daß ich daran dachte, in Colmans altem Zimmer oder auf der Couch unten oder auf dem Fußboden zu schlafen. Doch mir war, als würde ich Joss im Stich lassen. Ich steige in unser altes Bett und stelle meine Teetasse ab. Der Raum neben mir strotzt förmlich vor Stille. Die Leere ist greifbar. Verlust ist also doch keine Abwesenheit. Er ist eine Gegenwart. Eine starke Gegenwart gleich neben mir. Ich nippe an meinem Tee und sehe die Leere an. Sie sieht nicht aus wie irgend etwas, das ist ja das Seltsame. Sie paßt einfach dorthin. Gestern abend war ich sicher, daß es eine deutliche Form war. Ich klopfte auf die Laken, um zu sehen, ob sie sich bemerkbar machen würde. Sie läßt mich nicht in Ruhe und läßt mich nicht schlafen. Ich versuche zu schlafen. Schlaf ist da, wo Joss ist, oder? Das sagen jedenfalls die Grabsteine. Entschlief am. Schläft. Ruht in den Armen Gottes. Joss schläft dort draußen hinter der Kaimauer. Ich kann nicht mehr schlafen. Nicht richtig. Der Schlaf kratzt mich, dann weckt er mich auf. Ich tauche einen Moment unter, komme wieder hoch, meine Augen schälen die Dunkelheit weg. Ich weiß nicht, wie viele Stunden ich geschlafen habe, seit er starb. Viele können es nicht sein. Schlafentzug war doch eine Form der Folter, oder?

Wenn ich nicht versuche zu schlafen, könnte er sich anschleichen, mich fangen. Ich werde nicht versuchen zu schlafen. Ich will versuchen, mich zu erinnern. Das nächste Mal findet sechs Monate später statt. Wir spenden am selben Tag Blut. Dienstag. Ich bin frech, voller Wissen. Ich spreche ihn an und frage ihn aus. Wir haben das Jahr 1955. Frauen tun so etwas nicht. Das ist mir egal. Ich bin sicher, dieser Mann wird mein Liebhaber werden. Wenn man sich einer Sache sicher ist, muß man sein Glück ergreifen; man darf die Gelegenheit nicht verpassen, sonst ist das Leben verloren. Ich erinnere mich, daß mein Großvater mir das erzählt hat; wie er es bei meiner Großmutter erkannte, wie er um sie warb, bis er sie bekam. Ich sage zu ihm, ich hätte ihn schon einmal hier gesehen. Wir sprechen übers Blutspenden, daß wir es beide hassen, aber gern die Faust ballen und danach den Keks essen. Ich frage ihn, ob er zusieht, wie das Blut aus seinem Körper rinnt. Er sagt, er sieht woandershin. Er sagt, er sei ziemlich empfindlich. Wie steht es mit Ihnen, fragt er, was tun Sie? Ich sage ihm, daß ich gern sehe, wie das Blut den Behälter füllt, seine wunderbar üppige Farbe. Er lacht, als würde er mich plötzlich mögen. Dann schweigen wir beide, und er starrt mich verlegen an, verwirrt, weil ich einfach so auf ihn zugegangen bin. Er versucht jedoch nicht, mich loszuwerden. Er sieht mich taxierend von oben bis unten an. Ich bin froh, daß ich mein bestes Kleid mit den Punkten und Trägern anhabe. Ich weiß, ich sehe gut aus.

Wir gehen auf einen Drink in *Lauder's Bar*. Er sagt, er heiße Joss Moody, und ich frage, ob das sein richtiger Name sei. Er ist gekränkt. Ein Ausdruck huscht über sein Gesicht, den ich vorher nicht kannte. Natürlich ist es sein richtiger Name, was rede ich denn da. Ich sage ihm, er klingt wie ein Künstlername, den sich jemand ausdenkt, der erwartet, berühmt zu werden. Er lacht darüber und sagt, er wird berühmt werden. Ich lache auch, aber nervös. Ich weiß auch, daß er berühmt werden wird. Kann schon sein, daß ich es damals bemerkt habe. Da war diese Verärgerung, als ich nach seinem Namen fragte. Ich sage: »Ich heiße Millie MacFarlane«, als hätte ich meinen Namen zum ersten Mal ausgesprochen, als sei er kilometerweit von mir entfernt. Ich sage, plötzlich schüchtern: »Millicent MacFarlane, aber meine Freunde nennen mich Millie.« Wir unterhalten uns über dies und das. Er erzählt mir, daß er Trompete spielt. Ich kann sehen, wie zufrieden er mit sich ist, weil er Trompete spielt. Wenn er das Wort »Trompete« ausspricht, leuchten seine Augen. »Noch einen für unterwegs, Millie?« fragt er.

Ich bekomme weiche Knie, als er meinen Namen ausspricht. Ich halte mich am Tisch fest und sehe zu, wie er an der Theke seinen Whisky und meinen Gin holt.

Er bringt mich zu Fuß zu meiner Wohnung in der Rose Street Nummer 14. »Jetzt weiß ich, wo du bist«, sagt er. Ein kleiner Kuß auf die Wange. Er geht. Ich gehe hinein und werfe mich aufs Bett, knuffe mein Kopfkissen. Dann streichle ich die Wange, die Joss Moody geküßt hat, und sage zu mir selbst werben, »werben«, werben, werben, bis es herrlich wie Musik klingt.

Wir werben drei Monate umeinander. Ein Kuß auf die Wange am Ende des Rendezvous. Treffen uns an der Ecke bei *Boots,* im *The Shell* im Hauptbahnhof oder am *Highland Man's Umbrella*, unter der Brücke, über die die Züge aus dem Hauptbahnhof in die Argyle Street fahren, zwischen der Hope und der Union Street. Wie oft habe ich, unter dem *Highland Man's Umbrella* vor dem Regen geschützt, auf Joss gewartet und mir die Hochländer von früher vorgestellt, die frisch aus den Highlands kamen und aufgeregt miteinander Gälisch sprachen. Wir gehen entweder trinken oder tanzen. Glasgows tolle Tanzlokale. Beim Tanzen im *Playhouse*, dem *Denniston Palais*, dem *Locarno*, dem *Astoria* oder *Plaza* schien es, als würde niemand jemals alt. Niemand würde jemals sterben. Sogar die Häßlichen sahen schön aus. Joss war ein wunderbarer Tänzer; er setzte sich nur allzu gern auf diesen Tanzflächen in Szene. Reif für den Jive. Er war da schon Mr. Showbiz persönlich. Das waren sie alle. Ich weiß noch, wie ich Tränen lachte, als ein Mann nach dem anderen im *Locarno* aufstand und Frank Sinatra mit »Dancing in the Park« imitierte. Der Carswell-Clothes-Shop-Wettbewerb. Ich erinnere mich so gern an die Namen der Big Bands, die in den Tanzlokalen spielten – Ray McVey Trio, Dr. Crock and the Crackpots, Joe Loss, Oscar Rabin, Carl Barritean, Harry Parry, Felix Mendelson und meine Favoriten, die Hawain Serenaders. Das Tanzen machte uns beide glücklich. Große Schritte. Quickstep. Flüchtiger Blick. Im *Barrowland* tanzen wir bis in die frühen Morgenstunden.

Die Atmosphäre ist springlebendig. Der Tanzstil übermütig. Es gibt kein Morgen. Nur die Minute, die Sekunde, den Blick. Hitze und Schweiß. Das Gefühl, Körper zu sein. Körper und Seele.

Ganz erfüllt von der Nacht kommen wir aus dem *Playhouse*. Joss bringt mich nach Hause und geht wieder, die Hände in den Taschen. Bevor ich reingehe, sehe ich ihm nach, wie er um die Ecke der Rose Street in die Sauchiehall Street einbiegt. Er schaut sich nie um. Winkt nie. Ich habe langsam den Eindruck, daß etwas nicht in Ordnung ist. Entweder ist Joss furchtbar anständig und altmodisch, oder etwas ist nicht in Ordnung. Er versucht nie, mich zu berühren. Er hält meine Hand, oder wir gehen Arm in Arm. Wir küssen uns, kurze, weiche Küsse. Drei Monate lang Küsse auf meine linke Wange, weiche, zeitlose Küsse, die knospen und warten. Jeden Abend, wenn ich nach Hause gehe, bin ich wahnsinnig verliebt in Joss und schrecklich enttäuscht. Ich bin zwanzig, er ist dreißig; vielleicht hält ihn der Altersunterschied zurück. Aber ich bin doch kein Schulmädchen mehr.

Abends beobachte ich Joss, wie er die Straße entlanggeht, die Hände in den Taschen. Sein Gang ist langsam, bedächtig, so als hätte er ihn geübt. Ich betrete mein kleines Schlafzimmer mit dem schmalen Bett, der Frisierkommode und dem kleinen Kleiderschrank. Ich schaue mich im Spiegel an. Reibe meine Wangen lange mit Nachtcreme ein. Stelle mir vor, daß Joss hinter mir steht. Ziehe mich aus. Lege mir den Bademantel um die Schultern. Reibe noch mehr Creme in meine Wangen ein. Pudere mich mit der Puderquaste unter den Brüsten. Joss hinter mir. Ich seufze, ziehe mein weißes Nachthemd an und steige schwerfällig ins Bett. Ich kann meine Mitbewohnerin Helen hören, die noch auf ist. Ich lausche ihren Geräuschen und schlafe ein. Im Schlaf träume ich dann wieder und wieder von Joss und erwache mitten in der Nacht. Ich weiß, ich warte darauf, daß etwas passiert.

Es ist Freitag. Heute abend treffe ich mich mit Joss. Wir wollen uns einen Saxophonisten anhören, dessen Namen ich vergessen habe. Joss kennt ihn. Mir gefällt diese Jazzwelt, in die er mich mitnimmt. Ich mag das Rauchen, das Trinken, den Glauben. Diese

Welt ist »in«. Ich habe immer das Gefühl, man hätte mich an einen Ort außerhalb meiner selbst gebracht. Ich muß noch die Ablage für den Arzt machen, dann ist es Zeit, nach Hause zu gehen. Was soll ich anziehen? Ich denke die ganze Zeit: »Heute ist die Nacht der Nächte.« Ich singe vor mich hin. Ich werfe einen Blick auf die Uhr am Empfang. Sie quält mich. Die Zeiger bewegen sich kaum.

Joss kommt zu spät. Joss kommt immer zu spät. Endlich ist er da, er trägt einen blauen Anzug aus Serge, ein weißes Hemd und eine gestreifte Krawatte. Sein gutes Aussehen durchbohrt mich; sein dickes, dunkles Haar, seine eindringlichen Augen. Heute abend ist er ganz aufgeregt. Er bewundert diesen Saxophonisten. Wir müssen uns beeilen. Die Leute auf der Straße starren uns an, vor allem Joss. Er kennt ein paar Leute in diesem Club. Einige Fremde erkennen ihn. Er ist schon dabei, sich einen Namen zu machen, spielt in einigen Jazzbars, Pubs und Clubs. »Das ist erst der Anfang«, sagt er ganz aufgeregt. Der Anfang für den Jazz und für ihn, für sein neues Leben. Unter der Woche arbeitet er im Anglergeschäft in der Renfield Street. Er sagt, das sei die andere Sache, für die er sich interessiert. Ich sage: »Du bist ein ungewöhnlicher Mann: Fisch und Jazz.« »Besser als Fisch und Chips«, sagt er. Ihn umgibt bereits ein Summen, eine magnetische Anziehungskraft, die die Menschen anlockt. Er paßt in die Rolle. Er ist groß, farbig. Sein Vater war Afrikaner, seine Mutter Schottin. Das genaue Land weiß er nicht, nur den Kontinent, er lacht lebhaft dabei. »Ist wirklich ein verdammt großer Kontinent.« Seine Mutter konnte sich nie daran erinnern, und jetzt sei sie tot, sagt er. Als ich ihn frage, woran seine Mutter gestorben sei, zögert er. Die Antwort »Herzinfarkt« wirkt dünn. Ich kann seinen Gesichtsausdruck nicht deuten. »Habt ihr euch nicht verstanden?« frage ich ihn. »Nicht unbedingt«, sagt er.

Als das Saxophon erklingt, schließt Joss die Augen und hält sie endlos lang geschlossen. Ich finde es ein bißchen peinlich. Mir ist, als hätte ich ihn verloren, als gehöre er der Musik und nicht mir. Andere Leute stoßen Schreie aus, kurze Worte eindringlicher Freude – »Yeah!« Klatschen in die Hände. Stampfen mit den Füßen. Lauschen der Musik, als würden sie diese selbst hervorbringen, in den Gesichtern einen seltsamen Stolz wie im Film. Sie wiegen den Kopf in vollkommenem Einklang mit der Musik hin und her. Manche Köpfe sind gesenkt, das Kinn auf der Brust; andere haben den Kopf zurückgeworfen. Alle Köpfe schlingern und zucken hin und her. Manche Leute bewegen einfach nur das Kinn vor und zurück, mit abgehackten Bewegungen, die Augen geschlossen. Aber jedes einzelne Gesicht hier ist gewillt, den Weg zu gehen. Ganz versunkene Aufmerksamkeit, Euphorie, Hingabe. Sie werden dem Saxophon an den tiefen, dunklen Ort hinunter folgen, wo immer es sie auch hinführen mag, Jünger des kühlen Blues. Es ist beinahe weihevoll. Ich komme mir vor wie in einer Kirche und bete als einzige mit offenen Augen. Der Mann neben mir bewegt seine rechte Hand zur Musik, macht kleine, knackende Bewegungen, ist sein eigener Dirigent. Ich überlege, ob ich mich jemals genug gehen lassen kann, um dieses ernsthafte Jazzgesicht aufzusetzen, die Lippen zu schürzen und den Kopf in knappen, synkopischen Bewegungen zu wiegen.

Die Musik verändert sich. Das Saxophon klingt ganz langsam und traurig, als wollte es sich an etwas Verlorenes erinnern. Ich versuche, parallel zum weichen Schlurfen des Besens auf der Trommel mit dem Fuß zu klopfen. Zuerst fühle ich mich unsicher. Ich weiß nicht, ob mein klopfender Fuß so aussieht wie die anderen. Ich weiß nicht, ob ich es richtig mache. Ich weiß, ich kann es nicht riskieren, den Kopf zu wiegen, mit dem Gesicht zu zucken oder mit der Hand zu dirigieren. Aber dieses ruhige Klopfen fühlt sich gut an. Nach einer Weile nehme ich es gar nicht mehr bewußt wahr. Ich bin in die Musik eingedrungen. Es ist ein seltsames Gefühl, doch es erwartet mich bereits. Ich sitze mitten im langen, langsamen Stöhnen des Saxophons, innen drin. Ich spüre, wie etwas in mir weich wird, nachgibt. Ich sehe zu Joss hinüber, er starrt mich an. Er hat gesehen, wie es passiert ist. Er sieht geradewegs durch mich hindurch.

Draußen ist es jetzt dunkel. Die Straßenlaternen werfen ihr gelbes Licht auf die Straßen. Viele von uns verlassen gleichzeitig die *Wee Jazz Bar*. Wir sehen aus wie Menschen, die gerade erst aus der Nacht erschaffen wurden, Menschen, die gerade erst gemeinsam auf diesem Planeten gelandet sind und den gleichen forschenden, wilden Gesichtsausdruck tragen. Wir gehen in langen Mänteln mit hochgeschlagenem Kragen die Straße entlang. Es ist windig. Der Wind bläst eine Blechdose über die Straße. Heute ist die *Nacht der Nächte*. Joss hält meine Hand so fest, als wolle er mich vor etwas beschützen.

Er bringt mich bis vor die Tür. Er will mich auf die Wange küssen, entscheidet sich aber anders und küßt mich mitten auf den Mund. Er nimmt mich in die Arme, wendet mir sein Gesicht zu. Er zieht mich enger an sich, bis meine Füße fast vom Boden abheben. Sein Atem geht schnell, aufgeregt. Ich öffne die Augen und sehe ihn an, während er mich küßt. Seine Augen sind fest geschlossen. Er sagt wieder und wieder meinen Namen, als er mich küßt. Mir ist, als würde ich sterben. Ich ergreife seine Hand und führe ihn die Treppe zu meiner kleinen Wohnung hinauf. Ich hoffe, Helen schläft tief und fest, eingekuschelt in ihrem schmalen Bett.

Doch als wir oben sind, ist alles anders. Joss wirft mich nicht wie erwartet auf mein Bett. Er geht durchs Zimmer. »Setz dich«, sage ich, »mach es dir bequem.« Ich bin auf einmal ganz schüchtern. Die Intimität meines eigenen Schlafzimmers hat uns zu Fremden gemacht. Er setzt sich auf die Bettkante, er sieht furchtbar aus, verstört. »Was ist los, Joss, was ist denn?« Er muß mir etwas sagen. Etwas, das er mir schon lange hätte sagen sollen, schon vor Monaten, aber nicht konnte. Er hatte Angst, daß ich mich nicht mehr mit ihm treffen würde, wenn ich es wüßte. Mir ist schlecht. »Was wüßte?« Meine Gedanken rasen. Vielleicht ist er verheiratet; vielleicht hat er eine Geschlechtskrankheit; vielleicht hat er ein Verbrechen begangen. Ich weiß nicht, was es sein könnte. Ich erblicke mich im Spiegel. Mein Haar ist ganz zerzaust; meine Augen sind so wild wie seine. Ich verstehe, daß es etwas Schwerwiegendes ist, will es aber lachend abtun. Ich fahre mit den Händen durch sein Haar und küsse ihn auf die Wange. »So schlimm kann es nicht sein«, sage ich. »Nicht, wenn man verliebt ist.« Das ist das erste Mal, daß ich es zu ihm gesagt habe. Es macht ihn noch unglücklicher. Er sieht sogar aus, als würde er jeden Moment weinen. Er sagt mir, wir könnten uns nicht mehr treffen, einfach so. Ich glaube nicht, was hier geschieht. Der Vollmond glotzt zum Fenster herein. Die Nacht ist eine Lüge. Ich will schlafen gehen. Ich will, daß er aufhört zu reden, sich mit mir ins Bett legt und ich in seinen Armen einschlafe. Mir ist egal, was er getan hat. Ich will nicht wissen, was er getan hat. Er sagt, es tue ihm leid. Der große Mond stiert mich an. Er ist seltsam erregt. Mir ist, als würde meine Welt verrückt.

Ich stoße die Nachtcreme vom Frisiertisch. Etwas in mir explodiert. »Das kannst du nicht machen«, sage ich und schlage ihn tatsächlich weinend auf die Brust. Er wird wütend auf sich. Ich höre ihn leise fluchen. Dann höre ich, wie er sagt: »Verzeih mir.« Und er steht auf, um zu gehen. Aber das dulde ich nicht. Ich packe ihn und reiße ihn zurück. Er ist größer als ich. Ich kann ihn nicht mit aller Kraft schütteln. Also brülle ich statt dessen. Mir ist es egal, wenn jemand wach wird. Ich schreie ihn an: »Eine Erklärung, du schuldest mir eine Erklärung. Was ist los mit dir? Bist du krank? Hast du jemanden umgebracht?« Seltsamerweise habe ich schon das Gefühl, er gehöre zu mir. Durch meinen Zorn gehört er mir. »Du willst es wirklich wissen, was?« sagt er mit einer Stimme, die ich nicht wiedererkenne. »Du willst es wirklich wissen. Dann zeige ich es dir«, sagt er. »Ich zeige dir, was los ist.« Er sieht eigenartig aus, als würde er einen Moment lang schweben, als wäre er nicht ganz er selbst.

Er zieht das blaue Jackett aus und wirft es auf den Fußboden. Er nimmt die Krawatte ab und wirft sie auch hin. Seine Hände zittern. Ich zittere. Ich denke, vielleicht hat er seine Meinung geändert und will mit mir schlafen. Aber sollte er mich dann nicht zuerst ausziehen? Ich bin mir nicht sicher. Ich versuche, mich daran zu erinnern, was die wenigen anderen Freunde gemacht haben, die ich hatte. Mein Kopf ist leer. Er knöpft sein Hemd auf. Wird jetzt langsamer. Jeder Knopf geht so furchtbar langsam auf. Unter dem Hemd trägt er ein T-Shirt. Auch das zieht er langsam aus, streckt die Arme hoch, zieht es von der Taille aus über den Kopf. Er wirft es weg. Sein Blick ist entschlossen. Er sieht mich die ganze Zeit an. Ein seltsamer Blick, den ich nicht ganz deuten kann, herausfordernd, beinahe aggressiv – als wolle er sagen: »Ich habe es dir ja gesagt. Ich habe es dir ja gesagt.« Er zieht sich das nächste T-Shirt über den

Kopf und wirft es ebenfalls hin. Darunter trägt er eine weitere Schicht, ein Unterhemd. Seine Kleider sind auf dem Boden verteilt wie die Umrisse eines Leichnams im Film. Er streift das Unterhemd ab. Ohne all das sieht er viel dünner aus. Ich sehe aufgeregt zu, wie sich dieser Mann für mich auszieht. Unter seinem Unterhemd hat er ganz viele Bandagen um die Brust gewickelt. Er fängt an, sie abzunehmen. Ich spüre eine Welle der Erleichterung: Es geht nur um irgendeine Narbe, die ihn stört. Eigentlich sollte er wissen, daß meine Liebe tiefer ist als eine Wunde. »Du mußt es mir nicht zeigen«, sage ich. Plötzlich spüre ich großes Mitleid. »Hattest du einen Unfall? Solche oberflächlichen Dinge sind mir egal.« Ich gehe auf ihn zu, will ihn umarmen. »Ich bin noch nicht fertig«, sagt er. Er wickelt weiter endlose Bandagen ab. Ich strecke noch immer die Hände aus, als er die erste seiner Brüste enthüllt. Klein, fest.

Draußen wird es jetzt hell, eine zerbrechliche, zaghaft einsetzende Helligkeit. Ich kann sie von meinem Fenster aus sehen, wie sie auf dem Meer tanzt, auf den rauhen, gestrüppreichen Hügeln. Das Meer ist heute ruhiger, es schämt sich für die Ausschweifungen der vergangenen Nacht. Es liegt flach da, ganz blau und voll grollender Unschuld. Ich fühle mich sicher. Ich werde hinunter in die Geschäfte gehen. Zum ersten Mal seit Tagen verspüre ich Appetit. Ich werde einen frischen Laib Brot, alten Cheddar, reife Tomaten und etwas Knochenschinken kaufen. Eine Zeitung werde ich nicht kaufen.

Warum jemals zurückkehren? Hier sind die Menschen freundlicher und, seltsam genug, auch wahrhaftiger. Die Menschen hier oben sind wahrhaftiger. Ich könnte die Sachen, die ich behalten will, herholen und den Rest wegwerfen. Unsere Freunde in London sind verärgert oder zu neugierig. Ich will niemanden sehen. Nur Colman. Ich wünsche mir, ich könnte Colman sehen. Was würde ich ihm erzählen – daß sein Vater und ich uns geliebt haben, daß es uns egal war, daß wir nach einer Weile nicht einmal mehr daran gedacht haben? Ich dachte nicht daran – wie also hätte ich es vor ihm verheimlichen können, wenn es in meinen Gedanken gar keine Rolle spielte?

Ich wasche mir das Gesicht mit kaltem Wasser. Ich bin so müde, daß ich nicht mehr ich selbst bin. Ich denke anders. Ich weiß es; ich kann mich erinnern, daß in meinem Kopf einmal mehr Raum war. Jetzt ist er vollgestopft mit Sorgen. Ich schwirre wie ein nervöser Vogel von einer zur nächsten. Ich befehle mir, damit aufzuhören. Wenn ich mir hätte Sorgen machen wollen, hätte ich das vor Jahren tun sollen. Vielleicht liegt es daran, daß ich älter werde. Meine Großmutter hatte immer die Sorge, sie könnte vergessen, was sie sagen wollte. Sie machte sich Notizen und vergaß, wo sie sie hingelegt hatte. Manchmal nahm sie die falsche Notiz zur Hand und sagte einem etwas, das längst überholt war. Ich ziehe eine Hose und meinen Kaschmirpullover an. Dazu eine Kameebrosche. Immerhin kann ich der Welt ja ansehnlich begegnen. Ich kann nicht zulassen, daß es heißt, Joss Moodys Witwe sei vor die Hunde gegangen. Joss hatte es gern, wenn ich »nett aussah«. Ich ziehe den Mantel an und gehe hinaus. Ich schließe die Tür nicht ab. Ich habe hier nie die Tür abgeschlossen und werde jetzt nicht damit anfangen. Ich werde ein bißchen an der Küste spazierengehen, bis die Geschäfte öffnen. »You'll take the high road and I'll take the low road«, singe ich Joss vor. Er mochte es immer gern, wenn ich sang, obgleich ich keinen Ton halten kann. Schon gibt sich der Tag anders als vom Fenster aus. Der Wind ist hart und heulend. Das Wetter in diesem Teil der Welt ist ebenso launisch, ebenso selbstbezogen und treulos wie die Menschen.

Der Geruch des Meeres ist so stark, wenn man lange nicht dort war. Ich schmecke Algen und Fisch im Mund. Das Salz in meinen Haaren, auf meinen Wangen. Der Wind weht von hinten, bläht meinen Mantel zum Ballon auf, treibt mich schneller vorwärts, als ich eigentlich gehen will. Aus der Nähe betrachtet, ist das Meer gar nicht so ruhig. Ich kann ihm unmittelbar ins Herz blicken. In ihrer Raserei hüpfen die Wellen übereinander. Über den Wellen selbst liegen Schatten von Geisterwellen, die zu sprechen versuchen. Ich sehe, wie sie die echten Wellen jagen, ihr Leben zurückhaben wollen. Ich bin wohl seit Jahren diese Straße nicht mehr allein entlanggegangen. Wir gingen hier immer gemeinsam spazieren. Es ist seltsam, allein hier zu sein. Der Wind könnte mich wegreißen und aufs

Meer hinaustragen. Nichts hält mich fest. Ich könnte schweben. Ich könnte fliegen.

Der Hafen hat sich nicht verändert, seit ich ein Mädchen war und mit meiner Familie aus England hierher in Urlaub kam. Derselbe Fish-and-Chips-Händler. Das Fotogeschäft *F. Futcher und Sohn*, 1886 gegründet, steht auch noch. Den Metzger *B. Savage*, ein Familienunternehmen, gibt es seit meiner Kindheit. Jetzt führt der Sohn das Geschäft. Er heißt Bruce, genau wie sein Vater. Beide haben die roten Wangen und Hände eines Metzgers. Dann ist da das kleine italienische Café der Dalsassos, in dem es die beste Eiscreme weit und breit und Süßigkeiten in großen Plastikdosen gibt. Die Süßigkeiten waren so eng mit den Ferien meiner Kindheit verbunden, daß ich lachen muß, weil es sie noch immer gibt. Saure Pflaumen. Lakritzpastillen. Brause. Zimtbälle. Aniskugeln. Zitronenbonbons. Kokospilze. Pfefferminzdragees. In dem italienischen Café bekommt man auch ein gutes Frühstück. Spontan gehe ich hinein und setze mich. Mrs. Dalsasso freut sich, mich zu sehen. »Wie immer?« fragt sie. Rührei auf Toast. »Wo ist Mr. Moody heute?« fragt sie. Ich sage: »Mr. Moody ist vor ein paar Wochen gestorben.«

»Oh, das tut mir leid«, sagt sie und drückt meine Hand. »Mr. Moody war ein netter, netter Mann. Ein netter Mann.« Ich nicke, überlege, was Mrs. Dalsasso sagen würde, wenn sie die Zeitungen gelesen hätte. Jetzt habe ich einen Kloß im Hals. Mrs. Dalsasso hat mich zum Weinen gebracht. Sie ist der erste Mensch, bei dem ich mich wie eine normale Witwe fühle, der mir mit Respekt statt mit Sensationsgier begegnet. Ich würde am liebsten in ihre Schürze weinen. Ich nippe an meinem Tee. Ich verschütte etwas auf meinen Mantel und tupfe es mit einem Papiertuch ab. Kleine Fetzen bleiben kleben. Mrs. Dalsasso bringt mir Rührei auf Toast. Ich zwinge mich, sitzen zu bleiben. Sie wirft mir noch einen Blick zu, einen dieser eindringlichen, kummervollen italienischen Blicke, bei denen selbst die würdevollsten Menschen in Selbstmitleid verfallen. »Ich lasse Sie allein. Sie wollen sicher nicht reden«, sagt sie und wischt mit ihrem Tuch geschickt die Unterseite meiner Tasse ab. »Ich bringe Ihnen noch eine Tasse Tee.«

Ich versuche zu essen, um Mrs. Dalsasso nicht zu kränken. Ich sollte wirklich etwas essen. Ich werde immer dünner. Meine Kleider rutschen beinahe an mir hinunter. Vor gut einem Monat noch war mein Leben voller Pläne. Joss ging auf eine neue Tournee. Vorher wollten wir nach Tobago in Urlaub fahren. Jetzt bin ich hier, den Elementen dieses vertrautesten aller Orte preisgegeben, stehe allem unsicher gegenüber. Sogar meinem eigenen Leben. Vor allem meinem eigenen Leben.

Ich beschließe, nach Lair zu gehen und auf dem Rückweg ein paar Sachen einzukaufen. Das rote Telefonhäuschen steht an der Ecke beim Fish-and-Chips-Stand. Geh vorbei. Dreh um. Geh rein. Du hast nichts zu verlieren. Na los. Ruf ihn an. Ich gehe in das alte rote, wie eine Mumie konservierte Telefonhäuschen. Eigentlich müßte es mitsamt einer Leiche darin umkippen, die noch den Hörer in der Hand hält. Ich werfe Kleingeld ein und wähle seine Nummer. Wieder der Anrufbeantworter. Ich rede drauflos. »Colman, könntest du bitte abheben, wenn du da bist?« Dabei weiß ich, daß er für mich nicht abheben wird. Ein kleiner Junge am Hafen befestigt einen Köder an der Angel, wie Colman es immer getan hat. Joss brachte ihm das Angeln bei. Beide gingen gerne zusammen Angeln. Angus nahm sie oft im Boot mit hinaus. Colman bekam mit drei seine erste Angelrute. Dieser Junge wirft die Angel fachmännisch aus, mit einer einzigen schnellen Bewegung, dann setzt er sich hin und wartet. Ich hänge ein und versuche es noch einmal. »Was soll ich sagen, Colman? Ich bin deine Mutter. Ich liebe dich.« Ich hänge wieder ein und trete hinaus in den Wind. Er schlägt mir ins Gesicht, brennt auf meinen Wangen. Das Wetter ändert sich wieder. Eigentlich haben wir Sommer. Die Bäume schwanken fluchend im Wind wie Betrunkene.

Der Wind wird vertraulich. Fährt mit seinen langen, starken Fingern durch mein Haar. Schlägt mir ins Gesicht, stößt mich herum, schreit mir ins Ohr. Draußen ist es besser als drinnen. Ich eile nach Lair, der Wind schnappt dabei nach meinen Fersen. Beinahe fliege ich. Der Hafen von Lair ist verlassen. Nur zwei Fischer, vom Wind aufgebläht und angeschwollen, beugen sich über ihre Boote. Einer von ihnen ruft etwas und winkt mir zu. Die Schlichtheit dieser Geste erfreut mich, erwärmt mich. Die Liebe eines Fremden.

Ich gehe ins erstbeste Pub, *The Old Ship*, und bestelle ein Mittagessen. Bin plötzlich hungrig. Schellfisch, Pommes frites und Erbsen. Einige Männer trinken ihr Pint, Paare essen zu Mittag. Ein Tisch in der Ecke, gegenüber der Theke. Die Musikbox spielt »Boogie Woogie Bugle Boy of Company B«. *There was a trumpet man from down Chicago way. He had a boogie style that no one else could play.* Ich hebe Messer und Gabel hoch und lasse sie wie ein Flugzeug über dem Teller schweben.

Meine vier Brüder kommen zu meiner Hochzeit. Ich trage ein blaßgrünes, enganliegendes Kleid. Joss und ich haben uns wegen der Farbe meines Kleides gestritten. Ich sagte, ich sei keine Jungfrau mehr, und er starrte mich endlos lange an und sagte dann: »In der Tat.« Er sah aus, als wäre er stolz auf sich. Meine Nerven sind angespannt und kreisen durchs Zimmer. Im Standesamt mußte ich immer an die Stelle in *Jane Eyre* denken, wo der Priester fragt, ob jemand einen Grund kennt, aus dem Mr. Rochester und Jane nicht heiraten sollen, und dann steht der Mann aus der Karibik auf und sagt ja. Mein Kleid ist weit ausgeschnitten. Ich sehe sexy aus, und meine vier Brüder und Joss haben alle den gleichen Blick, wenn sie mich ansehen. Meine Mutter ist auch da. Mein Vater hätte diesen Tag gern erlebt. Beinahe wäre meine Familie nicht gekommen. Ich wollte es einfach nicht glauben. Ich wollte nicht glauben, daß meine Mutter derartige Vorurteile hegen könnte. Als ich ihr sagte, daß ich Joss heiraten werde, sagte sie, sie habe grundsätzlich nichts dagegen, lehne es aber bei ihrer eigenen Tochter ab. Die Menschen sollten unter sich bleiben, sagte sie. Es sei kein Vorurteil, sondern gesunder Menschenverstand, sagte sie. Dann fiel das Wort »Neger«. »Ich will nicht, daß du einen Neger heiratest.« Ich unterbrach sie, bevor sie mir noch mehr Schande bereitete. Ich sagte ihr, sie werde mich nie wiedersehen und ging. Mein Bruder Duncan tauchte in der Rose Street auf und sagte, die ganze Familie wolle zur Hochzeit kommen. Anscheinend haben sie zumindest für heute ihre Vorurteile überwunden.

Ein grünes, enganliegendes Kleid. Hohe Pfennigabsätze, schwarzes Wildleder. Ein grünes Band im Haar. Ich habe mich sogar heute morgen bei *Frasers* schminken lassen, zum ersten Mal in meinem Leben. Ich war so nervös, daß ich es kaum genießen konnte. Meine Wimpern bewegten sich, wenn ich stillhalten sollte. Meine Wangen zuckten, als sie das Make-up auftrug. Es war unerträglich. Am besten hat mir gefallen, als ich einen Kußmund machen mußte, damit sie die drei Schichten Lippenstift auftragen konnte.

Siebzig Leute sind da, tanzen Swing und Jive. Die Atmosphäre ist springlebendig. Gläser füllen sich mit King Bomba, mit Koodoo, mit starkem, südafrikanischem Wein, australischem Sherry. Die Gläser scheinen sich selbst wieder aufzufüllen, beglückwünschen sich selbst. Sláinte mhath. Die Moody Men spielen sich ohne Joss am anderen Ende des Saals warm. Joss ist drüben und redet mit ihnen. Mir war klar, daß er sich nicht ganz von ihnen fernhalten konnte. Die Band beginnt mit »Boogie Woogie Bugle Boy of Company B«. Johnnie sieht mir beim Singen genau in die Augen und gibt mir ein Zeichen, auf die Tanzfläche zu gehen. Joss kommt mir entgegen. Ich bewege mich auf der Tanzfläche wie jemand, der übers Wasser geht. Unsere Augen sind aufeinander gerichtet, bis wir uns erreichen. Joss umarmt und küßt mich. Applaus und Pfiffe. Dann tanzen wir. Um uns bildet sich rasch ein Kreis aus Leuten, eine menschliche Mauer. Die Augen aller Spieler sind auf uns gerichtet. Joss ergreift meine Hand, und wir drehen uns. Ich wirbele unter seinem Arm hindurch; schwinge mich durch seine Beine. Er hebt mich hoch in die Luft. Er springt, hat Spaß. Es ist der 28. Oktober 1955. 28 ist meine neue Glückszahl. Ich spüre, wie meine Augen leuchten. Joss sieht besser aus als je zuvor. Der 28. Oktober 1955. Ich bin Millicent Moody geworden. Mrs. Moody. Mrs. Joss Moody.

Als die Band zu Ende gespielt hat, jubeln alle und machen unanständige Geräusche. Joss wirft dramatisch die Arme in die Luft und verbeugt sich. Die Moody Men gehen über zu »Ain't Misbehavin'«. Ich entdecke Leute, die an den Schultern ihrer Tanzpartner singen. *No one to talk with, all by myself. No one to walk with but I'm happy on the shelf, Ain't Misbehavin', I'm saving my love for you.* Wir tanzen eine Ewigkeit. Wir tanzen wie in einem Film. Jeder nutzt das Scheinwerferlicht, als sei sein Tanz ein Soloauftritt. »Shake, Rattle 'n' Roll«. »Bill Bailey«. »Take the A Train«, »Why don't you do right«, »Blues in the night«. *My momma don tol' me when I was in knee pants.* »In the mood«. »Tutti Frutti«. »Rock Around the Clock«. »Dancing Time«. Die Band hört nicht auf. Sie spielt eine Rumba, »La Conga«. Maryland. Die Moody Men sind in ihrem Element, wechseln ständig die Musik. *Well allright, OK, you win. I'm in love with you. Well allright, OK, you win, baby what can I do?* Meine Mutter tanzt mit meinem Bruder. Ihre Augen werden jedes Mal naß, wenn sie mich ansieht. Ihre einzige Tochter, verheiratet.

Bill Brady taucht auf und sagt zu Joss: »Darf ich mit der Braut tanzen?« Joss tanzt mit Eileen, meiner alten Schulfreundin. Joss hat keine Schulfreunde hier, keine Familie, niemanden aus seiner Vergangenheit. Nur die Jungs aus der Band und ein paar Kumpel aus der Jazzszene. Joss' Mutter ist tot. Seinen Vater hat er nie richtig gekannt. Ich schaue über Bill Bradys Schulter zu Joss hinüber; er sieht über Eileens zurück. Es paßt nicht, wenn er mit Eileen tanzt; sie geben kein schönes Paar ab. Sie wirken ganz falsch. *Ev'ry honey bee fills with jealousy when they see you out with me, I don't blame them, goodness knows, honeysuckle rose.* Einen Sekundenbruchteil lang spüre ich Eifersucht, stelle mir vor, wie es wäre, wenn Joss mir jemals untreu würde. Dann fällt es mir ein, und ich fühle mich sicher. Wir haben unsere Liebe und unser Geheimnis. Ich lächle ihm zu, während er mit der hübschen Eileen Murray tanzt, ziehe die Augenbrauen hoch, hauche ihm einen Kuß über Bill Bradys Schulter zu. *When I'm takin sips from your tasty lips, seems the honey fairly drips, you're confection, goodness knows, honeysuckle rose.*

Ich gehe auf Joss zu, bereit, wieder mit ihm zu tanzen. »Ich werde deine Mutter auffordern«, sagt er. »Um das Eis zu brechen.« Ich starre die beiden einen Moment lang an. Kann mein Lachen kaum unterdrücken. Meine Mutter und Joss beim Tanz, das ist vielleicht ein Bild. Wenn sie nur wüßte. Die Moody Men beginnen mit den neuesten Songs aus Amerika, die wie frisch eintreffende Züge in den Bahnhof gedampft kommen. Old Mason Dixie Line. Nicht gerade das, was meine Mutter unter Hochzeitsmusik versteht. Sie lauscht, ist entsetzt. Robert Brown haut mich um. Atemlos renne ich auf die Damentoilette.

Sehe ich wie eine Braut aus? Sehe ich aus wie frisch verheiratet? Ich betrachte mich selbst lange im Spiegel in der Damentoilette. Ich fühle mich berühmt. Das Brautsein verleiht mir dieses Gefühl. Meine Wangen sind von der Ehe gerötet. Ich berühre meine Lippen. Zupfe schnell mein Haar zurecht. Wo finde ich die vielsagenden Merkmale? Meine Augen sind die einer Jungvermählten. Mein Herz schlägt zu schnell, ich kann es unter meinem Kleid spüren. Ich bin so aufgeregt und glücklich, daß ich nichts essen kann.

Ich komme aus der Damentoilette und pralle mit Joss zusammen, der gerade auf die Herrentoilette will. Ich küsse ihn. Er ist ein bißchen gereizt. »Was ist denn los?« »Mit deiner Mutter zu tanzen, ist ein Alptraum. Sie hat mich während ›Please don't talk about me when I'm gone‹ die ganze Zeit auf Armeslänge gehalten, damit ich ihr nicht zu nahe kam.«

Joss und ich haben es getan. Wir sind verheiratet. Einige wenige Gäste im Standesamt heute nachmittag: meine Brüder, meine Mutter, Johnnie, Brett und Ragnail von der Band, Eileen. Das war's. Und nun dieses große Finale. Meine Mutter hat vermutlich ihre ganzen Ersparnisse dafür geopfert. Ich sagte, Joss und ich könnten es ihr zurückzahlen, aber sie wollte nichts davon hören. »Es kommt nicht jeden Tag vor, daß die einzige Tochter heiratet«, sagte sie.

Alle wollen mir gratulieren. Einige alte Schulfreundinnen aus England sind gekommen. Freundinnen von mir, die Joss noch nicht kennen, tauchen auf und fragen: »Wo hast du ihn entdeckt? Da hast du einen tollen Fang gemacht.« Eine andere sagt: »Ich würde auf ihn aufpassen. Solche gutaussehenden Männer haben die Augen überall.« Ich lache. »Agatha, du bist bloß eifersüchtig.« Insgeheim muß ich herzhaft lachen. Einen tollen Fang.

Um drei Uhr morgens taumeln wir aus dem Saal und lassen uns in meine Wohnung fahren. Für Flitterwochen haben wir kein Geld. Wir hatten auch kein Geld, um ein Haus zu mieten. Meine Mutter hat uns ihr altes Doppelbett gegeben. »Es wird Zeit, daß ich ein

Einzelbett habe«, sagte sie. Meine Mitbewohnerin Helen ist ausgezogen. Alle Mitbewohnerinnen sollten ein bestimmtes Verfallsdatum haben. Wir sind beide betrunken und lachen. Er fängt an, mein grünes Kleid auszuziehen, und wir fallen, einander küssend, ins Bett. Wir sinken in unsere andere Welt, bis wir ineinander ertrinken und plötzlich keuchend nach Luft schnappen und wieder untergehen.

Am nächsten Morgen ist der Kater so schlimm, daß ich das geplante Frühstück nicht zubereiten kann. Beim Gedanken an Speck, Würstchen und Eier dreht sich uns der Magen um. Ich stehe auf und mache Kaffee und Toast. Gott sei Dank haben wir uns wenigstens ein paar Tage freigenommen. Ich stelle alles auf ein Tablett. Joss stöhnt: »Guten Morgen, Mrs. Moody.« »Guten Morgen, Mr. Moody«, sage ich und kuschle mich wieder im Bett an ihn. Er legt seinen Arm um mich und drückt mich an sich. »Meine Millie«, sagt er, »meine Millie.« Er küßt mich. »Ich kann einfach nicht glauben, daß ich dich bekommen habe. Sag mir, daß es wahr ist. Kneif mich.« Ich kneife ihn. »Nicht so fest«, sagt er.

Heute abend bin ich müde von meinem Spaziergang, der frischen, kräftigen Seeluft, der Begegnung mit Mrs. Dalsasso und dem Klang von Colmans Stimme auf dem Anrufbeantworter. Ich gehe die schmale, knarrende Treppe hinauf und oben um die Ecke in unser kleines Schlafzimmer. Ich habe mir *Anna Karenina* aus dem Bücherregal in der Diele geholt. Letzte Nacht bin ich aufgewacht und habe den Arm nach Joss ausgestreckt. Heute abend werde ich die Kopfkissen, die ich nicht brauche, auf seine Seite legen, damit ich nicht mit diesem Gefühl schwindelerregender Leere neben mir aufwache; meine Beine tasten umher, als würden sie in der Luft schweben und nach der Leitersprosse suchen. Ich halte beim ersten Satz inne: »Alle glücklichen Familien sind einander ähnlich, jede unglückliche Familie ist auf ihre eigene Art unglücklich.« Aus dem Buch fällt eine Postkarte. Sie trägt kein Datum. Joss' kleine Schrift durchdringt mich. Da ich die Karte gerade gefunden habe, ist es, als habe er sie soeben für mich geschrieben. Es ist seine letzte Nachricht. »Du würdest das hier genießen. Es ist herrlich. Die Aussichten sind gigantisch. Du fehlst mir wie verrückt. Könntest du doch nur in die Luft steigen und genau jetzt zu mir kommen, ich hätte dir einiges zu erzählen. Und würde dich zu der Meinen machen.« Ich drehe die Karte um und sehe ein Foto der Golden Gate Bridge. Ich muß unwillkürlich lächeln.

Ich höre, wie Joss sagt: »Um Himmels willen, Millie, du sollst mich nicht betrauern, sondern feiern.« Bescheiden bis zum Schluß. »Mach 'nen großen Schwof.« Wir haben dieses Wort für jede Party verwendet, seit Angus es damals sagte. Schwof. Vielleicht wäre es das richtige. Nach London fahren und allen gegenübertreten und eine Gedenkparty für Joss geben, auf der all seine Freunde spielen, zu der Colman kommt. Auch eine keltische Band dazu einladen. Joss' Beerdigung war irgendwie falsch. Vielleicht mache ich es eines Tages, aber nicht jetzt. Ich kann den Leuten noch nicht gegenübertreten. Ich kann ihren Gesichtsausdruck nicht ertragen.

Ich lese *Anna Karenina*, bis mir das Buch aus der Hand fällt. Ich lege die Postkarte als Lesezeichen hinein und begebe mich an den Ort, von dem ich weiß, daß ich Joss dort finden werde. Als ich unsere Haustür aufschließe, weiß ich, daß wir ausgeraubt worden sind. Ich spüre die Gefahr. Etwas stimmt nicht. Das Küchenfenster ist weit geöffnet, und die Topfpflanzen liegen auf dem Boden. Joss ist nicht da. Ich suche nach einer Nachricht. Nichts. Alle Schubladen sind herausgezogen – Münder, die Kleider ausspucken. Die Laken sind vom Bett gerissen, und jemand hat etwas Furchtbares an den Spiegel geschrieben. Aber ich kann es nicht lesen, weil es rückwärts in Spiegelschrift dort steht. Seine Trompete ist nicht da. Ich suche wie wahnsinnig in allen Ecken, doch seine Trompete ist weg. Nur das beschäftigt mich. Das bißchen Geld, das wir für unsere Hochzeit gespart und unter dem Bett versteckt hatten, ist verschwunden. Wo ist Joss? Hat man ihn entführt?

Ein kleines schwarzes Mädchen klettert durchs Fenster herein. Es nimmt meine Hand, und wir gehen die Treppe hinunter, die Rose Street entlang bis zur Renfield Street, dann um die Ecke, bis wir das Haus Abercromby Place 14 erreicht haben. Das Mädchen bleibt stehen. Winkt mir zum Abschied. Ich betrete das fremde Haus, und dort sitzt Joss in irgendeinem Schlafzimmer vor dem Toilettenspiegel und spielt Trompete. Das Licht im Zimmer ist schön, andachtsvoll. Ein unvermittelter Ausbruch späten Lichtes. Joss sieht aus wie Gott mit einer Trompete. Sein Gesicht glüht. Die Musik läßt ihn rot werden. Er spielt »Millie's Song«. Seine Trompete murmelt und stöhnt. Die Musik verströmt Hitze. Joss verströmt Hitze. Der Schweiß rinnt ihm übers Gesicht. Plötzlich sind wir alle in einem anderen Land. Vor dem Fenster hängt ein Moskitonetz. Ein Tisch mit zwei kühlen Cocktails. Aus dem Busch tönt die Musik der Tiere und Insekten. Joss dreht sich zu mir, und die Hälfte seines Gesichts fehlt.

Ich sitze kerzengerade im Bett. Mit Herzrasen. Ich kippe das Glas Wasser herunter, das neben dem Bett steht. Jetzt ist er weg. Ich habe ihn verloren. Ich habe ihn zweimal verloren. Heute werde ich wieder ausgehen, etwas einkaufen. Ich muß irgendwie in mir die Kraft finden, um weiterzuleben. Einfach weiterleben. Das ist alles, was ich tun muß. Waschen, essen, schlafen. Ich gehe hinunter und lege »Millie's Song« auf. Dann höre ich »Fantasy Africa«. Das war Joss' erster großer Hit. Wir sind nie wirklich nach Afrika gekommen. Joss hatte sich eine so übermächtige imaginäre Landschaft aufgebaut, daß er sagte, eine Reise ins echte Afrika würde seine Musik beeinträchtigen. Er sagte immer, jeder Schwarze besitze ein Afrika der Phantasie. Schwarze Briten, schwarze Amerikaner, die Schwarzen in der Karibik, sie alle besitzen ein Afrika der Phantasie. Es existiert in ihren Köpfen.

Wir sind praktisch überallhin gereist: Rußland, Skandinavien, Australien, Neuseeland, Hongkong, Japan, die Karibik, die Vereinigten Staaten, Chile, Peru, Kuba, Argentinien, Paris, Deutschland, Italien, die Niederlande. Joss' Trompete war wie der Zylinder eines Zauberers. Sobald wir einen dieser Orte verlassen hatten, gelang es ihm irgendwie, die Atmosphäre einzufangen und in seine Musik hineingleiten zu lassen. Noch dämmert es nicht. Ich kann sehen, daß sich die Dunkelheit dem Licht bald wie ein Blüte öffnen wird. Doch noch verbirgt sich die Sonne. Ich mache mir einen Toast und nehme ihn mit ins Bett. Ich lege mich ins Bett und will anfangen zu essen. In der Hand halte ich einen Teller mit Butter. Ich gehe wieder hinunter und suche nach dem Toast. Schließlich finde ich ihn im Kühlschrank. Ich werde tatsächlich langsam verrückt. Daran besteht kein Zweifel. Ich habe die Kontrolle verloren. Als ich mit meinem kalten, mit Butter bestrichenen Toast die Treppe hinaufgehe, ist mir, als würden die Stufen vor meinen Füßen zurückweichen. Der Teppich rutscht unter mir weg. Ich sinke und komme wieder hoch, sinke und komme wieder hoch. Seit Joss gestorben ist, habe ich meinen Gleichgewichtssinn verloren. Ich lege mich wieder ins Bett, flach auf den Rücken. Ich liege einen Moment still und sehe zur rissigen weißen Decke empor. Ich bemerke einige seltsame Unebenheiten im Putz, die mir noch nie aufgefallen sind. Ich versuche, mich auf eine Ausbuchtung zu konzentrieren. Mir scheint, sie wird schwerer, so als könne die Decke jeden Moment einstürzen. Ich sage mir selbst, daß es lächerlich ist, stehe aber wieder auf und gehe die Treppe hinunter, wobei ich mich an der Wand festhalte.

Draußen regnet es. Fast horizontaler Regen, der den Himmel scheibenförmig durchschneidet. Bei diesem Wetter kann ich wirklich nicht rausgehen. Ich nehme die Hülle von »Fantasy Africa« und sehe mir Joss' Foto auf der Rückseite an. Big Red McCall (der zehn Jahre lang bei Joss Schlagzeug spielte) wurde in den Zeitungen mit dem Satz zitiert, manche Leute im Publikum hätten Witze über Moodys Babygesicht und seine hohe Singstimme gemacht. Big Red stritt es rundweg ab. Er sagte: »Ich werde mich mit jedem anlegen, der das behauptet hat. Ich habe nie etwas vermutet.« Ich sehe mir das Bild auf dem Cover des Albums an, doch so sehr ich mich auch bemühe, ich sehe immer nur ihn, meinen Joss, meinen Mann. So war es seit dem ersten Tag, an dem er es mir gesagt hat. Ich kann mich nicht mehr erinnern, was ich an diesem Tag gedacht habe. Ich weiß noch, daß ich mir dumm vorkam, dann wütend wurde. Ich erinnere mich an den furchtbaren Schock dabei; daß ich es, selbst nachdem er es mir gesagt hatte, nicht so ganz glauben konnte. Ich erinnere mich an seinen Gesichtsausdruck; die Angst, ich könne plötzlich aufhören, ihn zu lieben. Ich erinnere mich, wie ich meine Hand auf seinen Mund legte und sie dann küßte. Aber ich glaube nicht, daß ich es je für falsch gehalten habe. Das glaube ich einfach nicht.

Ich küsse sein Bild auf dem Cover. Er wirkt zuvorkommend, weltmännisch. »Was hältst du davon, Millie? Meinst du, es sieht gut aus? Sehe ich gut aus?« Er kann sein Glück nicht fassen. Er hat eine Frau, und er hat ein Album. Er kann die Aufregung über seinen Erfolg nicht bezähmen. Er zeigt noch keine Spur der blasierten Überlegenheit, die er in einigen Jahren besitzen wird. Er erklärt, daß er alles mir verdankt, daß ich ihn erschaffen habe, daß ich die Wurzel seines Erfolgs bin.

Er singt mir einen Song von Pearl Bailey ins Ohr und setzt meinen Namen ein. *Oh, Millie had to go and lose it at the Astor/She wouldn't take her mother's good advice.* Wir tanzen durchs Zimmer, Joss küßt mich und singt dabei. *Had to go and lose at the Astor, at the Astor last night.* Wir lieben uns im Wohnzimmer auf dem Fußboden. Er zieht an meinem Haar und bedeckt mein Gesicht mit Küssen. Er schiebt sich in mich hinein. Er murmelt mir Dinge ins Ohr. Ich bin besessen.

Wenn die Liebe deines Lebens stirbt, liegt das Problem nicht darin, daß ein Teil von dir ebenfalls stirbt, was durchaus so ist, sondern daß ein Teil von dir noch weiterlebt. Ich sitze hier in unserem kleinen Wohnzimmer in Torr gegenüber von seinem Lehnsessel, und am meisten schmerzt mich, daß ich noch am Leben bin. Wenn Colman nicht wäre, würde ich nicht hier sitzen und diesen scharfen Schmerz der Lebenden spüren. Jede winzige Kleinigkeit, die ich tue, empfinde ich als seltsam. Umrühren in der Teetasse. Vorhänge aufziehen. Bettenmachen. Ich kann nicht ruhig sitzen bleiben. Wie ein Jo-Jo laufe ich die Treppe hinauf und hinunter. Ich weiß nicht mehr, wie ich ich selbst sein kann. Ich weiß nicht einmal, ob ich noch echt bin. Ich stelle meine eigenen Handlungen in Frage, wie ich es mit den Handlungen einer Schauspielerin tun würde. Nur meine Vergangenheit empfinde ich als authentisch.

An einem Tag zu Beginn meiner Ehe gehe ich spazieren und sehe dieses wunderschöne Baby. Es lächelt mich an. Ich frage die Mutter, wie alt es sei. Auf dem Heimweg zur Rose Street geht mir das Lächeln des Babys nicht mehr aus dem Kopf. In dieser Nacht träume ich, ich sei schwanger, stehe vor dem Spiegel, drehe mich hin und her, bewundere meinen dicken Bauch, meine schweren Brüste, meine Brustwarzen, die wie dunkle Früchte aussehen. Joss schläft neben mir, hat einen Arm über mich gelegt. Ich schiebe seine Hand weg. Ich bin wütend auf ihn. Warum kann er mir kein Kind schenken? Er kann doch sonst alles. Er geht wie ein Mann, redet wie ein Mann, kleidet sich wie ein Mann, gibt an wie ein Mann. Warum kann er mich nicht schwängern. Mein altes Poesiealbum aus der Schulzeit geht mir nicht aus dem Kopf. Margaret Baxter hat dieses dämliche Verschen hineingeschrieben: »Erst kommt Liebe, dann kommt Heirat, dann kommt Millie mit dem Dreirad.« Ich weiß, es ist sentimental, aber ich wiederhole es ständig im Geiste und breche dabei in Tränen aus. Werde ich je ein Kind mit Dreirad haben?

Wochenlang bin ich von Babys wie besessen. Wenn ich sie nur sehe, möchte ich losheulen. Ich bin eifersüchtig auf Mütter; boshaft. Joss hat mich übers Ohr gehauen. Er fragt ständig, ob etwas sei, weil ich nicht mehr mit ihm schlafen will. Ich will nur mit ihm schlafen, wenn ich dabei schwanger werden kann. Einmal liegen wir im Bett, Joss ist betrunken nach einem Auftritt. Er will sich auf mich legen. Ich schiebe ihn hinunter. Er hört nicht auf. Ich schiebe ihn wieder weg. Und da sage ich es ihm. »Ich will ein Baby.« Im Zimmer wird es ganz still. Ich kann hören, wie uns die Luft draußen belauscht. Joss schweigt. Er sieht aus, als hätte ich ihn geohrfeigt. Als spiele ich ein schmutziges Spiel. Ich sage, daß er mich getäuscht habe, daß er mich in sich verliebt gemacht habe, daß mir nichts anderes übriggeblieben sei, als ihn zu heiraten. Er sagt dauernd: »Das ist nicht fair, Millie. Sei nicht so zu mir.« Er sagt mir, wenn er könnte, würde er mich nur zu gern schwängern. Wenn er könnte, würde er so gern ein Baby in mir wachsen sehen. Wenn er könnte, würde er so gern nachts ins Bett gehen und meinen dicken Bauch streicheln und dem Herzschlag unseres Babys lauschen. Wenn er könnte, würde er ein guter Daddy werden. Ein Baby von uns beiden wäre wundervoll. Ich weine. Er weint auch. Alles um uns bricht zusammen. Es gibt keine Wunder. Er sagt: »Du hast nie gesagt, daß du ein verfluchtes Wunder erwartest, oder? Oder? Oder?« Jetzt sehe ich seinen Zorn, der plötzlich hinter den Tränen aufflammt. Seine Liebe zu mir schält sich in kleinen Holzspänen ab, die zu Boden fallen. Sägemehl. Sein Herz ist aus Holz. »Wenn du dir so sehr ein Baby wünschst«, sagt er kalt, »solltest du mich besser verlassen, solange du jung genug bist.« Jetzt bin ich dran. Ich ziehe seinen Kopf zu mir heran und küsse sein Gesicht. Ich lege seinen Kopf auf meine Brust. Streichle ihm den Rücken. Sein Rücken zittert wie ein verletztes Tier. Wir lauschen gemeinsam der Nacht, den wenigen Autos, die vorbeirumpeln, jemandem, der im Dunkeln pfeift. Dann überkommt uns beide der Schlaf und umklammert uns zu fest.

Als wir schließlich aufwachen, ist es, als erwachten wir in einer anderen Zeit. Zwischen uns ist alles so anders. Ich wünschte, ich hätte nichts gesagt. Nun steckt dieses imaginäre Baby in unseren Köpfen, stinkt nach Verwesung, tobt vor Wut. Joss wirft mir einen eisigen Blick zu, der wie ein Messer in mich dringt. Es ist furchtbar, diese kalten Blicke im Gesicht des Geliebten zu sehen. Es ist wie ein Alptraum. Wir haben uns noch nie gestritten. Ich dachte, wir hätten uns letzte Nacht ausgesprochen, aber er war verärgert, als er heute morgen aufgewacht ist. »Joss?« frage ich sanft. »Joss?« »Was!« sagt er grob. Ich sehe, wie in seinem Gesicht unter der Kälte ein Feuer lodert. Zorn. Ich nehme allen Mut zusammen und frage: »Bist du wütend auf mich?«

»Was dachtest du denn?« Er zieht sich mit heftigen Bewegungen an, reißt die Hose hoch, schnallt den Gürtel zu eng.

»Wohin gehst du, Joss?«

»Raus. Ich gehe raus.« Ich will ihn zurückhalten. Ich sage, daß es mir leid tut, aber nichts hilft. Ich habe seinen Stolz verletzt. Ich glaube, ich habe ihn in seiner Männlichkeit gekränkt.

Ich muß es loslassen, mein Bild von dem kleinen Baby im Silvercross-Kinderwagen mit blauem Dach, wie es eingekuschelt unter einer weißen Decke schläft, weltvergessen, wie ein Traum. Ich muß meine imaginäre Tochter loslassen. Ich fühle mich, als gäbe es kein Morgen. Wenn ich kein Baby bekommen kann, gibt es für mich auch kein Morgen. Ich bin im Heute gefangen und werde nie ein Morgen haben. Joss versteht das nicht. Er will kein Baby. Er will mich. Sonst nichts.

Am späten Nachmittag kommt Joss zurück und verkündet reichlich überraschend, daß ich ein Baby haben könne, wenn ich ohne so unglücklich sei. Er sagt es so, als könne man es einfach im Geschäft kaufen wie einen jungen Hund. »Und woher soll ich eins bekommen?« »Du könntest mit jemand anderem schlafen«, sagt er. »Ich bin sicher, das wäre nicht schwierig. Fahr in Urlaub, such dir jemand. Wie wäre es mit Brett? Er steht ohnehin auf dich. Du brauchst ihm ja nicht zu sagen, worum es geht. Soll er doch glauben, du wärst mir untreu.«

»Das könnte ich nie«, sage ich entsetzt. »Wofür hältst du mich? Ich könnte nie mit jemandem außer dir schlafen.« Sein breites Lächeln sieht aus wie hingeschmiert. »Na ja, wir könnten ein Baby adoptieren«, sagt er.

»Dann wissen wir aber nicht, was wir bekommen«, sage ich.

»Sei nicht blöd. Das weiß man ohnehin nicht.«

»Und welchen Grund geben wir für die Adoption an?« frage ich.

»Wir sagen, du hättest eine Hysterektomie gehabt«, sagt Joss.

»Nein, laß uns sagen, du hättest zu wenig Spermien!« Sein Gesichtsausdruck ist sehenswert. Ich lache so sehr, daß mir der Bauch weh tut.

In einem Zeitungsartikel stand sinngemäß: Millie Moody muß einsam und verängstigt gewesen sein. Als würde sie auf einer tickenden Zeitbombe sitzen. Natürlich war es ganz anders. Einsam war ich nie, verängstigt selten. Jetzt bin ich verängstigt und einsam. An dem Tag, bevor ich herkam, sagte unsere Sekretärin zu mir: »Sie werden darüber hinwegkommen.« Ihre Augen verrieten mir, daß nicht einmal sie daran glaubte. Ich vermisse Joss. Durch diesen ganzen Aufruhr fehlt er mir noch mehr. Nur ich erinnere mich so an ihn, wie er es sich gewünscht hat.

Als ich heute morgen die Treppe hinunterging, wartete er schon auf mich. Der Brief.

Er lag auf dem Dielenboden und wirkte alles andere als unschuldig. Er sah schuldbewußt aus. Oder werde ich allmählich verrückt? Ich vertraue auf meine Instinkte. Ich habe immer auf meine Instinkte vertraut. Als ich den Brief dort liegen sah, hatte ich sofort ein schlechtes Gefühl, und es hat mich nicht getrogen. Ich hätte ihn verbrennen sollen. Ich hätte ihn gar nicht öffnen sollen. Er trägt diese Adresse hier. Er wurde nicht von der Post weitergeleitet. Es ist nicht Colmans Handschrift. Jemand anders weiß, daß ich hier bin. Wer sonst könnte es wissen? Ich lege den Brief auf den Kaminsims, um Zeit zu gewinnen. Er tickt neben der Uhr. Ich will versuchen, mein Frühstück aufzuessen.

Ich mache Feuer im Kamin. Ich zerbreche die Kienspäne und zerreiße die Zeitung. Ich rolle und verschnüre sie. Ich nehme ein Streichholz aus der großen Schachtel und entfache das Feuer. Dann bücke ich mich und zünde den Brief an, halte ihn in der Hand. Ich sehe zu, wie sich die Enden des Papiers zusammenrollen und einschrumpfen, wie zuerst die Ränder schwarz werden, bis das ganze Ding vom Feuer aufgesogen wird. Jetzt ist es zu Asche geworden. Sie ist eine Lügnerin. Diese Sophie Stones ist eine Lügnerin. Daran besteht kein Zweifel. Das hat mir in diesem Augenblick meines Lebens gerade noch gefehlt – eine abscheuliche Lügnerin. Colman würde nie mit so einem Menschen reden. Falls sie mit Colman gesprochen hätte, wüßte sie sicher, wie man seinen Namen schreibt. »Ich interviewe Coleman«, schreibt sie, »zum Thema Joss Moody. Ich würde gern auch mit Ihnen über *sie* reden.« Wie boshaft von ihr, meinen eigenen Sohn gegen mich aufzuhetzen. Sie besitzt die Frechheit, mir Geld für meine »Kooperation« anzubieten. Ich darf nicht einmal daran denken. Ich muß den Brief aus meinen Gedanken verdrängen.

Doch Sätze aus dem Brief zucken durch meinen Kopf. »Ich mache keine Witze, aber …« »Beide Seiten der Geschichte.«

LEUTE:

Die Ärztin

Dr. Krishnamurty kam um drei Uhr morgens in Joss Moodys Haus. Notdienst. Sobald sie das Haus betreten hatte, bemerkte sie den unverwechselbaren Geruch des Todes. Es roch, als habe dieser Mann lange im Sterben gelegen. Die Ärztin mochte es nicht, wenn Menschen zu Hause starben. Dies waren die einzigen Momente, in denen sie sich wünschte, im Krankenhaus zu arbeiten und sich hinter der keimfreien Hygiene des Krankenhaustodes verstecken zu können.

Die Ärztin fragte die Ehefrau, ob sie den genauen Zeitpunkt kenne, zu dem ihr Mann den letzten Atemzug getan hatte. Mrs. Moody kannte ihn. Sie sagte, bei dieser Gelegenheit habe sie zum ersten Mal seit Tagen auf die Uhr geschaut. Es sei 1.12 Uhr morgens gewesen. Sie hatte bald danach angerufen, nachdem sie eine Zeitlang allein bei ihm gesessen hatte. Sie sagte, sie wußte, daß dies das letzte bißchen Frieden sei, das ihr mit ihm vergönnt sein würde. Mrs. Moody wirkte wie jemand, der sich so lange zusammengerissen hat, daß er nicht mehr damit aufhören kann. Wie jemand, der zunächst einmal nicht weinen, die Beerdigung fachgerecht organisieren und nach sechs Monaten völlig zusammenbrechen würde. Dr. Krishnamurty tätschelte Mrs. Moodys Arm und sagte: »Sie müssen erschöpft sein. Soll ich Ihnen Schlaftabletten verschreiben?« Mrs. Moody wollte keine Schlaftabletten. Sie wollte, daß die Ärztin ihre Arbeit tat und wieder ging. Sie wollte allein sein.

Dr. Krishnamurty wurde die Treppe hinaufgeführt und mit Mr. Moody allein im Zimmer gelassen. Ein gewöhnliches Zimmer mit einem Toten darin ist eigenartig. Es besitzt eine neue Art der Stille. Der Reglosigkeit. Es war nicht nur ein Zimmer mit einer Leiche darin. Jeder nannte es »Leiche«, doch für Dr. Krishnamurty war es so kurz nach dem Eintritt des Todes noch keine bloße Leiche. Das war ein Mann, ein Mensch. Sogar eine Seele. Vielleicht war es das, was sie im Zimmer spürte, der greifbare Eindruck der scheidenden Seele. Oder vielleicht hatte es damit zu tun, wie die Toten einem Gesellschaft leisten. Keine Leere. Kein Nichts. Sondern ein Etwas.

Dr. Krishnamurty holte den Totenschein heraus und trug vor der Untersuchung die offensichtlichen Fakten ein. Todeszeit: 1.12 Uhr, Datum: 21. Juli 1997, Geschlecht: männlich. Dann tastete sie nach dem Puls, der nicht spürbar war, und hörte das schweigsame Herz ab. Sie zog den Pyjama aus, um die Leiche zu untersuchen. Die Brust des Verstorbenen war mit zahlreichen Bandagen umwikkelt, die sie entfernen mußte. Die Bandagen waren klebrig und verschwitzt. Sie waren sehr schwer zu entfernen. Dr. Krishnamurty war, als zöge sie die Haut ab, da sich jede Lage Verbandsstoff, die sie abschälte, wie eine Hautschicht anfühlte. So sehr, daß die Ärztin mit einer gewissen Angst an die Verletzung dachte, die sich darunter verbergen mochte.

Als sie die Brüste entdeckte (und sie dachte auf der Heimfahrt wieder daran, wie seltsam sie aussahen, wie konserviert sie wirkten), glaubte sie zuerst, es seien gar keine echten Brüste. Zumindest nicht die einer Frau. Sie dachte, Mr. Moody müsse einer jener Männer sein, die an dieser Stelle besonders fleischig sind – eben Männerbrüste haben. Doch dafür waren sie eigentlich zu groß. Sogar in der Farbe unterschieden sie sich ein wenig vom Rest des Körpers. Die Ärztin war erstaunt, wie jung diese Brüste aussahen im Vergleich zu dem Rest des Körpers. Sie waren nicht gealtert. Sie mußte die Pyjamahose herunterziehen, um ganz sicherzugehen. Dr. Krishnamurty dachte verwundert an die Frau, die sie unten erwartete.

Sie holte ihren roten Stift aus der Arzttasche. Das Notfall-Rot. Sie strich »männlich« durch und setzte in ihrer schlecht leserlichen Arzthandschrift »weiblich« dafür ein. Sie betrachtete das Wort »weiblich« und fand es nicht deutlich genug. Sie strich es durch, schüttelte den Kopf und schrieb in großen, kindlichen Druckbuchstaben »weiblich« hin. Dann steckte sie den Totenschein in den

Umschlag, fragte sich, was der Standesbeamte dazu sagen würde, klebte den Umschlag zu und schloß die Tür hinter der toten Frau. Das letzte, was sie sah, war die Bandage, die wie eine zusammengerollte Schlange auf dem Bett lag.

Sie händigte Mrs. Moody den Umschlag mit dem Totenschein aus. Sie warf ihr einen forschenden Blick zu, fand aber keinen Anhaltspunkt in ihrem Gesicht. Daher sagte sie nur: »Sie müssen diesen Umschlag mit zum Standesamt nehmen, wenn Sie den Todesfall melden.« Mrs. Moody nickte und sagte höflich: »Vielen Dank, Frau Doktor.« Die Ärztin ging. Ihr weißes Auto fuhr reichlich schnell davon.

Eine bleiche, blutleere Dämmerung empfing sie.

TITELSTORY

Er hat mich nie geschlagen. Hat nie die Hand oder Faust gegen mich erhoben. Ebensowenig Gürtel, Schnalle oder Stiefel. Das muß ich ihm lassen. Nicht einmal. Hat kaum je gebrüllt. War nicht nötig. Er hielt auf der Straße meine Hand. Das gefiel ihm. Hielt auf der Straße meine Hand, damit die Leute es sehen konnten. Vater und Sohn unterwegs. Leute, die nicht wußten, daß ich adoptiert war, sagten: »Du bist deinem Vater wie aus dem Gesicht geschnitten, tatsächlich.« Als Kind wollte ich wie mein Vater aussehen. Man konnte viele Adjektive hinter seinen Namen setzen. Gutaussehend. Begabt. Charismatisch. Als ich klein war, konnte ich mit ihm angeben, mich in seinem Ruhm sonnen. »Joss Moodys Sohn.« Es war in Ordnung, Joss Moodys Sohn zu sein. Erst als ich Colman Moody wurde, ging das ganze verfluchte Theater los. Es ist hart, wenn von dir etwas Besonderes erwartet wird, nur weil dein Vater etwas Besonderes ist. Die Kinder berühmter Leute dürfen einfach keine untalentierten, durchschnittlichen Hirnis sein wie ich. Das ist die Theorie von der Steigerung des Genpools. Nur hatte ich nie seine Gene, die mir das nötige Talent verschafft hätten, damit ich unbehelligt davonkäme. Das habe ich aber nie verstanden. Ich meine, wer bin ich denn? Colman Moody, der Typ, der als Au-pair nach Frankreich gehen wollte und zurückgeschickt wurde. Der Kerl, der bei einer vierjährigen Ausbildung zwei Jahre durchhielt. Der Kerl, der ein Jahr in Indien rumhing und Leute in seinem Schlauchboot herumkutschierte. Der Typ, der beim ersten Mal durchs Abi fiel. Colman Moody, Sohn von Joss Moody, dem berühmten Trompeter. Sie kennen ihn doch. Gab vor, ein Mann zu sein, und nach seinem Tod kam raus, daß er eine Frau war. Hat seinen eigenen

Sohn verarscht. Muß der Junge dämlich gewesen sein. Total vernagelt. Colman Moody, der Typ, der nichts erreicht hat.

Ich könnte Ihnen Sachen erzählen. Ich werde sie Ihnen erzählen, keine Sorge, alles, was Sie wissen wollen, okay. Aber so aufregend ist mein Leben nicht. Ein Skandal macht es nicht gleich interessant, oder? Ich meine, es ist erst jetzt interessant geworden, nach seinem Tod. Da änderte sich das Leben, das ich meiner Ansicht nach gelebt hatte. Jetzt weiß ich nicht mehr, was ich gelebt habe. Plötzlich ist es nicht mehr dasselbe Leben. Es ist ein völlig anderes Spiel. Sie wissen schon. Ich habe nicht mehr dasselbe Leben.

Wenn ich den Leuten erzählte, daß ich adoptiert war, sagten sie Sachen wie: »Du hättest in jedem Teil der Welt aufwachsen können, bei reichen Eltern, armen Eltern, Mormonen, Kommunisten, Faschisten, Bankiers, Katholiken, Methodisten, Zoodirektoren, Serienmördern. Du hättest in einem kalten, alten Waisenhaus landen können. Ja, Cole, du hättest ein Barnardo-Boy sein können. Einer von den armen Teufeln, die von psychopathischen Pflegern mißhandelt werden.« »Seien wir ehrlich«, hat ein Freund von mir mal gesagt, »Adoption ist ein Glücksspiel. Hast Glück gehabt mit deinen Eltern.« Ich würde gern jetzt mal mit ein paar von diesen Ärschen reden. Sie fragen, wie sie die Sache jetzt sehen. Die Kinder Liebender sind ohnehin Waisen. Ich habe vergessen, wer das gesagt hat. Irgendein heller Kopf. Trifft genau auf mich zu.

Ich war ein konventioneller Junge in einem unkonventionellen Elternhaus. Ich fühlte mich immer fehl am Platz, fand alles peinlich. Meine Eltern waren nicht wie andere Eltern. Wenn sie in die Schule kamen, fielen sie auf wie bunte Hunde. Ich weiß nicht, woran es lag. Ein anderes Leben läßt Leute anders aussehen. Sogar ihre Haut. Ihre Kleider waren eleganter. Sie sahen nicht aus wie Leute, die von neun bis fünf arbeiten. Ich wollte aber Eltern, die aussahen, als arbeiteten sie von neun bis fünf. Der ganze Jazzkram war schlimm genug, jetzt auch noch das. Mein Leben war unkonventionell. Ich war als Kind oft unterwegs. Auf Tournee. Von einem beschissenen Ort zum nächsten. Ich wäre zu Hause glücklicher gewesen, mit einer Schale Cornflakes vor dem Fernseher, wo gerade *Raumschiff Enterprise* läuft. Es war zuviel. Zuviel Tohuwabohu. Die anderen Kinder beneideten mich, ich beneidete die anderen Kinder. So ist das. Das andere ist immer interessanter. Die Kinder von Künstlereltern sehnen sich nach einem normalen Essen, das jeden Tag um halb sechs auf dem Tisch steht. Mein Kumpel Sammy wußte, daß es am Dienstag Fischpastete und am Mittwoch Fleischpastete gab. Das hätte ich auch gern gehabt. Wenn ich bei Sammy zu Hause war, fand ich es toll, daß alles so geregelt war. Sammy haßte genau das. Ich sagte immer, wir könnten ja tauschen. Ich meine, die Mutter hatte ich schon einmal getauscht; warum also nicht noch mal. Doch Sammy verlor den Mut und fragte nicht zu Hause. Ich nehme an, ich war scheißlangweilig. Ich hätte gern jeden Abend im selben Haus in derselben Stadt gebadet. Meine Mutter war streng mit den Hausaufgaben. Ich mußte sie überallhin mitnehmen.

Ich weiß noch, wie ich in schäbigen alten Jazzclubs lesen übte, bevor mein Vater weiterreiste. Das gefiel mir. Ich saß mit einer Cola und einem Buch an einem braunen Tisch.

Oft wollte meine Mutter wegen der Schule nicht mit auf Tournee gehen. Aber mein Vater war ein ungewöhnlicher Jazzer. Er wollte seine Familie dabeihaben. Es ist schon komisch. Wenn wir nicht mitfuhren, kam er verkatert zurück und sah aus wie ein geprügelter Hund. Er war nervös oder abergläubisch, wenn wir nicht mitkamen. Und besoffen.

Ich dachte immer, er hätte bei diesen Gelegenheiten Affären. Alle Männer sind Schweine, mich eingeschlossen. Ich dachte früher, ich sei cool, weil ich so denken konnte. Einmal fragte ich sogar meine Mutter, wie sie sich dabei fühlen würde. Wollte einfach nur ein bißchen Bewegung in die Sache bringen. Staub aufwirbeln. Sie sagte, er sei niemals untreu, und lächelte seltsam. Jetzt ergibt das natürlich einen verdammten Sinn. Das ist es, was ich meine. Ich muß mein ganzes Leben rückwirkend mit einem feinen Kamm durchkämmen und nach solchen Zeichen suchen. Das muß ich tun. Jesus. Es ist so peinlich, das ist das Schlimmste. Irgendwelche Arschlöcher sagen: »Ehrlich, Cole, du hast das nicht gewußt?«

Irgendwelche Scheißer stellen Fragen. Es ist mir so peinlich, ich würde am liebsten auswandern. Diesen ganzen Mist hier hinter mir lassen. Das wollte ich schon tun, als es bekannt wurde. Einfach nur aus diesem Scheißland abhauen.

Ich mußte einfach zu seiner Beerdigung gehen. Trotz allem, was er mir angetan hat. Ich konnte sie einfach nicht verpassen. Ich habe lange überlegt. Lag die ganze Nacht vor der Beerdigung wach. Aber ich bin zu abergläubisch.

Ich habe Jazz nie gemocht. Jeder, der zu uns nach Hause kam, redete immer nur über Jazz. Mich hat das zu Tode gelangweilt. Wäre ich ein Fanatiker, hätte ich den totalen Ausraster bekommen. Aber ich bin keiner. Einige Freunde meines Vaters waren mir gegenüber argwöhnisch. Weshalb, weiß ich nicht. Vielleicht dachten sie, ich verdiene ihn nicht als Vater. Wahrscheinlich dachten sie, ich sei ein mürrisches, feiges Arschloch ohne Persönlichkeit. Diese Jungs standen auf Persönlichkeit. Sie standen drauf, wenn jemand offen redete und unverschämt war. Aber ich war überhaupt nicht extrovertiert. Ich mochte die dunklen Schmollwinkel. Ich drückte mich gern in einem Zustand chronischer Depression an den Wänden unseres Hauses entlang. Ich zählte gern die Mitesser in meinem Gesicht. Es war mir egal. Ich lebte in meiner eigenen Welt. Ich tat, als interessiere es mich einen Scheißdreck, was mein Vater von mir hielt. Was nicht stimmte. Ich wollte wohl, daß er stolz auf mich war, als Mann, als schwarzer Mann. Ich habe ihn verdammt noch mal vergöttert.

Ich geh' in Vaters Schlafzimmer. Ich bin sechs Jahre alt. Ich mach' den Kleiderschrank auf. Da hat mein Daddy seine Trompete drin. Ich mach' den großen, silbernen Kasten auf, und da ist sie drin, sie glänzt von innen. Ich fasse sie an. Ich hab' sie echt angefaßt. Dann streichel' ich sie, wie mein Vater es tut, und sie schnurrt. Ich fahr' mit den Fingern über die Klappen, dann über den Pelz, den purpurnen Pelz in dem Kasten. Meine Finger sind brennend heiß. Ich erzähl' ihr eine Geschichte über eine Zaubertrompete wie sie selbst. Dann findet mich Mummy. Ich hab' keine Ausrede. Sie sagt: »Colman, was machst du da? Finger weg von

Vaters Trompete.« Also mach' ich den silbernen Deckel zu und stell' den Kasten zurück in den Schrank. »Daddy hat seine Trompete vergessen«, sag' ich. »Hoffentlich bringt es kein Unglück«, sag' ich. Als machte ich mir Sorgen deswegen.

Wie haben sie es nur angestellt? Ich meine, man muß ein Aufgebot bestellen und so. Wie haben sie es geschafft? Diese Frage läßt mich nachts nicht schlafen. Ein Teil von mir denkt, vergiß es, Cole. Gib's auf. Aber der andere Teil von mir ist einfach besessen davon. Jedes Mal, wenn ich es verdrängen will, taucht eine andere beschissene Frage auf wie ein beschissener Springteufel.

Wie haben sie mich bekommen? Ich meine, keine Adoptionsvermittlung der Welt hätte das getan, oder? Ich meine, so einfach läuft das alles nicht mehr. Ich habe so eine Geschichte über ein paar Typen gelesen, die einen kleinen Jungen adoptieren wollen. Was soll's; ich wünsche ihnen Glück, ist doch nicht mein Problem.

Sonst habe ich niemanden. Keine Geschwister. Nur mich. Sie bekamen mich von der schottischen Adoptionsvermittlung in Edinburgh. 1962. Ich wurde 1961 geboren, aber sie mußten ein paar Monate warten.

Sie haben mir erzählt, daß die Vermittlung sich angesichts meiner Hautfarbe sehr über ihre Anfrage gefreut hat. Ich glaube, sie sagten, die Vermittlung hätte sie als »echte Entdeckung« bezeichnet. Eine Entdeckung. Ich habe die gleiche Hautfarbe wie mein Vater. Wir sehen uns sogar ähnlich. So ein Zufall. Oder vielleicht habe ich sein Lächeln so gut imitiert, daß ich wie seine Kopie wirke. Jedenfalls war das alles lange vor dem Gerede von rassenübergreifender Adoption. Also ein Unfall. Komisch, wie sich Pech in Glück und wieder in Pech verwandeln kann. Die Geschichte meines Lebens. Ich war immer ein von Selbstmitleid triefender Arsch. Jetzt habe ich guten Grund dazu, ehrlich. Mann, ein Armeeoffizier, ein verwichster Buchhalter oder Geschäftsarsch, einfach irgendein scheißnormaler Kerl hätte doch gereicht. Die Vermittlung dachte bestimmt, sie hätte Probleme bekommen, mich unterzubringen, wenn nicht Joss und Millicent Moody aufgetaucht wären.

Als ich sieben war, zogen wir von Glasgow nach London. Ich wurde meinen Glasgower Akzent los. Na ja, fast. Manche Leute sagen, sie könnten ihn noch ein bißchen raushören. Mein Vater hat an seinem Akzent festgehalten. Fest entschlossen, damit jeder wußte, daß er Schotte war. Als ich mit meinem Cockney ankam, war er total sauer. Er brüllte: »Rede vernünftig!« Ehrlich. Es war ein echter Alptraum, mit meinem Akzent nach London zu kommen. Ich wurde damit aufgezogen. Pausenlos. Gleich aus zwei Gründen. In London blühte der Rassismus. An Glasgow erinnere ich mich kaum. Ich erinnere mich, wie das Haus meiner Oma in Kirkintilloch von innen aussah. Die ganzen Verzierungen. Ihr Atem, der nach Pfefferminzbonbons roch. Ihr großes, hohes Bett. Ich hatte nur eine Oma, die Mum meiner Mum. Dads Mum starb vor meiner Geburt. Mein Gedächtnis ist Scheiße. Ich bekam mal ein Fahrrad zum Geburtstag. Da muß ich sechs gewesen sein. Es war knallgrün. Brandneu. Ich dachte, ich lerne es nie, eines Tages hat es dann doch geklappt. So war das. Mein Vater sagte dauernd, ich sei Schotte. Dort geboren. Aber ich fühlte mich nicht schottisch. Auch nicht englisch. Fühlte gar nichts. Mein Herz ist ein beschissener Stein.

Ich gehe in ihr Haus und suche nach der Tasche mit den wichtigen Papieren. Meine Mutter ist nicht da. Sie ist nach Torr gefahren. Ich habe die Schlüssel. Ich hatte immer die Schlüssel zu ihrem Haus. Ich schließe auf und durchsuche den Schreibtisch. Meine Mutter hat immer alle wichtigen Sachen in einer alten Ledertasche aufbewahrt, die wie eine Arzttasche aussah. Der ganze Scheiß ist da drin. Bekommt man eine Heiratsurkunde? Verdammt, ich weiß es nicht. Aber es muß eine Geburtsurkunde geben. Ich habe keine Ahnung, was auf dem Totenschein meines Vaters steht. Vermutlich Joss Moody. Auch das muß ich herausfinden.

Ich war nie ein neugieriger Scheißkerl. Ich war keins von den Kindern, die sich herumdrücken und an der Tür oder oben an der Treppe lauschen. Wenn ich gezwungen war zuzuhören, hörte ich zu. Aber das hier, das ist anders. Jetzt habe ich das Recht dazu. Es geht um mein Leben. Ich kann überall schnüffeln und stöbern und umherschleichen. Ich kann Sachen herausnehmen und nicht zurücklegen. Das werde ich tun. Ich werde all das tun. Mir ist es egal, wenn sich jemand darüber aufregt.

Mein Vater war zu allen nett. Obwohl er berühmt war. Er war freundlich zu den Leuten. Lächelte und unterhielt sich mit den Fans. Schrieb Leuten kurze Briefe. Sehen Sie, all diese Leute werden genauso bestürzt sein wie ich. Mann, dieser verdammte Joss-Moody-Fanclub kann zumachen.

Bis ich zehn wurde, waren wir arm. Ich bekam kaum etwas Neues. Na ja, außer diesem neuen Fahrrad. Alles andere hatte schon jemand getragen. Ich trug die Kindersachen, die meine Mum bei Oxfam kaufte. Ich stellte mir dann immer die Jungs vor, die vor mir den Dufflecoat getragen hatten. Wie ihr Leben aussah. Ich stellte sie mir vor, wenn ich die Knebelverschlüsse zumachte. Mein Dad hing in diesen total ätzenden Jazzbars ab. Eher Höhlen als Bars. Ich sehe mich noch dasitzen, wie ich meine leere Chipstüte zu einer Zigarre rolle und daran ziehe. Als ich sehr klein war, fand ich es aufregend. Er probte immer im Zimmer über einem Pub, weil die Wee Jazz Band oder die Delta Dog Swingers oder die Jugg Stompers oder die Joss Moody Dream Band oder die Shoogie Woogie Woogie Men oder wie sie auch hießen – ich habe viele der seltsamen Namen vergessen, die mein Vater seinen Bands gab – sich keinen anständigen Proberaum leisten konnten. Er kam dann immer niedergeschlagen zurück, wenn sie ihn aus irgendeinem Pub rausgeschmissen hatten, weil sie den Raum angeblich für eine Veranstaltung brauchten. Dieses Leben schien sich endlos hinzuziehen. Wir fuhren jeden Sommer nach Torr, weil es dort billiger war. Mein Dad zählte immer die Einnahmen. Ich mußte mich dann auf den Boden setzen, eine Zeitung ausbreiten und Pfundstücke, Sixpence-Türme, Dreipencemünzen und Kronen stapeln. Das gefiel mir; ich kam mir reich vor. Weniger gern hatte ich, wenn mein Vater das ganze Geld in eine Plastiktüte steckte und zur Bank brachte. Ich verstand nie, womit die Bank unser Geld verdient hatte. Ich bekam einen Schilling für ein Leckhütchen vom Eiswagen.

Als wir nach London zogen, nannte ich ein Eis immer noch

Leckhütchen, wenn ich mit meinen Eltern zusammen war, und Eishörnchen, wenn ich bei meinen Freunden war. Ich benutzte viele solcher Wörter, weil es sie aufheiterte. Ich war praktisch schizophren. Aber wenn ich jetzt darüber nachdenke, war ich wohl nicht halb so schizophren wie er. Was er getan hat, ist ein anderes Kaliber, als wenn ich zum einen sudelig und zum anderen schmutzig sage.

Wenn er wütend auf einen war, merkte man es sofort. Es war schlimmer als eine Ohrfeige oder Schlammschlacht. Er wurde einfach kalt und still, so daß einem ein Schauer über den Rücken lief. Er sagte Sachen wie: »Colman, ich bin enttäuscht von dir.« Einmal war er wirklich wütend auf meine Mutter, und meine Mutter war ganz durcheinander. Sie legte sich ein Geschirrtuch übers Gesicht und weinte darunter. Ich habe es versucht. Habe mir ein Geschirrtuch übers Gesicht gelegt und geweint, wenn er wütend auf mich war. Ich stieß tiefe Seufzer darunter aus, wie ich es bei meiner Mutter gesehen hatte. Tiefe Seufzer, bei denen die Baumwolle mitatmete. Aber mein Vater schien nie Schuldgefühle zu empfinden, wenn wir es wollten. Wenn er wütend war, hatte er das Recht dazu. Das Geschirrtuch hielt ihn nie davon ab. Man gab sich geschlagen. Wenn er ernsthaft wütend war, verdunkelte sich sein Gesicht wie der Himmel vor dem Regen. Wurde ganz schweeeer.

Es gibt kaum eine bestimmte Zeit, über die ich sprechen könnte. Alles läuft irgendwie ineinander. Ich habe verdammt noch mal keine Ahnung, was passiert ist, als ich neun war. Kann mich nicht an meinen neunten Geburtstag erinnern. Nicht richtig. Ein paar Dinge fallen mir ein. Wie einmal, als ich mit meiner Mutter im Bus saß und ein schwarzer Mann einstieg. Das war in Glasgow. Ich muß also ungefähr sechs gewesen sein. Und jemand sagte etwas Schlimmes zu ihm, nannte ihn einen Scheißaffen oder so. Und meine Mutter sprang blitzschnell auf und hat's ihm gezeigt. Sagte, sie würde sich schämen, aus demselben Land zu kommen wie er, und daß er saudämlich sei. Saudämlich. Ich erinnere mich an diesen Ausdruck, weil ich darüber so lachen mußte. Dann weiß ich noch, daß er mich anstarrte, dieser böse Mann, und zu meiner Mum irgendwas sagte wie: »Kein Wunder.« Und der schwarze Mann, den man als Affen bezeichnet hatte, den ich die ganze Zeit anstarren mußte, saß einfach mit gesenktem Blick da und schaute den Boden des Busses an. War ihm wohl total peinlich. Dann packte meine Mum mich an der Hand, und wir stiegen aus und gingen zu Fuß nach Hause. Wir waren viel zu früh ausgestiegen, und ich mußte fast rennen, um mit ihr Schritt zu halten. Sie war so wütend. Ich glaube nicht, daß sie meinem Dad davon erzählt hat. Nur gut, daß es nicht ihn getroffen hat. Ich weiß noch, daß ich mir wünschte, meine Mum hätte einfach den Mund gehalten und nichts gesagt. Ich hatte Angst, weil die Leute mich anstarrten. Als ich zu Hause war, habe ich mir erst mal meine eigene Hautfarbe angesehen. Vielleicht habe ich sie da zum ersten Mal wirklich wahrgenommen. Und war irgendwie überrascht. Das ist so ziemlich meine früheste Erinnerung, und leider geht es dabei eigentlich gar nicht um meinen Vater, oder?

Was ich nicht kapiere, ist, wieso er es mir nicht gesagt hat. Ich kann verstehen, daß er es vor der Welt geheimhielt, weil er es als Schlüssel zum Erfolg betrachtete, aber wieso konnte er es seinem eigenen Sohn nicht sagen? Irgendwann. Ich bin über dreißig. Ich bin kein Jugendlicher oder kleiner Stöpsel mehr. Er hatte genügend Zeit, etwas zu sagen. Ich habe nie mit ihm gebadet und ihn – oder sie – nackt gesehen. Andererseits haben viele Kinder ihre Eltern nie nackt gesehen. Das ist nicht weiter ungewöhnlich. Manche Eltern waren schlichtweg prüde. Zeigten ihre verdammten Genitalien einfach nicht. Sammy hat irgendwann den Pimmel von seinem Dad gesehen. Sammys Familie nahm das alles ganz locker. Ich habe mal gesehen, wie der BH von Sammys Mum im Wohnzimmer über einer Stuhllehne hing. Ich habe ihn eine ganze verdammte Ewigkeit angeglotzt. Sammy sagte, der Pimmel von seinem Dad sei so groß gewesen, daß er Angst bekommen hätte. So einen großen wollte er nicht, das fand er nicht schön. Es klang wirklich furchtbar. Er sagte, er sei so lang wie eine Möhre und hätte oben ganz viel dunkles Haar. Irre. Ich war entsetzt und fasziniert zugleich. Danach versuchte ich ein paar Wochen lang, einen Blick auf Dads Pimmel zu werfen, aber es hat nie geklappt. Die Tür zum Schlafzimmer war immer zu. Verschlossen. Und ich war vielleicht sogar ein wenig erleichtert. Ich hab's nie geschafft. Auch gut. Stellen Sie sich vor, ich hätte einem beschissenen großen Venushügel gegenübergestanden.

Meine Eltern mochten Sammy. Er kam als einziger mit uns nach Torr. Ich war davon überzeugt, daß mein Vater Sammy lieber hatte als mich. Das machte mich eifersüchtig. Sammy und mein Dad redeten und lachten mehr miteinander. Einmal ließ mein Vater Sammy sogar die Trompete ausprobieren, das hat mich wahnsinnig gemacht. Er erzählte, Sammy habe den Dreh schnell rausgehabt.

Die Teile fügen sich zusammen. Er hat mir nie Schwimmen beigebracht. Kein Wunder. Wo hätte er sich denn umziehen sollen? Er sagte, er könnte nicht schwimmen. Er ging nie zum Arzt, angeblich hatte er Angst davor. Er hat nie die verfluchten Pissoirs benutzt. Sagte, das sei ordinär und man könne sich Krankheiten einfangen und dort wären unappetitliche Männer, die gefährlich werden könnten. Wenn ich innehalte und darüber nachdenke – ich habe in allem innegehalten, mit allem aufgehört: innegehalten, um nachzudenken; mit meinem ganzen Leben aufgehört, nur um über das hier nachzudenken, um darüber zu reden; aufgehört, mich mit Freunden zu treffen; aufgehört zu arbeiten; aufgehört zu schlafen – wenn ich also darüber nachdenke, ist es eigentlich völlig offensichtlich. Wohin ich auch schaue, es hebt den Kopf. Winkt bedrohlich, sagt »Hallo, du da, ich bin hier drüben«. Ich habe mich zum Idioten gemacht, total. Mein Vater sprach es Idjot aus. *Idjot.*

Bevor ich Colman Moody wurde, war ich William Dunsmore. Wäre ich mein Leben lang William Dunsmore geblieben, wäre ich jetzt ein anderer Mann. Bestimmt. Ich meine, das Lächeln von William Dunsmore wäre anders als das Lächeln von Colman Moody. Mein Mienenspiel wäre ein anderes. Ich wette, als William Dunsmore wäre mein Gang schwerer. Schwerfällig. Vielleicht ein bißchen schief. Als Kind malte ich mir gern und oft aus, wie ich geworden wäre, wenn ich den Namen behalten hätte. Ich erinnere mich an den Tag, an dem sie den Namen zum ersten Mal aussprach. Es kam mir unglaublich vor, daß ich jemals William Dunsmore gewesen sein sollte. Ich lachte und sagte den Namen wieder und wieder. »William Dunsmore? Bist du sicher?« fragte ich sie. Mir gefiel der Name William oder Willy oder Bill nicht. Ich war froh, nicht William, sondern Colman zu heißen. Aber jetzt bin ich nicht mehr froh, ganz und gar nicht. So viele Moodys gibt es nämlich nicht. Man braucht den Namen nur zu erwähnen, und schon denken die Leute an den Trompeter, der sich als Frau entpuppte.

Also, wenn mein Vater wirklich unsterblich werden wollte, hätte er sich keinen schlaueren Plan ausdenken können. Das ist wirklich der Gipfel. Mann, warum kam mein Vater denn nicht mit der Wahrheit rüber, wenn die Jazzwelt tatsächlich so »locker« war, wie er behauptete? Die Sechziger waren doch angeblich so cool. Flower Power. Riesenjoints. Schwarzer Afghane. Lange Haare. Frieden. Wieso also nicht auch eine Frau, die eine verdammte Trompete spielte? Was war denn so verkehrt daran?

Ich habe mich nie für Männer interessiert; nie. Ich war immer hundertprozentig heterosexuell, wenn man einmal von der Zeit mit meinen Freunden absieht, als wir sechzehn waren, einen Joint durchzogen und gemeinsam zu Todd oder Genesis oder den beschissenen Pink Floyd wichsten. Oder *Old Grey Whistle Test* in der Glotze sahen. Ich mag diese Hippie-Musik nicht mehr. Es war nur eine Phase.

Wir sprachen nicht oft darüber, daß ich adoptiert war. Ehrlich gesagt, interessierte ich mich nicht die Bohne für meine richtigen Eltern. Ich dachte immer, wenn sie sich nicht für mich interessieren, interessiere ich mich auch nicht für sie. So einfach ist das. Meine Mutter sagte, daß diese andere Frau mich geliebt und nur ungern weggegeben habe. Ich sagte, na klar, und dachte insgeheim, Scheiß drauf. Ich meine, wenn man ein Kind liebt, behält man es, man gibt es nicht weg. Ganz einfach. Geld ist egal, auch was die Leute denken, ist egal. Wenn man ein Kind haben will und einen Braten in der Röhre hat, dann liebt man das heulende, zappelnde Balg oder nicht. Ich meine, man gibt dem eigenen Kind doch keinen Arschtritt, wenn es gerade erst geboren ist, und nennt das dann

Liebe, oder? Welche liebende Mutter schmeißt ihr Baby raus und nennt das Liebe?

Wenn ich könnte, hätte ich wohl gern ein Foto von meinen Eltern gesehen. Ich weiß nicht mal, wer von beiden schwarz war und woher er oder sie kam. Habe keinen blassen Schimmer. Die Leute fragen mich immer, ob ich aus Marokko, Trinidad, Tobago, Ghana, Nigeria, Sierra Leone, Jamaika stamme. Letzte Woche war irgend so ein Arschloch fest davon überzeugt, ich käme aus Hawaii. »Sie sehen den Menschen dort ähnlich«, sagte er. Hat mich auf der Straße angesprochen und gesagt: »He, Sie sind aus Hawaii.« »Weiß nicht«, sage ich. Dann habe ich gedacht, wenn mich der nächste Arsch fragt, woher ich komme, sage ich, »Ja, ich komme aus Hawaii, Marokko, Trinidad« oder was er auch immer behauptet. Ist doch ohnehin egal.

Mein Vater sagte immer, er und ich seien auf die einzige Weise verwandt, die zähle. Dies empfand er auch bei den Jungs aus seiner Band, sie bildeten eine große Familie. Manche waren weiß, andere schwarz. Er sagte, sie gehörten nirgendwohin, nur zueinander. Er sagte: »Erfinde deine eigene Abstammung, Colman. Erfinde sie, und verfolge sie zurück. Entwirf deinen eigenen Stammbaum. Was ist denn los mit dir? Hast du keine Phantasie?« Ich sagte immer: »Erzähl mir, woher dein Vater wirklich kam.« »Schau Colman«, sagte er, »schau Colman, ich könnte dir eine Geschichte über meinen Vater erzählen. Ich könnte sagen, eines Tages im neunzehnten Jahrhundert kam er von seinem Schiff, vielleicht an einem Wintertag. Er kam an einem kalten Wintertag vom ›Schwarzen Kontinent‹, auf einem Schiff, das in Greenock anlegte. Greenock nahe dem Hafen von Greenock, als dies noch ein Ort war, wo alle Schiffe anlegen wollten. Er kam von diesem Schiff, und obwohl alles kalt und grau war, gefiel es ihm. Er mochte Glasgow, also ließ er sich dort nieder. Oder ich könnte sagen, mein Vater war ein schwarzer Amerikaner, der Amerika wegen der Rassentrennung verließ und nach Schottland gelangte, wo er meiner Mutter begegnete. Oder ich könnte sagen, mein Vater war ein Soldat oder Matrose, der mit der Armee oder Marine herkam. Oder ich könnte sagen, mein Vater stammte von einer Insel in der Karibik, deren Namen ich nicht kenne, weil meine Mutter sich nicht daran erinnern konnte. Oder nie danach gefragt hat. Jede dieser Geschichten könnte wahr sein, Colman.«

Es machte mich wahnsinnig. »Welche?« fragte ich. »Welche ist wahr?« »Spielt gar keine Rolle«, sagte er. »Such dir eine aus. Such dir die aus, die dir am besten gefällt, und die ist dann wahr. Wer mein Vater war oder woher er kam, verändert mich nicht und dich schon gar nicht«, sagte er.

Darin hatte er unrecht. Er hat sich geirrt. Der blöde Hund hat sich geirrt. Ich war mir sicher, daß er recht hatte. Als kleines Kind dachte ich, er hätte immer recht. Er hatte so sehr recht, daß sein Haar glänzte. Seine schwarze Haut glühte. Sogar seine Ohren sahen schlau aus. Er hatte damals so recht, und ich versuchte, mich an alles zu erinnern, was er mir erzählt hatte und wie er es mir erzählt hatte. Ich übernahm einige seiner tollen Wörter. »Kindologie« war eins davon. Oder »kolossal«, das war auch eins. Er sagte oft geistreich. »Sei nicht so geistreich.« Und ich sagte im Scherz: »Was heißt das noch mal?« Und er sagte: »Klugscheißer. Sei kein Klugscheißer.«

Mein Vater sprach nicht gern über seine Familie. Er hatte auch keine alten Kinderfotos von sich, nicht ein einziges. Ich nehme an, irgendwo im Haus könnte ich verborgene Fotos von Josephine Moore finden. Außer, er hat sie selbst zerschnitten oder verbrannt, um die Beweise zu vernichten. Hoffentlich nicht. Ich hoffe, ich finde welche. Wenn ich ein Foto von ihr hätte, könnte ich mich davon überzeugen, daß ich keinen schaurigen Freudschen Traum durchlebe, einen beschissenen Traum, in dem ich meinen Vater, meine Mutter und mich selbst nicht kenne. Ich kenne keinen von uns mehr. Er hat uns alle unwirklich gemacht. Er sagte: »Es spielt keine Rolle, woher dein Vater kommt, Colman.« Von wegen.

Er hatte unrecht. Er hatte in allem unrecht.

Ich habe kein Interesse daran, etwas über meine leiblichen Eltern zu erfahren. Meine Mutter hat mir ein bißchen über sie erzählt. Sie verursachen nur Schmerz – Eltern, leibliche Eltern oder Micky-Maus-Eltern. Sie bringen einen bloß durcheinander. Denen darf man nicht trauen, Mann. Scheiße, ich will keine Kinder. Nie im Leben.

Laut meiner Mutter wurde ich mit dem bescheidenen Gewicht von 2787 Gramm geboren. Ich habe diese Zahl nie vergessen; ich war ein Fliegengewicht. Meine Mutter erzählte mir, daß bei meiner Geburt ein verdammt großer Sturm tobte. Er riß die Bäume in unserer Straße aus und einige Ziegel vom Dach. War ein ziemlicher Tumult. Als ich im Elsie-Ingles-Hospital in Edinburgh zur Welt kam, waren die Winde völlig durchgedreht. Meine Mutter sagt, als sie mich zum ersten Mal in diesem Krankenhaus besuchen kam, waren die Krankenschwestern erfüllt von dem Sturm; man konnte kaum zwischen den hohen Schreien der Babys und des Windes unterscheiden.

Ich bin immer noch dünn. Habe kein Fleisch auf den Knochen. Beschissen groß und dünn. Mann, als ich in Indien war, sah ich aus wie der wandelnde Tod. Bekam Dünnschiß und nahm neuneinhalb Kilo ab. Als ich zurückkam, sagte mein Vater: »Cole, du mußt zunehmen.« Wenn er nett war, nannte er mich Cole. Meine Mutter nannte mich immer Colman. Ich habe nicht darum gebeten, adoptiert zu werden. Warum sollte ich irgend jemandem dankbar sein? Mein Glücksstern hat geschlafen. Da hat wohl jemand nicht aufgepaßt.

Manche Leute haben nur Glück. In meiner Schule gab es solche Typen. Sie wurden für die Sportmannschaften aufgestellt, bekamen die hübschesten Mädchen, trugen niemals Brillen, vor allem nicht die ganz dicken, oder geflickte Hosen oder altmodische Schuhe. Sie sahen einfach cool aus. Ich trug eine Brille. Jetzt nicht mehr, wie Sie sehen können. Jetzt bin ich unheimlich eitel. Man sollte den Erfinder der Kontaktlinsen zum Ritter schlagen.

Mein Vater hatte Titten. Mein Vater hatte keinen Schwanz. Mein Vater hatte Titten. Mein Vater hatte eine Muschi. Mein Vater hatte keine Eier. Wie viele Leute haben so einen Vater? Welche Selbsthilfegruppe könnte ich deswegen anrufen? Stellen Sie sich vor, die Nummer flimmert nach einer Sendung über Väter/Mütter, transsexuelle Eltern, oder wie immer man sie auch nennt, über den Bildschirm: Wenn Sie sich davon betroffen fühlen und mit jemandem reden möchten, rufen Sie bitte die und die Nummer an. Die Leitung ist in den nächsten 24 Stunden besetzt. Ich könnte im ganzen Land rumtelefonieren, ohne jemanden zu finden, der das gleiche wie ich durchgemacht hat. Wetten?

Ich werde ihn aufspüren. Ich werde seine Spur zurückverfolgen, bis ich das Mädchen aus Greenock finde, wo er unter dem Namen Josephine Moore lebte. Josey. Jose. Joss.

Aber woher hat er das Moody? Oder kam es einfach nur von Moody Blues? Ich schreibe seine beschissene Biographie. Ich erzähle seine ganze Geschichte. Ich werde sein Judas. Das hat Oscar Wilde doch gesagt, oder? Mein Dad brachte das Zitat oft an und lachte. »Jeder Mann braucht seine Anhänger, aber Judas schreibt die Biographie.« Er wurde oft von Möchtegern-Biographen belästigt. In deren Briefen stand, sein Einfluß auf den Jazz im zwanzigsten Jahrhundert verlange geradezu nach einer Biographie. Jetzt werden sie danach schreien. Das Fleisch liegt bloß. Und es wird nicht die Musik sein, für die sie sich nun interessieren.

Ich war ein Anhänger meines Vaters. Jetzt nicht mehr, Kumpel. Ich bin zur anderen Seite übergelaufen.

Ich ging also zu diesem Bestattungsunternehmen, und der Mann, der Bestattungsunternehmer, nahm mich beiseite. Seinen Gesichtsausdruck werde ich nie vergessen. Halb verlegen, halb schadenfroh. Als hätte das Glück zum Fenster hereingeschaut. Er nennt mich Mr. Moody. Er bekommt wohl nicht so viele berühmte Leichen und freut sich wie ein Schneekönig. »Mr. Moody«, sagt er, »ich weiß nicht so recht, wie ich es ausdrücken soll, aber es ist besser, wenn Sie es von mir erfahren als vom Totenschein. Ich gehe natürlich davon aus, daß Sie Bescheid wissen.« Er wartet. Ich sehe, wie er mein Gesicht studiert. »Was soll ich schon wissen?« frage ich und denke dabei, der Typ ist ein Volltrottel. »Als ich Ihren Vater entkleidete, um meinen Pflichten nachzugehen, habe ich entdeckt …« Ich warte. Ich denke, er hätte entdeckt, daß mein Vater an einer anderen Krankheit gestorben ist oder daß er ein seltsames Mal auf seinem Körper gefunden hat oder daß mein Vater Selbstmord begangen hat. Ich warte. Er zieht es in die Länge. Was zum Teufel hat er entdeckt – daß mein Vater noch am Leben ist?

»Als ich ihren Vater entkleidete, Mr. Moody, habe ich entdeckt, daß er eine Frau ist. Das hat man mir nicht gesagt. Ihre Mutter bezeichnete die Verstorbene stets als ihren ›Ehemann‹.« Ich dachte, der Kerl kriegt Geld dafür, daß er mir diesen perversen Streich spielt. Vielleicht gibt es Organisationen, die keine lebende Überraschung zur Geburtstagsparty, sondern eine perverse Todesüberraschung ins Bestattungsunternehmen schicken. Der Mann kann nicht echt sein. Ich sage ihm: »Ich will den echten Mann sehen, den Leichenbestatter oder wie man es auch immer nennt, Ihren Boß also.« Ich sage: »Das ist also deine Vorstellung von Humor, du perverses Schwein. Wer hat dich dafür bezahlt?« Ich schüttele ihn. Reiße an seinem dämlichen, dünnen Revers. »Ich kann Ihre Reaktion durchaus verstehen«, stammelt er. »Komm mir nicht blöd«, sage ich. Er bringt mich zu der Leiche. In den Kühlraum, wo er mir meinen Vater zeigt. Ich sehe ihn nackt, und erst jetzt wird mir bewußt, daß ich meinen Vater zum ersten Mal im Leben nackt sehe. Der Bestatter zeigt mir einige chirurgische Bandagen, die angeblich eng um die Brust meines Vaters gewickelt waren, um seinen »Oberkörper« zu verbergen. Ich werfe einen raschen Blick darauf. Doch dieser Anblick geht mir bis heute nicht aus dem Kopf. Er ist weiter in meinem Kopf – der Anblick meines Vaters im Körper einer Frau. Wie ein Perverser. Ein Irrer. Ich stelle mir jetzt vor, wie er einen Spiegel mit Lippenstift beschmierte, bevor er starb.

Ich verließ den Laden so schnell wie möglich. Zu dem Bestatter sagte ich: »Danke, daß Sie es mir mitgeteilt haben.« Der Himmel war leuchtend blau an diesem Tag, die Sonne schien. Es war heiß. Ich schwitzte. Alle stöhnten über das Wetter. Ich weiß noch, daß ich mich fragte, ob ich je wieder über etwas so Alltägliches sprechen könnte. Es kam mir jetzt wie ein verdammter Luxus vor, einfach rumzustehen und zu sagen, es ist heiß. Eine Frau im weißen Top sagte zu einer alten Frau, die Winterkleidung trug: »Ist das nicht unerträglich? Verrückte Hitze. Verrückt ist genau das richtige Wort.« Ich rannte weiter und wiederholte dabei diesen Satz. »Verrückt ist genau das richtige Wort.« Ich blieb stehen und beugte mich vornüber und holte tief Luft. Mein Herz raste. Dann rannte ich wieder weiter. Ich war völlig durchgeschwitzt. Mein Haar klebte mir am Kopf. Meine Hose war naß. Die Straßen brannten. Ich weiß noch, wie ich dachte, vielleicht kann ich einfach schmelzen, einfach wegschmelzen.

Das ist mein Daddy. Der mit der orangefarbenen Krawatte. Sieh mal. Sieh mal, er steht neben dem Mann mit der großen Trommel. Er ist mein Daddy. Sieh dir seine Trompete an. Das ist seine. Seine dritte Trompete. Slim Fingers, sein Freund, hat sie ihm geschenkt. Das ist seine Lieblingstrompete. Er sieht klasse aus, was? Er ist gut zu der Trompete. Seine Augen fallen zu, als ob er schläft.

Mein Daddy hört zu spielen auf, und die Leute klatschen. Klapp, klapp, klapp. Ich steh' auf meinem Stuhl und klatsch' auch. Ich trag' einen Matrosenanzug. Ich hab' ihn gerade erst bekommen. Meine Mummy sagt: »Setz dich, Colman.« Aber mein Daddy kommt und hebt mich hoch, schwingt mich in die Luft, hoch, hoch, durch all die lächelnden Gesichter. Dann setzt er mich auf seine breiten Schultern. Sagt: »Na gut, kleiner Mann.« Alle drängen sich um uns. Klopfen meinem Dad auf den Rücken. Ich fall' gleich runter. Könnte passieren. Es könnte passieren, daß ich dabei runterfall'.

Na gut, kleiner Mann.

Gestern habe ich mich total besoffen. Heute morgen bin ich mit einem ekelhaften Geschmack im Mund aufgewacht. Wie in diesem Witz von Billy Connolly: Dein Mund ist wie der Arsch von einem Dachs. Zu viele Sargnägel, zuviel Bier, aber der Whisky hat mir den Rest gegeben. Whisky habe ich noch nie vertragen. Ich ging in ein Pub, in dem ich noch nie gewesen war und wo ich keinen kannte, und setzte mich auf einen Barhocker, wie ich es bei so depressiven Typen im Film gesehen hatte. Ich weiß nicht, wie ich nach Hause gekommen bin. Bin mit beschissenen, hämmernden Kopfschmerzen aufgewacht. Sie zogen in meinem Schädel Schrauben an, die bis tief in die Schläfen reichten. Hab ein paar Aspirin geschluckt. Mein

Magen war glibberig wie ein rohes Ei. Nichts im Schrank. Ich kaufte Brot im Laden um die Ecke, vergaß aber die Butter. Trokkener Toast. Trockener Toast mit Tee. Nicht gerade ein Frühstück wie im Savoy, aber gut. Ich war schon immer ein »kleiner Jammerlappen« – seine Worte. Jetzt hat er mir wenigstens einen Grund zum Jammern gegeben.

Gestern ging ich zu ihrem Haus. Es war komisch. Es war, als wäre das Haus gestorben und nicht nur mein Vater. Hat mir Angst eingejagt. Die Diele war ganz still und vereinsamt, während dort früher die Musik dröhnte. Die Post stapelte sich auf dem Fußboden. Ich mußte einen ganzen Berg Post wegräumen, bevor ich überhaupt reinkam. Ich ging direkt zum Schreibtisch in der Diele und holte die alte Ledertasche raus. Ich öffnete den Umschlag mit der Aufschrift »Urkunden« und nahm den ganzen Adoptionskram an mich. Ich warf einen Blick in den Umschlag, auf dem »Colman« stand. Ein weißer Umschlag fiel heraus. Ein ganz neuer Umschlag. Darauf stand mein Name in der Handschrift meines Vaters. Unverkennbar. Unter meinem Namen standen die Worte: »Erst nach meinem Tod öffnen.« Gruselig.

Aber ich konnte ihn nicht öffnen. Er würde ohnehin nur eine Liste mit Begründungen und Entschuldigungen enthalten. Daran bin ich nicht interessiert. Wirklich nicht. Viel von dem, was ich gestern erzählt habe, habe ich vergessen. Sammy. Ich weiß noch, daß ich irgendeine Scheiße über Sammy erzählt habe. Man kann weglaufen, verstecken kann man sich nicht. Das meiste davon ist sicher Schrott. Am besten fange ich noch mal von vorn an. Ganz von vorn. Als ich heute morgen in diesen Laden kam, sah ich eine Frau von hinten, die mich an meine Mutter erinnerte. Da fühlte ich mich total beschissen. Sie trug ein Tuch um den Kopf und beeilte sich, weil es anfing zu regnen. Ich weiß nicht, wohin sie ging, das weiß man ja nie. All diese Leute, die herumrennen, gehen irgendwohin. London ist voller Ärsche, die es eilig haben. Sogar frühmorgens kann man ihnen nicht entkommen. Ich kapiere das nicht. Plötzlich regnete es richtig heftig, und ich verlor sie aus den Augen, diese Frau, die wie meine Mutter aussah.

Sie küßten einander ziemlich oft. Ich erwischte sie in der Küche oder auf der Treppe beim Küssen. Man hatte bei ihnen diesen besonderen Eindruck, als existiere irgendeine Verbindung zwischen ihnen. Ich dachte, alle Eltern hätten das. Sie tauschten Blicke aus. Sie sagten: »Nur einen Moment.« Ich mußte immer an ihre Schlafzimmertür klopfen. Das hatten sie mir von klein auf beigebracht. Meine Mutter legte sich in den letzten dreißig Jahren jede Nacht in ein Doppelbett und schlief mit meinem Vater, einer Frau. Ich weiß, das ist nicht komisch, aber ich finde es total krank. Nicht, weil ich Schwule hasse oder so. Ich glaube, wenn meine Mutter lesbisch oder mein Vater schwul gewesen wäre, würde ich mich nicht halb so sehr aufregen.

Was ist es, das mich quält? Ich bin nicht verbittert, verstehen Sie mich bitte nicht falsch. Wahrscheinlich liegt es daran, daß mein Vater keinen Schwanz hatte. Vielleicht ist die Antwort so einfach. Kein Mann will eine verdammte Lesbe als Vater. Vielleicht als Mutter. Aber doch nicht als Vater! Mein Vater war kein Mann wie ich, der mir zeigte, wo's langging, und mir durch die Pubertät half, wo alles verrückt und wechselhaft war. Die Stimme klingt plötzlich, als würde der Boden einstürzen. Das Gesicht juckt und wird rauh. Wenn man morgens aufwacht und sich über die Wangen reibt, spürt man entsetzt die Stoppeln. So ein Schreck. Na gut, bald ist man ein Mann. Diese Veränderungen sind normal. Jeder macht sie irgendwann durch. Mein Vater hat sie durchgemacht wie schon sein Vater vor ihm. Der Schock der Schamhaare kam ohne Warnung, zuerst eins, dann sprossen sie wie Schößlinge überall. Der Junge ist verschwunden. Mein Vater sagte einmal zu mir: »Ich weiß, wie das ist, Sohn«, als ich irgendwelche blöden Teeniequalen durchmachte. Ich kann mich genau daran erinnern. Aber das wußte er nicht. Das war eine verdammte Lüge.

Wie war seine Pubertät? Ich meine, er hatte doch seine Periode, oder? Ekelhaft, was? Man kommt nicht daran vorbei. Ich könnte kotzen, wenn ich mir vorstelle, daß mein Vater seine Periode hatte.

Meine Mutter sagte immer, ich dürfe durchaus ab und zu ungezogen sein, aber lügen, lügen sei die Geißel der Menschheit, das

Schlimmste, was ein Kind tun könne. Steh zur Wahrheit. Ich glaube, so drückte sie sich aus. Ich stehe aber neben mir. Seit mein Vater gestorben ist, laufe ich als halber Mensch herum, schlafwandle, spüre den Schmerz, der in meine Brust gemeißelt ist. Zerfetzt. Zerrissen. Nichts kann ihn vertreiben. Auch keine beschissenen Magnesiumtabletten. Oder Rennies.

Die Mutter eines Freundes kam in die Klapsmühle, als er elf war. Sie haben ihm gesagt: »Deine Mum macht einen kleinen Urlaub.« Aber der wilde Blick in ihren Augen sagte ihm, daß es kein Urlaub war.

Kann ich ihnen jemals vergeben? Nein.

Mein Daddy sitzt auf meiner Bettkante. Er zieht meine gelbe Decke zurück. Mir ist so heiß. Mir ist so heiß, und es ist noch zu früh fürs Bett. Er gibt mir einen Löffel Medizin. Ich mach' den Mund weit auf und warte, daß er den Löffel hineinschiebt, und warte, daß mein Daddy »tapferer Junge« sagt. Das Zeug ist nämlich ekelhaft fies. Mein Daddy riecht nach seinem Trompetenclub. Er nimmt meine Hand und singt: »Dreams to sell/ Fine dreams to sell/ Angus is here/ with dreams to sell.« Dann schläft mein Daddy. Er schnarcht laut. Dann hält er die Luft an und wacht plötzlich wieder auf. Er tätschelt meinen Kopf. Streicht über mein Haar. »Dein Haar ist genau wie meins«, sagt er. Dann deckt er mich bis zum Kinn zu und singt: »Kuschel dich ein, Sohn, kuschel dich ein.« Ich schlaf' noch nicht. Ich hör' Stimmen von unten. Mein Daddy singt meiner Mummy noch ein Lied vor. Ich hör' den Hund nebenan bellen, als wäre er wütend. Ich hör' Kinder auf der Straße spielen. Ich hör' Sammy rufen. Dann werden ihre Stimmen leiser. Dann hör' ich das Haus atmen.

Mein Vater hatte sein Leben lang einen wahren Horror vor Krankenhäusern, eine Phobie oder so. Im nachhinein durchaus verständlich. Er hatte solche Angst vor Ärzten, daß er sie mir vererbt hat. Dazu sind Eltern da: um ihre Phobien auf die nächste Generation zu übertragen. Scheiße, wenn ich auch nur einen weißen Kittel sah, machte ich mir in die Hose und bekam einen »Riesen-Marks-and-

Spencer«. Das war unser Familienbegriff für Tobsuchtsanfall – anscheinend hatte ich meinen ersten großen Tobsuchtsanfall bei *Marks and Spencer* in der Lebensmittelabteilung. Ich drehte durch, weil meine Mutter mir keinen tollen Schokoriegel kaufen wollte. Meine Mutter sagte, ihre Ohren wären rot vor Scham gewesen. Ich stieß einen schrillen Schrei aus und sprang dabei auf ihren Füßen rum. Jedes Mal, wenn ich danach kurz vor dem Ausflippen stand, sagte meine Mutter: »Komm mir nicht wieder mit einem ›Marks and Spencer‹.« Mein Vater hielt Ärzte für eine völlig andere Rasse; er kannte eine Million verschiedener Bezeichnungen für sie. Und Witze. Was ist der Unterschied zwischen Gott und einem Arzt? Gott weiß, daß er kein Arzt ist. Solchen Mist. Wenn er jemanden beleidigen wollte, sagte er, der schreibt wie ein Arzt, redet wie ein Arzt, lächelt wie einer. Unnötig zu sagen, daß er sich rundweg weigerte, zu einem Arzt zu gehen, als er krank wurde. Wir haben das Jahr 1997. Ich weiß immer noch nicht genau, was er hatte. Irgendwas mit der Leber. Als ich ihn zum letzten Mal sah, sagte er: »Cole, ich habe mein Blatt gespielt.« Als wäre das Leben ein verdammtes Pokerspiel. Ich war niedergeschmettert. Wollte ihn überreden, zum Arzt zu gehen, aber er wollte nichts davon hören. Ich habe irgendwo gelesen, daß sterbende Frauen tapferer seien als sterbende Männer. Er war eindeutig tapfer. Aber nicht tapfer genug, um mir die Wahrheit zu sagen. Und meine Mutter wollte nicht, daß ich die Nacht dort verbrachte, jene Nacht. Sie wollte mit meinem Vater allein sein.

Also ging ich mit meinem Kumpel Brady weg, der neun Nachrichten auf meinem Anrufbeantworter hinterlassen hatte. Bei der ersten sagte er nur: »Verdammte Scheiße, Cole, ruf an!«

An dem Tag, als ich in dieses Bestattungsunternehmen kam, hatte ich einen leichten Kater. Ich kotzte in die Toilette dieses Gruselkabinetts, bevor ich ging. Ich kotzte alles aus, bis nur noch Galle kam. Leuchtend gelbe, widerlich schmeckende Galle. Ich hatte noch nie zuvor einen Toten gesehen. Nie jemanden, der so dalag. Still und steif. Unwirklich. Der nicht nach Mensch, sondern nach Desinfektionsmittel roch. Die kalte Luft kreiste im Raum. Das krankhafte

Geräusch des großen Ventilators, dessen Flügel wie ein schlechter Dirigent in der Luft herumfuchtelten.

Mein Vater sah unecht aus. Alles an ihm. Seine Haut sah aus wie Silikon. Seine Augen waren geschlossen, aber ich hatte den Eindruck, daß mich grell orangefarbene Puppenaugen anstarren würden, wenn jemand sie öffnete. Seine Hände sahen aus wie Plastikhandschuhe, als hätten sie nie eine Trompete gehalten, als sei selbst die Trompete nur ein Traum, den der tote Körper geträumt hatte. Ich wollte ihn berühren, um zu prüfen, ob er echt war und nicht aus Wachs, aber ich konnte es nicht. Ich war zu kaputt. Hatte tierische Angst. Ich hatte mich noch nie so gefürchtet. Jemand hatte die Wangen meines Vater gepudert. Ich weiß nicht, ob es der Bestatter oder sonst jemand war. Der Bestatter sagte mir, daß er später meine Mutter erwartete, die seinen Anzug, seinen besten Anzug, mitbringen würde. »Sie will, daß sie das trägt«, sagte er, als könne er es nicht fassen. Meine Mutter hatte ich ganz vergessen. Ich hatte sie total vergessen. Vergessen, daß sie es wußte, meine ich. Natürlich wußte sie es. Ich ging zur Toilette, und dann rannte ich los und rannte durch die Straßen, die ich in der grausamen Hitze nicht wiedererkannte.

Ich rief meine Mutter an und sagte Dinge zu ihr, an die ich mich nicht mehr erinnern kann. Sie flehte mich an, zu ihr zu kommen. Ich sagte, sie könne von Glück reden, wenn ich zur Beerdigung käme. Ich spürte ihr leeres Schweigen, als hätte ich ihr die Stimme geraubt. Aber ich konnte nicht aufhören. Ich palaverte. Palaverte wie blöd. Schwafelte, plapperte. Sie sagte irgendeinen Mist wie: »Colman, versuch doch, es zu verstehen.« Und sie sagte so oft, es tut mir leid, bis mir auch davon schlecht wurde. Colman, es tut mir leid. Entschuldigung, Colman. Colman. Colman. Colman. Bald wurde mir beim Klang meines Namens schwindelig.

Wie Sie wissen, ging ich zur Beerdigung. Die Jazzleute ebenfalls, die Veteranen von früher. Typen, an die ich mich dunkel erinnern konnte. Männer aus den zig Bands, die mein Vater gegründet hatte, bevor er bei Joss Moody blieb. The Big Heads, The Expressos, Jazz Kiddin', The Earl of Hell's Waistcoat. Jazzin' It Up. Viele Namen habe ich vergessen. Jedenfalls habe ich noch nie so viele Männer weinen sehen wie auf der Beerdigung meines Vaters. Heilige Scheiße. Alle hatten richtige große Stofftaschentücher dabei. Ich weinte nicht. Ich saß nur da und hörte zu, als sie das Lied meiner Mutter spielten.

Ich erhaschte einen Blick auf sie. Ich saß nicht neben ihr, konnte sie aber vier Reihen vor mir sehen. Ich wußte, sie wollte mich neben sich haben, aber ich brachte es einfach nicht fertig. Ich war zu wütend. Ich warf ihr heimlich einen Blick zu, als Tobias ihr Lied spielte, und sie weinte, aber nicht so, wie man es erwartet hätte, sondern ein passives Weinen, als seien die Tränen etwas, das ihr zustieß. Kein tiefes Schluchzen. Nur vergebliche, kleine Tränen, die langsam über ihr Gesicht rannen, Mann. Als ich sie so sah, war ich kurz davor, mich neben sie zu stellen. Das hätte ihr gereicht. Daß ich einfach neben ihr gestanden hätte. Aber dann fiel mir mein Vater in diesem Bestattungsinstitut ein, nackt, und ich dachte, wieso sollte ich.

Als die Leute gingen, ging meine Mutter auch. Sie blieb nicht stehen, um Hände zu schütteln, wie sie es bei der Beerdigung meiner Großmutter getan hatte. Dann sah ich sie in ihrer großen schwarzen Limousine wegfahren, allein.

Sie drehte sich um, sah mich an und versuchte zu lächeln. Ich schaute weg. In diesem Moment war ich den Tränen am nächsten, Mann. Hab's nicht geschafft, meine Mutter anzusehen. Ich war überrascht, daß überhaupt so viele Leute aufgetaucht waren. Jeder war unheimlich schockiert. Sie trugen den Kragen hochgeschlagen, dabei war Sommer. Sah nach Winter aus. Alle sahen nach Winter aus.

Ich wollte eigentlich keinen letzten Blick auf ihn werfen. Aber ich sagte mir, es müßte sein, damit ich endlich kapierte, daß dies kein Traum war. Seltsam war nur, daß es nicht half, denn da lag mein Vater im Sarg, im Anzug. Er sah wieder normal aus. Er sah aus wie er selbst, nur sein Gesicht war tot, und seine Haut wirkte komisch und andersfarbig, doch davon abgesehen, sah er aus wie mein Vater. Ich bemerkte, wie andere Leute ihn länger als nötig anstarrten und das gleiche dachten wie ich. Er trug einen Anzug aus blauem Serge, ein weißes Hemd, eine gestreifte Krawatte und glänzende schwarze Schuhe. Ich wußte nicht, daß man die Schuhe im Sarg anbehält. Es war total gruselig, aber der Mann im Sarg und die Frau, die ich im Bestattungsinstitut gesehen hatte, schienen wirklich zwei verschiedene Personen zu sein. Mein Kopf war jetzt noch verdrehter. Er sah okay aus in diesem blauen Anzug. Er sah wieder normal aus. Tot, aber normal. Besser.

LEUTE:

Der Standesbeamte

Der Standesbeamte hatte schon alles erlebt. Szenen heftiger Trauer. Menschen, die ihren eigenen Namen nicht mehr schreiben konnten. Zitternde, vorwurfsvolle Hände. Menschen, die zu glauben schienen, er trage die Schuld an dem Todesfall. Daß er irgendwie beim Tod des Unbekannten zugegen gewesen sei, persönlich die Maschinen abgestellt, Infusionsschläuche herausgezogen, Morphium verweigert hätte; daß er den Schmerz verabreicht hätte. Mohammad Nassar Sharif konnte die schreckliche Endgültigkeit eines Totenscheins nicht rückgängig machen. Wenn er das Blatt Papier zwischen den Fingern halten und schütteln könnte, bis es den Toten zurückbrachte, würde er es tun. Diese Urkunden waren nicht nur ein Blatt Papier mit Namen und Nummern darauf. Dahinter verbargen sich Menschen. Mohammad vergaß nie, sich den toten Menschen vorzustellen. Er war kein Zyniker, doch man konnte sich die Toten einfacher vorstellen als die Lebenden. Ein Satz genügte, und Nassar Sharif sah sie vor sich. »Er war ein Mann, der seine Gedanken für sich behielt.«

Wenn ein Mensch Mr. Sharifs Büro betrat, konnte er sofort sagen, ob es sich um einen Todesfall, eine Eheschließung oder eine Geburt handelte. Oft waren seine Angaben sogar noch genauer: Er konnte rasch Alter und Todesart bestimmen – alter Mensch, junger Mensch, langsam, plötzlich. Ein schneller Blick auf die Eintretenden genügte. Er konnte vorhersagen, um welche Art von Ehe es sich handelte – erste, zweite, dritte oder vierte; erste für die Frau, dritte für den Ehemann. Er irrte sich nie. Insgesamt viermal in seiner gesamten Karriere als Standesbeamter hatte Mr. Sharif eine sechste Heiratsurkunde für irgendeinen Dandy ausgestellt. In allen

Fällen handelte es sich um einen rotwangigen Mann mit weißem Haar, hochgewachsen, mit cremefarbenen Hosen und einem recht modernen, karierten Sportsakko. Die Frau war immer dünn und zwangsläufig unerträglich jung. Mohammad Nassar Sharif las nur noch selten Bücher. Er zog es vor, sich an die großen Bücher seiner Kindheit zu erinnern, sich vorzustellen, wie er sie las, als er noch glaubte, die Welt sei groß. Letztendlich hatte sie sich als kleiner erwiesen.

Nun las Mohammad Gesichter. Das Gesicht einer Rentnerin, die den Tod eines neunzigjährigen Elternteils anzeigen wollte, wirkte immer freudig erregt. Die Rentnerin mochte versuchen, ihre Freude zu verbergen, doch sobald sie seinen wunderschön marmorierten Füllfederhalter zur Hand nahm, um an der vorgeschriebenen Stelle zu unterschreiben, flog ihre Hand mit unmißverständlicher Freude über die Seite. Endlich, schien der Füllfederhalter zu sagen, endlich die Gelegenheit, den Ruhestand zu genießen. Am schlimmsten war für den Standesbeamten der Tod von Kindern. Er hatte selbst Kinder und vergötterte sie. Die Gesichter dieser Mütter waren der schlimmste Anblick der Welt. Manche von ihnen zwangen sich herzukommen, weil es ihnen helfen sollte, das Unglaubliche zu glauben. Er reichte diesen Frauen sanft seinen Füllfederhalter und versuchte, soviel Liebe wie möglich in diese Geste zu legen. Mr. Sharif hatte freundliche Augen. Seine Augen und seine gepflegten Hände waren alles, was er den Hinterbliebenen bieten konnte. Sein Büro war ordentlich. Jeder Mensch war etwas Besonderes für ihn; die entscheidenden Augenblicke des Innehaltens ein Privileg. Sicher gibt es nur wenige Augenblicke im Leben, die es mit der ehrfurchtgebietenden Endgültigkeit von Mohammad Nassar Sharifs Geburts-, Sterbe- und Heiratsurkunden aufnehmen können.

Er hatte von Standesbeamten in anderen Stadtteilen gehört, deren Büro mehr oder weniger wie eine Fabrik geführt wurde – ein Kommen und Gehen von fließbandartiger Brutalität. Krebs, Scheidung, Totgeburt. Mit rasender, gefühlloser Geschwindigkeit. Namen wirbelten umher. Trauer rotierte. Mohammad war davon überzeugt, daß jeder Mensch, der zu ihm ins Büro kam, einen Augenblick der

Ruhe benötigte. Er saß einen Augenblick lang ruhig zusammen mit ihnen da, nachdem sie mit seinem wunderschön marmorierten Füllfederhalter im Register unterschrieben hatten.

Ob es nun vor dem Fenster des Standesbeamten regnete oder die Sonne unbarmherzig hereinschien, Mr. Sharif sorgte bei jedem Wetter dafür, daß die Menschen ihren Augenblick der Ruhe bekamen. Folglich mußten die Leute vor seinem Büro etwas länger warten. Geburt, Tod oder Eheschließung, die Unterschrift auf dem Papier war folgenschwer. Manche Leute hatten es eilig. Vielleicht war es ihre siebte Geburt oder ihr siebter Todesfall. Mohammad versuchte, in solchen Fällen einzuschreiten. Er fragte die Leute sanft, ob sie sich den Namen ausreichend überlegt hätten oder ob sie die Versichertenkarte des Verstorbenen besäßen. Strenggenommen brauchte er die Versichertenkarte nicht, aber es war ein Weg, um sie zu beruhigen, um einen Augenblick innezuhalten.

Nassar Sharif machte es keinen Spaß, an jedem Arbeitstag seines Lebens solchen Emotionen ausgesetzt zu sein, doch er tat seine Arbeit gern. Er mochte sein elegantes Büro. Er liebte das Papier; es war von guter Qualität. Er wußte, seine Handschrift war elegisch; kein anderer Standesbeamter in England beherrschte die Kalligraphie derart perfekt. Er übte sich seit seiner Kindheit in Bangladesch darin. Seine Eltern hatten gesagt: »Mit einer guten Handschrift wirst du es weit bringen.« Seine Eltern wären stolz gewesen, daß er nun ein eigenes Büro besaß. Jeder Name, auch der gewöhnlichste und banalste, wirkte bezaubernd, wenn Mohammad Nassar Sharif ihn mit seinem Füllfederhalter schrieb. Besonders genoß er lange, ausgefallene Namen. Namen mit Charakter. Was für Geschichten hatte Mohammad mit Namen erlebt! Die Auseinandersetzungen, bei denen er Zeuge geworden war! Einmal war es in seinem Büro zu einer Schlägerei zwischen einem Mann und einer Frau gekommen. Einer richtigen Schlägerei mit Ohrfeigen und Boxhieben. Er mußte nach seiner hartgesottenen Sekretärin klingeln, die dann dazwischenging. Die Frau war ein Schwergewicht. Mohammad verabscheute Gewalt. Seine Stärke lag darin, Paare dank seiner Überredungskunst von einer gewaltsamen Auseinandersetzung abzuhalten.

Manchmal kam ein Paar mit einem Baby in einem dieser Tragesäcke herein, mit denen die Mütter wie Känguruhs aussehen. Die Babys weinten oft. Mr. Sharifs Büro hatte mehr als einmal das beleidigte Weinen eines winzigen, aufgeregten Babys erlebt. Die Mutter verbrachte einen Teil ihres Augenblicks damit, das weiche Haar auf dem Babykopf zu betrachten. Dann sah sie auf und nannte Mr. Sharif den Namen. An diesem Punkt schritt für gewöhnlich der Vater ein. Er sagte dann etwas wie: »Darauf hatten wir uns nicht geeinigt. Ich hasse diesen Namen. Ich werde ihn nicht akzeptieren.« Und so erbot sich Mohammad in solchen Fällen, selbst einen Namen zu wählen. Meist waren die Eltern darüber derart überrascht, daß sie zustimmten. Erfreut wählte Mohammad lange oder ausgefallene Namen aus. Man konnte nicht aus Bangladesch stammen, ohne die besondere Bedeutung von Namen zu kennen – was sie verrieten, welchen Beruf sie vorherbestimmten. Ohne seinen Namen wäre Sharif nicht Standesbeamter geworden. Namen von Figuren aus den Romanen, die er gelesen hatte. Oder Namen von Autoren. Er erinnerte sich an eine Auswahl seiner besten: Thackeray Brown, Demetrius Duffy, Ayala Lucy Grey, Bovary Okafor. Ein paarmal erwiesen sich diese Einmischungen als Bumerang. Das Paar tauchte einige Wochen später wieder auf und verlangte einmütig vom Standesbeamten, eine neue Urkunde auszustellen und den winzigen Thackeray umzubenennen. Diesmal war sich das Paar absolut einig; beide wollten Nigel als Namen. Natürlich ist eine Namensänderung ein komplizierter Vorgang, und Mr. Sharif wies das aufgebrachte Paar dann an, es bei dem Namen zu belassen, die Urkunde zu behalten und ihr Kind einfach Nigel zu rufen.

Mr. Mohammad Nassar Sharif hatte allerdings noch nie im Leben einen Totenschein gesehen, auf dem »männlich« durchgestrichen und »weiblich« mit rotem Stift eingetragen war. Mohammad empfand diese Änderung in letzter Minute aus rein ästhetischen Gründen als schmerzhaft. Der Gebrauch des roten Stiftes erschien ihm unnötig brutal. Er wußte von Leichenbeschauern und Ärzten, die eine übertriebene Vorliebe für rote Stifte hegten. Verglichen mit seiner wunderschönen schwarzen Tusche wirkte der rote Kugelschreiber wie ein ungestümer, lauter, unsensibler Vetter, dem *überhaupt kein* Anteil am Familienvermögen zugestanden hätte. Nassar Sharif ging sogar noch weiter: Der rote Kugelschreiber hätte nie geboren werden dürfen. Er war ein billiger Hochstapler, eine Beleidigung für das hochwertige Papier, das für solche Urkunden verwendet wurde.

Hier saß nun eine Frau in seinem Büro, die Mohammad auf ungefähr sechzig schätzte. Eine Frau, die ihm erschreckend praktisch vorkam. Sie hatte alle erforderlichen Papiere mitgebracht und war innerhalb der gesetzlichen Frist erschienen. Viele Leute kamen genau nach fünf Tagen, andere schlenderten zehn Tage später in sein Büro, da ihnen anscheinend nicht bewußt war, daß ein Todesfall innerhalb von fünf Tagen registriert werden muß. Der Himmel mochte wissen, weshalb die Ärzte und Schwestern diese armen, unwissenden Bürger nicht über das korrekte Verfahren informierten. Mr. Sharif konnte ihnen nur freundlich erklären, daß sie schon vor einiger Zeit hätten kommen müssen. Er wollte die Zuspätkommenden bei Todesfällen wie auch die Zuspätkommenden bei Geburten nicht tadeln. Viele Mütter kamen erst nach den großzügig bemessenen drei Wochen in sein Büro. Viele Mütter hatten bis zu zwölf Wochen mit Babys gelebt, die lächerliche Namen trugen. Fröschlein, Rübchen, Näbelchen, Chicken Pie, Poom, Bubba und Wean, dies waren Beispiele für Namensgebungen, unter denen die Babys zu leiden hatten, bis die Mutter schließlich in Mr. Sharifs Büro erschien, um Wean in Hamish, Bubba in Ella, Chicken Pie in Charlotte, Rübchen in Matthew und Fröschlein in Aaron zu verwandeln.

Die Frau, die still in Mr. Sharifs Büro saß, war pünktlich und mit den richtigen Dokumenten erschienen, hatte sogar mehr Dokumente mitgebracht, als eigentlich erforderlich waren. Sie besaß eine Geburtsurkunde des Verstorbenen auf den Namen Josephine Moore. Eine Versichertenkarte des Verstorbenen auf den Namen Josephine Moore, die von einem Dr. Miller in Greenock, Schottland, ausgestellt worden und seit zweiundfünfzig Jahren abgelaufen war. Kein Rentenversicherungsheft. Drei ansehnliche Versicherungspolicen. Eine Heiratsurkunde für den Verstorbenen auf den Namen Joss Moody. Nassar Sharif fand das alles ungeheuer faszinierend. Sie sagte kein Wort. Sie überreichte ihm die Dokumente. Mr. Sharif sah sie über seine halbmondförmigen Brillengläser hinweg an. Er konnte ihren Gesichtsausdruck nicht deuten. Er wußte nicht, ob es ihr peinlich war oder nicht. In seinen Augen sah sie einfach wie eine Witwe aus. Sie hatte die traurige Haut einer Witwe. Eine Witwe, die ein Stück Papier abholen wollte, das sie endlich glauben machte, daß ihr Mann gestorben war.

Nassar Sharif wurde nicht schlau aus diesen Informationen. Es war, als hätte sie ihm die Urkunden und Papiere von zwei völlig verschiedenen Personen gebracht – einer Frau und eines Mannes. Wäre nicht auf dem besiegelten Totenschein die heftige, rote Schrift erschienen, wäre er in der Tat davon ausgegangen, daß er es nicht mit einem, sondern mit zwei Menschen zu tun hatte. Mr. Sharif zeigte der Frau den Totenschein. »Sind Sie sich der Änderung bewußt, die die Ärztin hier im letzten Moment vorgenommen hat?« fragte er und deutete auf das großgeschriebene »weiblich«. Die Frau ihm gegenüber war sich dessen eindeutig nicht bewußt gewesen. Sie fragte Mr. Sharif, ob er als Mann registriert werden könne. Sie sagte, was Mohammad ziemlich rätselhaft erschien, daß es ihrem Mann wichtig gewesen wäre, als Toter so wie als Lebender registriert zu werden. Nichts hatte Mohammad Nassar Sharif bisher in seinen Jahren als Standesbeamter schockiert, doch irgend etwas an der anmutigen Gefaßtheit der Frau schockierte ihn. Diese Frau war jahrelang mit der Verstorbenen verheiratet gewesen. Sie war mit einer Frau verheiratet gewesen, die ihr Leben als Mann gelebt hatte, die bis zu ihrem Tod offenbar nie beim Arzt gewesen war, die keine Rente beansprucht hatte. Nassar Sharif war sehr neugierig. Er wollte die Frau, die still in seinem Büro saß, fragen, wie sie das gemacht habe. Er wollte sie fragen, ob sie ihre Ehepartnerin sehr attraktiv gefunden habe, doch Mohammad hatte gelernt, seiner Neugier niemals nachzugeben. Er sagte, daß er auf einer Sterbeurkunde nicht lügen könne. Er stellte der Frau eine Bestattungsbescheinigung aus, die in seiner Branche allgemein als grüner Vordruck bekannt ist; die Verstorbene hatte bereits eine Grabstelle reserviert. Damit erhielt die Frau die Erlaubnis, die Leiche zu beerdigen. Er wies sie an, den Vordruck dem Bestattungsunternehmer vorzulegen.

Mr. Sharif verglich auf der Grundlage seines Wissens die Urkunden dieses Lebens miteinander und stieß auf ein Namensproblem. Er fragte die Frau, ob Josephine Moore jemals ihren Namen offiziell in Joss Moody geändert habe. Die Frau sagte, ihres Wissens nicht. Mit anderen Worten, folgerte Mr. Sharif, hatte Josephine Moore den Namen Joss Moody eines Tages aus der Luft gegriffen, sich so genannt und andere damit ermutigt, das gleiche zu tun? Die Frau nickte, lächelte schüchtern, stolz auf die Leistung ihres Ehepartners. Die Frau war interessant, Mohammad war schon lange keine so interessante Person mehr untergekommen. Er gestand, er habe ein Problem mit der Entscheidung, welchen Namen er auf die Sterbeurkunde setzen solle, da der Name Joss Moody nirgendwo jemals offiziell registriert worden sei. Die Frau beugte sich zu ihm vor. Sie schaute auf seine Hände. Dann sah sie durchs Fenster zur Sonne. Auf ihrer Stirn erschienen ein paar Schweißtropfen. Einen Moment lang sagte sie nichts. Zwischen ihnen herrschte völliges Schweigen. Dieses Schweigen war diesmal von ungewöhnlicher Art, da der Geist der Frau so klar war. Mohammad hätte mit dieser Frau ein Jahr, vielleicht auch zwei, schweigend in seinem Standesamtsbüro sitzen können. Eine seiner Sekretärinnen hätte ihnen einfach dann und wann Essen bringen können, während sie beide so dasaßen und aus dem Fenster schauten, während gelegentlich ein Vogel vor ihren Augen herabstürzte und in Ohnmacht fiel oder ein Baum dann und wann zitterte.

Mohammad mußte dieser Frau nicht einmal den Augenblick des Innehaltens aufdrängen. Die Frau nahm ihn sich selbst, war sich der Bedeutung der Urkunde vollkommen bewußt. Diese Frau würde seine herrliche Handschrift nicht als selbstverständlich abtun. Sie würde glücklich sein, weil sie so eine schöne Sterbeurkunde bekam. Er wollte ihr den Augenblick nicht verderben. Er sagte nichts zu ihr. Er tauchte seinen marmorierten Füllfederhalter in die schwarze Tusche und setzte den Namen »Joss Moody« auf die Sterbeurkunde. Er schrieb das Datum hin. Er hielt inne, bevor er »weiblich« auf der Sterbeurkunde ankreuzte, dann reichte er ihr den Füller; es war, als fordere der Füller sie zum Tanz auf. Sie nahm ihn vorsichtig entgegen und schaute ihn an, wobei sie ihn langsam hin und her drehte. Dann setzte sie ihren Namen auf die bezeichnete Linie im Sterberegister des Standesbeamten. Sie sah aus, als bete sie beim Schreiben. Er warf einen Blick hinüber, um zu sehen, ob ihre Handschrift so schön war wie erwartet. Das war sie; die Frau hatte eine wunderbare Handschrift.

Die Frau lächelte ihn an. Die Vertrautheit zwischen ihnen war wie Liebe gewesen. Mohammad würde sie vermissen. Sie sagte danke und schob ihre Urkunde und die offiziellen Papiere in den Umschlag mit der Aufschrift BITTE NICHT KNICKEN, den sie eigens mitgebracht hatte. Sie zahlte die Gebühr für ihre eigene Ausfertigung der Sterbeurkunde und sah sie an, als wolle sie deren Richtigkeit prüfen, bevor sie sie wegsteckte. Sie nahm ihre braune Lederhandtasche und hängte sich den Riemen über die Schulter. Sie sagte: »Vielen Dank, vielen Dank«, öffnete die Tür und schloß sie leise hinter sich.

HAUS UND HEIM

Der zweite Brief in derselben Handschrift ist angekommen. Einzelheiten, die nur Colman wissen konnte. Ich habe den Glauben verloren. Alles wird plötzlich unscharf. Das Meer ist ein Klecks. Leute gehen am Fenster vorbei, ihre Konturen verschwimmen. Das Pflaster hat keine Linien mehr. Ich kann niemandem trauen. Wenn ich hinausgehe, schlage ich den Mantelkragen hoch. Ich habe keine Ahnung, wie viele Leute Bescheid wissen. Gestern kam eine Frau zu mir und sagte, sie habe von Mr. Moody gehört und wolle mir sagen, daß es ihr leid tue. Ich kannte das Gesicht nicht. Es war ein großes, rundes Gesicht, das saubergeschrubbt aussah. Weshalb kann ich nicht Trompete spielen? Ich habe mir heute morgen die Haare gewaschen, und sie sind mir büschelweise ausgefallen. Wie bei einem Tier in der Mauser. »Mein verstorbener Mann«, sagte ich bei mir. »Mein verstorbener Mann«, damit ich mich an den Ausdruck gewöhne. Wenn ich jemandem wie der Frau mit dem geschrubbten Gesicht begegnen und sagen könnte: »Mein verstorbener Mann liebte dieses Wetter«, würde ich mich besser fühlen. Das weiß ich genau. Das Meer ist Nebel und Dunst und Geheimnis und Lüge. All das ist da draußen im schlechten Wetter. Ich spüre, daß ich etwas ausbrüte. Es kommt von weither. Es ist, als würde ich langsam eine endlose Wendeltreppe in einen dunklen Keller hinuntersteigen, immer rundherum. Schwindelig. Kaputt.

Er hat den Schlüssel zu diesem Haus in Torr. Er hat den Schlüssel zu unserem Haus in London. Nichts kann ihn daran hindern, unsere privaten Papiere, Briefe, Fotos zu holen. Ich weiß nicht, was er jetzt tun wird. Er muß sehr wütend sein, um das zu tun. Sich verzehren. Ich sehe ihn vor mir als kleinen Jungen, wie er mit ungefähr drei Jahren einen Tobsuchtsanfall bekommt, einen ohrenbetäubenden, schrillen Schrei ausstößt, auf meinen Füßen herumtrampelt. Seine Beine geben unter ihm nach wie die eines Demonstranten bei der Sitzblockade. Ich sehe mich, wie ich ihn mit mir schleife, ihn grob behandle, um ihn in unserem Haus vor den Blicken der Leute zu verbergen, wobei ich die geballte Kraft einer Pflegerin in der Psychiatrie aufwende. Die Schande dabei.

Als er in diesem Alter war, hatte ich immer Angst vor ihm. Eines Tages machten sich die Tobsuchtsanfälle einfach auf und davon, um ein anderes, bisher freundliches Kind heimzusuchen. Jetzt habe ich ihn nicht mehr unter Kontrolle. Ich kann ihm nicht drohen, ihn nicht bestechen. Er ist jetzt zu alt für mich. Sein eigener Herr. Ich kann nichts tun. Ich kann es nicht richtig glauben. Man glaubt, man kenne jemanden. Man glaubt, man kenne seinen eigenen Sohn. Man glaubt, man könne immer etwas am Verhalten des eigenen Kindes ändern, daß man es führen und tadeln müsse, selbst wenn es ein erwachsener Mann ist. Kinder werden nie richtig groß. Colman jedenfalls ganz sicher nicht. Im Spiegel wirkt meine Haut gespannt. Noch mehr winzige Äderchen sind unter der Haut aufgeplatzt.

Der Regen fällt wieder. Seine Stimme klingt anders. Er dringt durchs Fenster, rinnt am Rand der Fensterbank entlang, sucht blind nach einem Flußbett. Ich schließe das Fenster so fest es geht. Die Straße ist dunkel, obwohl es noch nicht so spät sein kann. Der Regen hat die Farbe und die Zeit der Straße verändert. Alles sieht alt aus, überholt. Ich könnte hinausgehen und auf irgend jemanden aus der Vergangenheit stoßen, der mit Kapuze dort entlangeilt. Als Mädchen habe ich an solchen Tagen immer mit meiner Mutter gebacken. Biskuit. Gedeckten Kuchen. Apfelkuchen. Stachelbeerstreusel. Törtchen. Scones, einfach und mit Obst. Fondant.

Ich weiß noch, wie ich Butter und Mehl eine Ewigkeit mit den Fingern verknetete. Soviel Luft wie möglich hineinlassen. Das Mehl durchsieben und von weit oben einstreuen. Die Backregeln bedeuteten meiner Mutter mehr als Moralvorschriften. Sie besaßen etwas Tröstliches. Welchen Rat würde sie mir jetzt geben? Ich kann sie mir vorstellen: Hände voller Mehl, die Schürze umgebunden, das Haar nach hinten gesteckt. Aber ich kann mir nicht vorstellen, was sie jetzt zu mir sagen würde. Ich höre nicht ein Wort.

Als ich mit Joss verheiratet war, entfernte ich mich zunächst von meiner Mutter. Ich wollte sie nicht zu nah heranlassen. Ich besuchte sie, nahm Colman mit. Joss sah sie kaum. Er sei unterwegs, erklärte ich, müsse ständig auftreten, damit wir zurechtkämen. Meine Mutter mißbilligte das. »Warum besorgt er sich keinen vernünftigen Job?« fragte sie. »Das ist kein Leben für dich.« Eines Tages verkündete meine Mutter aus heiterem Himmel, daß sie uns zur Abwechslung einmal in London besuchen wolle. Colman war ungefähr acht. Ich war so angespannt, daß ich nicht ruhig sitzen konnte. Ich machte überall sauber: hinter den Rohrleitungen im Bad, die Fußleisten, unter den Ziergegenständen. Ich wusch Türen und Wände ab. Ich polierte mein zerschrammtes Holz, bis es ein schwaches Lächeln zeigte. Ich deckte den Teetisch: gepökelter Schinken, der von Honig glänzte und darauf wartete, in Scheiben geschnitten zu werden, Käse, frisches, weiches Brot, feste Tomaten, Kuchen. Alles bereit und voller Erwartung. Dann lief ich im Wohnzimmer auf und ab und sah auf die Straße hinaus, wartete darauf, daß die dunkelgrüne Motorhaube von Joss' Austin um die Ecke bog. Colman hüpfte aufgeregt neben mir her.

Die Jahre in Schottland hatten in meiner Mutter den Glauben wachsen lassen, sie sei Schottin. Sie sprach mit einem seltsamen Akzent, der drollig und unecht klang, so als würde die Frau auf einer Shortbreaddose zu sprechen anfangen. Sie sagte oft *aye*. Und rollte das R.

Sie tätschelt Colmans Kopf und sagt: »Du lieber Himmel, was für dickes Haar. Ich glaube, es könnte einen Schnitt vertragen.« Das ärgert mich. Joss sieht seltsam aus, wie er da neben meiner Mutter steht. Erst jetzt wird mir klar, daß ich seinetwegen nervös gewesen bin. Sie steht zu nah bei ihm. In Schußweite. Ich habe keine Privatsphäre, wenn meine Mutter im Haus ist. Mir ist, als stünden Türen offen und der Wind käme herein. Joss setzt den Teekessel auf. »Schön, daß du hier bist«, sage ich, lege ihr den Arm um die Schultern und drücke sie an mich, um mich selbst zu beruhigen.

Ich schaue auf ihr Haar. Sie war beim Friseur, bevor sie uns besuchen kam. Eine Fönfrisur. Mit Spülungen oder Colorationen gibt sie sich nicht mehr ab. Ihre Haarfarbe ist ein helles Graublond.

Als ich ein Teenager war, bekam meine Mutter Alopezie, krankhaften Haarausfall. Es war ein Alptraum. Wenn wir die Straße entlanggingen, fragte meine Mutter immer: »Millicent, kann man die kahle Stelle sehen?« An windigen Tagen legte sie aus Angst die Hand seitlich an den Kopf. Sie kämmte ihr Haar sorgfältig, um die kahle Stelle zu verdecken, doch der Wind war eine ständige Bedrohung. Plötzlich tauchte dann die kahle Stelle auf, flach, weißes Fleisch, verletzlich, sie ragte förmlich aus dem dichten braunen Haar heraus. Ich liebte und verachtete meine Mutter deswegen. Alopezie. Ein seltsames Wort; ein gefürchtetes und schönes Wort. Alopezie, wie der Name einer seltenen Blume. Jetzt gibt es keine Anzeichen mehr dafür. Es muß mich tief getroffen haben, da ich trotz der langen Zeit noch immer verstohlene Blicke wage. Die schreckliche Vertrautheit zwischen Müttern und Töchtern. Ich bemerke Schuppen auf ihren Schultern und bürste sie weg. Die Schuppenflocken wirken unnatürlich groß.

Joss zeigt mir eine Seite an meiner Mutter, die ich bisher nicht kannte. Außenstehende sind dazu fähig. Sie können eine andere Person enthüllen, die unter dem Mantel aufblitzt, den sie jahrelang getragen hat. Ich hätte im Traum nicht gedacht, daß meine Mutter mit meinem Ehemann durchs Wohnzimmer tanzen würde, daß sie seine Trompete ausprobieren würde, daß sie lange aufbleiben und erzählen würde, wie eifersüchtig mein Vater war. Mein schwacher, sanfter Vater. Tatsächlich fand ich meine Mutter interessant, als ich ihren Unterhaltungen mit Joss lauschte. Ich hörte Geschichten, die ich noch nie gehört hatte; oder ich hörte Geschichten, die ich oft gehört hatte, die mir aber auf einmal unterhaltsam, faszinierend erschienen. Ich konnte es nicht verstehen. Hatte ich sie in all diesen Jahren nicht richtig gewürdigt? Oder ist das bei allen Kindern so?

Bei einem der Besuche meiner Mutter hatte Joss eine schlimme Grippe und fieberte. Meine Mutter bestand darauf, den Arzt zu rufen. Sie glaubte an Krankheiten, wie andere Menschen an Gott glauben. Sie war inbrünstig, rechtschaffen, kundig. Er würde Antibiotika brauchen. Es könnte eine dieser tödlichen ausländischen Grippen sein. Man hat doch davon gehört. Die chinesische Grippe. Sie kommt mit dem Wind von weither. Sie haben im Fernsehen darüber berichtet. »Millicent, wenn du nicht sofort zum Arzt gehst, bekommst du es auch. Du kannst daran sterben. Warum um Himmels willen wollt ihr keinen Arzt holen?« Ich wollte, daß sie geht, damit ich ihn allein pflegen konnte. Joss würde nie zum Arzt gehen. Ein einziger Arztbesuch könnte unser Leben ruinieren. Selbst als er im Sterben lag, wollte Joss keinen Arzt.

Meine Mutter wollte unser Schlafzimmer betreten, es in einen der dunklen, süßen Räume verwandeln, in denen wir als Kind unsere Krankheiten verbrachten. Die Vorhänge schließen. Die Bettwäsche wechseln. Seine Stirn regelmäßig mit einem feuchten Lappen abwischen. Seine Hand halten. Seinem Fiebergestammel lauschen. Aber ich ließ sie nicht herein. Ich sagte ihr wiederholt, daß Joss ein sehr zurückhaltender Mensch sei. »Er kommt mir gar nicht zurückhaltend vor«, sagte sie dann und verfiel in die alte Gewohnheit, mir in allem zu widersprechen.

Meine Mutter sagte immer: »Man weiß nie, was in den vier Wänden vorgeht. Familien besitzen eigene dunkle Geheimnisse. Man weiß es einfach nicht.« Oder sie sagte: »Jedem das Seine. Wie könnte ich mir ein Urteil erlauben?« Oder: »Es ist ihre Angelegenheit. Halt dich da raus.« Würde sie das auch jetzt sagen, wenn sie noch lebte? Würde sie für mich eintreten und mich verteidigen? Würde sie die anderen beiseite schieben und sagen: »Laßt sie in Ruhe.« Oder hätte auch sie mit der Presse gesprochen, so wie meine alten Schulfreundinnen, die Jungs aus der Band, unsere Nachbarn, die Nachbarn unserer Nachbarn. Der Zeitungshändler. Der Friseur. Der Bestattungsunternehmer. Unser eigener Sohn. Nein, das hätte sie nicht. Meine Mutter hätte zu mir gestanden. Oder nicht? Doch. Sie hätte zu mir gestanden.

Ich blicke auf und stelle fest, daß ich in Colmans Zimmer bin. Ich kann mich nicht daran erinnern, hereingekommen zu sein. Aber ich sitze mit einer alten Flasche in der Hand auf dem niedrigen, schmalen Bett. Einer alten grünen Glasflasche. Colman buddelte die Dinger immer am Strand aus. Auf dem Regal steht ein Foto von Colman und Pickles. Colman ist ungefähr fünfzehn, trägt einen Wolldeckenmantel, sieht wild aus mit dem langen Haar. An den Namen des Mädchens kann ich mich nicht erinnern. Wir nannten sie einfach Pickles, weil sie alles Eingelegte mochte. Essiggurken, Zwiebeln, rote Bete, Kohl. Ich frage mich, wo Pickles jetzt sein mag. Ich mochte sie. Sie war gut für Colman. Wenn Pickles noch da wäre, würde Colman nicht dieses Buch machen. Ich fange an, die Sachen in seinem Zimmer wegzupacken. Das wollte ich schon seit Jahren tun. Die alten Comics, Bücher, Steine, Muscheln, Flaschen, Stiefel, Fotos, Schallplatten. »Dark side of the moon«. Das hat er einen ganzen Sommer lang jeden Tag hier gehört. Ich packe alles weg. Es ist, als sei auch er gestorben.

Als ich mit dem Wegpacken fertig bin, sieht das Zimmer so kahl aus, daß es weh tut. Die nackte Glühbirne ist eine einzelne Träne. Das nackte Bett wartet auf jemanden, der einem Märchen entsteigt und viele Jahre tief und fest darin schläft. Ich gehe nach draußen und werfe einen Blick auf das alte Cottage. Es neigt sich leicht zu einer Seite, in Abwehrhaltung, abwartend. Ich gehe ins Dorf zum Einkaufen. Der Wind ist scharf und beißend. Der Himmel ist blutleer und bleich. Bar jeden Mitleids. Bar jeder Leidenschaft. Der Himmel kann heute nicht weinen. Das Meer ist dunkel und wild. Es ist so laut, daß es in meinem Kopf rauscht. Ein Hieb nach dem anderen, wie bei einem Verhör. Ich betrete Bruce Savages Metzgerei. Ich nehme vier Würstchen. Zwei Scheiben Blutwurst. Ein halbes Pfund Hackfleisch. Zwei Lammkoteletts. Ein Rindersteak. Ich werde einen Teil davon einfrieren. Der Metzger hat die Neuigkeit erfahren. Er sagt mir, daß es ihm leid tut, während er die Würstchen mit seinen großen Händen auf das Papier legt und sorgfältig einwickelt. Seine fetten Wurstfinger sind ganz weich.

Er will wissen, woran Joss gestorben ist. Metzger scheuen vor unappetitlichen Details nicht zurück. Er will alles hören. Er hofft, es sei nicht schmerzhaft gewesen. Das ist als Frage gemeint. Er hebt am Ende des Satzes die Stimme und wartet. Er schärft sein großes

Fleischermesser. Seine Augen zwinkern voller Mitgefühl; sein Gesicht ist rot wie ein rohes Steak. »Doch«, sage ich, »es war so schmerzhaft, daß ich mich jetzt vor dem Tod fürchte. Ich glaube nicht mehr an einen schmerzlosen Tod«, sage ich. »Die Menschen erzählen Lügen über den Tod, genau wie über die Geburt. Sie wissen, daß wir alle beides durchmachen müssen, daher lügen sie. Sie reden vom Einschlafen. Aber so ist es nicht.« Ich will weitersprechen, spüre aber Bruces Blick. Ich sehe ihm tief in die Augen, sie sind von Entsetzen erfüllt. Es ist, als würde seine Seele beben. »Es kann uns jeden Moment erwischen«, sagt Bruce, der Sohn. Ich erkundige mich nach seinem Vater. Er sagt, es gehe ihm schlecht, er sei Vegetarier geworden. »Was ist mit Ihnen?« frage ich. »Sind Sie auch Vegetarier?« »Nein, ich mag mein Fleisch«, erklärt mir Bruce, der Sohn. »Ich meine«, sagt er mit großer Geste, »schließlich ist Fleisch mein Leben.«

Ich sage ihm, daß ich auch gern Fleisch mag, und nehme die Tüte von der Theke. »Aber in Maßen. Man muß auf sein Herz achten.« Bruce nickt und lacht, wobei er mit der Faust auf seine blutbefleckte Schürze klopft. »Oh, aye«, sagt er. »Sie müssen auf das alte Herz aufpassen. Man hat ja nur die eine Pumpe.«

Ich verlasse das Geschäft und spüre, wie das Fleisch in der Plastiktüte weich und schwabbelig gegen mein Bein drückt. Ich gehe die Hauptstraße entlang, hinter mir das Meer. Der Bus nach Lair hält, und ein Mann steigt aus, der Joss' Doppelgänger sein könnte. Ich spüre, wie mich die Kraft verläßt. Für einen Sekundenbruchteil sage ich mir, der Alptraum ist vorbei. Joss ist wieder da. Joss lebt. Ich folge ihm um die Ecke. Er dreht sich kurz um und sieht durch mich hindurch. Er hat die falsche Nase. Mir ist ganz schlecht vor Enttäuschung. Ich setze mich auf die Bank an der Bushaltestelle und starre auf die fernen Hügel. Wenn Joss nicht gestorben wäre. Wenn ich zuerst gestorben wäre. Der Bus nach Kepper kommt, und ich spiele mit dem Gedanken einzusteigen, dann umzusteigen und dann noch einmal, bis ich einen Ort erreiche, dessen Namen ich noch nie gehört habe. Ich sammle all meine Kraft und zwinge mich, weiterzugehen und Gemüse zu kaufen. Ich weiß nicht, wie es mir gelingt. Ich weiß nicht, weshalb ich noch lebe. Wäre ich zuerst gestorben, müßte ich all dies nicht durchmachen. Was kümmert es Joss? Die Toten kümmern sich doch um nichts, oder? Ich hasse Joss.

Jean aus dem Obst- und Gemüseladen hat eines dieser Gesichter, die alles verstehen. Sie dürfte eigentlich nichts schockieren. Sie hat niemals einen Feind gehabt. Ich könnte mich hinsetzen und ihren großen grauen Augen meine ganze Lebensgeschichte erzählen. Sie würden sich bestimmt mit Tränen füllen. Wenn sie lächelt, tanzen Fältchen um ihre grauen Augen. Sie packt meine Einkäufe vorsichtig ein, als pflege sie mich. Die schweren Sachen nach unten. Die leichten nach oben. Als letztes legt sie sorgsam die Trauben obenauf. Sogar ihre Hände sehen freundlich aus. Sie rückt ein paar braune Papiertüten vorsichtig zurecht. »Bitte schön, Mrs. Moody.« Mehr sagt sie fast nie. An solchen Tagen könnte ich für diesen Satz sterben. Es liegt daran, wie sie ihn ausspricht. Anmutig und vertraut. »Bitte schön, Mrs. Moody.«

Ich gehe langsam den Hügel nach Torr hinauf, in jeder Hand eine Tüte, um das Gleichgewicht zu halten. Alles bewegt sich im Wind. Die Hecken, die Bäume, die Rosen. Alles kämpft darum, standhaft zu bleiben, das Gleichgewicht zu halten. Der Gegenwind treibt mich fortwährend zurück. Ich komme so langsam voran, als würde ich durch Sirup waten. Am Rose Cottage lege ich eine Pause ein. Jetzt ist es nicht mehr weit. Wenn ich da bin, mache ich mir eine Tasse Tee und warte auf den Schlosser.

Mr. Barton Todd kommt um 15.30 Uhr. Ich habe heute oft in das seltsame Gesicht der Uhr geschaut. Er ist pünktlich, wie ich es mir dachte. Man erkennt pünktliche Menschen schon an ihren Gesichtern. Pünktliche Menschen haben für gewöhnlich schärfer geschnittene Gesichter. Joss war nie pünktlich. Er mochte es, wenn die Leute auf ihn warteten. Als wir umeinander warben, ließ er mich einmal eine halbe Stunde vor *Boots* warten. Ich dachte, er hätte mir den Laufpaß gegeben. Ich war den Tränen nahe, als er schließlich auftauchte und behauptete, der Busfahrer habe einen epileptischen Anfall gehabt.

Mr. Barton Todd ist ein hochgewachsener, schlaksiger Mann mit gebeugten Schultern und einem grauen Arbeitskittel. Auch seine Haare sind grau und fallen ihm ins Gesicht. Er schiebt sie ständig nach hinten. Er hat Schlosserhände – solide Messingknöchel. Kurze, gepflegte Nägel. Alt. In diesem Moment sägt er ein Loch in meine Holztür und schlägt es mit einem Werkzeug heraus. Zum ersten Mal seit Wochen fühle ich mich hier sicher. Ich würde ihn gern fragen, ob er bleiben und sich um mich, meine Türen und meinen Garten kümmern möchte. Fensterläden einsetzen. Eine Kette an der Vordertür anbringen. Ich sage mir, es geht mir schon besser. Ich habe Essen für die nächsten Tage. Ich habe ein neues Schloß und einen Schlüssel. Ich habe Riegel an den Fenstern. Ich habe mich immer wie ein Durchschnittsmensch gefühlt, doch als ich jetzt Mr. Barton Todd frage, wieviel Fensterläden kosten würden, fühle ich mich anders als der Durchschnitt. Fensterriegel, Fensterläden. Ketten. Das hier ist Torr. Torr ist ein relativ sicheres Fischerdorf. Manche Leute lassen noch immer die Haustür offenstehen. Doch Mr. Barton Todd sagt: »Vorsicht ist besser als Nachsicht«, eine passende Maxime für einen Schlosser. »Hier passieren mehr Verbrechen als früher«, sagt er. »Man weiß nie, wann es soweit ist.«

Torr ist nicht mehr dasselbe Torr. Seit die Briefe kamen. Es ist ein neuer Ort mit einem neuen Schloß. Es ist mir in der Weise vertraut, in der eine Erinnerung vertraut ist, und verändert sich doch jedesmal, genau wie die Erinnerung. Verändert sich ganz und gar. Die Größe der Zimmer hat sich verändert. Sie sind heute viel kleiner. Die Küchenregale sind höher. Das Pfeifen des Wasserkessels klingt viel schriller. Die Toilettenspülung im Bad ist so laut, daß ich jedesmal zusammenzucke. Die Spiegel im Cottage lassen auch mich anders aussehen. Ich erkenne mich kaum wieder. Ich bin dünner. Viele Leute nehmen nach einem Todesfall ab oder zu. Ich bin eindeutig viel dünner geworden. All die Diäten, und jetzt sitze ich hier, durch Trauer abgemagert. Die große Lampe im Wohnzimmer wirkt zerbrechlich mit ihren langen Fransen. Joss' Lehnsessel ahmt noch immer die Umrisse seines Körpers nach, wartet auf seine Rückkehr wie ein treuer Hund an dem Grab seines Herrn. Auf dem

Tisch am Fenster steht eine leere Vase. Wir füllten sie gewöhnlich mit Skabiosen, Kornblumen, Lichtnelken. Ich hätte auch ein paar Blumen kaufen sollen.

Bevor ich an diesem Morgen den zweiten Brief öffnete, fand ich einen alten Zettel in Joss' Handschrift. Viele kleine Erledigungen. Harry anrufen. Buchhaltung Dampf machen. Big Red anrufen. Auto. Jeder erledigte Punkt war durch eins von Joss' albernen, kleinen, linkshändigen Häkchen gekennzeichnet. Die Häkchen rührten mich. Eine Anweisung erschien mir verwirrend. EM schreiben. Ich kann mir nicht vorstellen, wer EM ist. Den ganzen Tag habe ich darüber nachgedacht. Daneben ist ein Sternchen, aber kein Häkchen. Ich falte die kleine Liste und stecke sie in mein Portemonnaie. Sie könnte auch eine Locke sein. Ich hätte gern eine Locke von Joss' schwarzem, krausem Haar. Joss hatte wunderbar dichtes schwarzes Haar. Ich frage mich, ob sein Haar immer so dick war.

Ich begreife, daß ich so vieles von Joss nicht weiß. Sie bittet mich, ihr alles über seine Kindheit zu erzählen. Ich weiß nichts über seine Kindheit. Ich weiß, daß sein Name Josephine Moore war. Er brauchte lange, um mir auch nur das zu sagen. Es kam eines Tages ganz beiläufig heraus, als wir uns eine Sendung über Josephine Baker ansahen, die einen regenbogenbunten Trupp von Kindern adoptierte. »Das war mein Name«, sagte Joss ruhig. »Wie bitte?« fragte ich. Ich hatte keine Ahnung, wovon er redete. »Josephine. Meine Mutter nannte mich Josephine, nach ihrer Schwester.« Damals war ich so überrascht, daß ich nicht viel sagen konnte. Ich weiß noch, daß ich die Vorstellung, Joss habe einen anderen Namen, ein wenig geschmacklos fand. Ehrlich gesagt, fand ich es sogar erschreckend. Die Vorstellung, daß Joss nicht immer Joss gewesen war, daß Joss Moody einmal Josephine Moore geheißen hatte, verstörte mich. Irgendwann später fragte ich ihn, wie es sich anfühle. Doch wann immer der Name Josephine Moore fiel, sagte er: »Laß sie in Ruhe«, als sei sie jemand anders. Er sprach immer in der dritten Person von ihr. Sie war seine dritte Person. Aber ich weiß eigentlich nichts über Josephine Moore. Eigentlich weiß ich gar nichts. Ich kann mir nicht einmal richtig vorstellen, wie sie ausgesehen hat.

Ich kann mir ihr Haar, ihre Frisur nicht vorstellen. Ich will es auch nicht.

Draußen wird es jetzt dunkel. Feierlich und tief und verschwiegen. Wenn ich herkomme, muß ich mich immer erst ein wenig an die Dunkelheit gewöhnen. Das Gewicht und die Tiefe der Dunkelheit auf dem Land. Sie ist so absolut, so unnachgiebig. Wenn ich nach draußen gehe, um ins Dunkel zu sehen, wirkt es beinahe endgültig. Selbst die Sterne ändern nichts an der tiefen Dunkelheit der Hecken, der schmalen Wege, der plötzlichen Ecken. Ich schließe die Vorhänge. Der Meer dort draußen führt nichts Gutes im Schilde. Ich zünde ein Feuer an, dann lege ich eine Zeitung vorn in den Kamin und halte sie an beiden Kaminwänden fest, bis sie sich in der Hitze biegt.

Selbst für die Toten kommt der Tod langsam. Ich kann Joss in diesem Zimmer mit dem kraftvollen Feuer spüren. Er zieht und läßt los, zieht und läßt los. Einmal schlaff, dann wieder angespannt. Ich sehe, wie sein ganzer Bauch die Luft einsaugt und wieder hinausläßt. Wenn sich seine Bauchdecke senkt, sich aushöhlt, reibe ich seinen Handrücken, bis er wieder einatmet. Ich kann den toten Joss jetzt ganz deutlich sehen. Er unterscheidet sich beträchtlich von dem lebenden. Er sah nicht wie er selbst aus, als er starb. Nicht wie der Mann, den ich geheiratet habe. Ich weiß nicht, wem er ähnlich sah. Vielleicht sah er am Ende mehr aus wie sie. Wie Josephine Moore.

Wie war Josephine? Spielte sie Himmel und Hölle oder mit Murmeln? Hatte sie Freundinnen? Stand sie ihrer Mutter nahe? Kaufte sie eine 78er Platte und rannte nach Hause, um sie abzuspielen? Kletterte sie auf Bäume? Spielte sie mit Puppen? Stand sie im Regen vor den Pubs, in denen Jazz gespielt wurde, und neigte beim Zuhören den Kopf zur Seite? Lief ein streunender Hund an ihr vorbei und heulte im seltsamen Licht des Mondes? Entschied sie sich in jener Nacht dazu, ihr ganzes Leben zu ändern? Ich will nicht über sie nachdenken. Weshalb denke ich über sie nach?

Wenn er mit ihr ankommt, werde ich eine Erklärung abgeben, dann ist Schluß. Ich habe gar nicht darüber nachgedacht. Sie fragt in ihrem Brief, ob ich rückblickend irgend etwas anders gemacht hätte. Man lebt aber nicht rückblickend, oder? Im Rückblick betrachtet man die Dinge in einem anderen Licht. Dadurch ändert alles seine Form. Wenn Colman durch unser Haus geht und überall mit seiner rückblickenden Laterne umherleuchtet, wird er im Garten Dinge finden, die wir nie gepflanzt haben ... Einer der Zeitungsartikel trug die Überschrift *Sein Leben – eine Lüge*. Sie trieben Leute auf, die angeblich Freunde von Joss gewesen waren und Sachen sagten wie: »Er hat uns total zum Narren gehalten.« Aber so empfand ich es nicht. Ich fühlte mich nicht, als hätte ich eine Lüge gelebt. Ich fühle mich, als hätte ich ein Leben gelebt. Der Rückblick ist eine Lüge.

Der Kirschbaum, den wir an Colmans erstem Geburtstag gepflanzt haben, wogt hinter den Vorhängen. Heute fiel mir auf, wie er die Wurzeln nach dem Haus ausstreckt. Die Wurzeln sehen aus wie arthritische Finger, gekrümmt und verformt. Möglicherweise muß ich ihn ausgraben lassen, bevor er das Haus zum Einsturz bringt. Ich überprüfe meine brandneuen Türschlösser. Wer hätte je gedacht, daß ich die Schlösser auswechseln würde, um meinen Sohn fernzuhalten?

Als ich unser Schlafzimmer betrete, steht das Bett einfach da, als wolle es sagen, ich bin's nur. Ich erwarte noch immer, daß ein Wunder geschieht, daß ich einfach die Treppe hinaufgehe und Joss im Bett auf mich wartet. Wann immer ich diesen Raum betrete, trifft mich die Leere wie ein Schlag in den Magen. Trauer hat viel mit Wiederholung zu tun. Zuerst die dumme Hoffnung, dann die Gewalt der Erinnerung. Erst die Hoffnung, dann rutscht der Teppich unter den Füßen weg. Wenn Joss am Leben und ich gestorben wäre. Wenn Joss zum Arzt gegangen wäre. Wenn ich Joss gezwungen hätte, zum Arzt zu gehen. Tag und Nacht kreisen meine Gedanken um dieselben Dinge. Jeden Abend habe ich Angst vor dem Schlaf. Ich weiß, Joss wird mich finden. Ich weiß, ich werde aufwachen und es vergessen haben und mich wieder erinnern.

Joss trägt einen Anzug mit Nadelstreifen. Sein Hemdkragen ist an den Spitzen angeknöpft. Er trägt die Manschettenknöpfe, die ich ihm geschenkt habe. Er trägt seine Trompete. Er bedeutet mir, ihm zu folgen, wobei er seine langen, schönen Finger an die Lippen hält. Wir sind auf dem Victoria-Busbahnhof. Joss hat Fahrkarten, auf denen einfach nur »Schottland« steht. Er gibt mir eine große Plastiktüte mit der Aufschrift *Selfridges*, schiebt mich ins Damenklo und sagt: »Schnell, zieh dich um!« In der Tüte ist ein blaßgrünes Kleid; es erinnert mich an das Kleid, das ich bei meiner Hochzeit getragen habe. Ich ziehe es an. Ich gehe raus, und Joss sieht mich entsetzt an. »Was soll das?« brüllt er, packt mein Handgelenk. Ich sehe an mir hinunter und stelle fest, daß ich einen Nadelstreifenanzug trage. Und nicht das Kleid. Ich sehe Joss an und kichere. Er trägt das grüne Kleid. Aber seine Füße stecken in Männerschuhen, und ich habe Damenschuhe an. Wir sehen beide lächerlich aus. Ich deute auf seine Füße und lache hysterisch. Jetzt sitzen wir hinten im Bus und tauschen hastig die Schuhe. Ich lege Joss den Arm um die Schultern, um sie zu trösten. Sie weint und tupft ihre Augen ab. Dann beginnt sie zu schrumpfen. Ich habe Angst. Ich will es jemandem sagen, aber da ist niemand. Alle Leute im Bus sind Schaufensterpuppen. Im Bus sind keine echten Menschen. Sie schrumpft und schrumpft zu einem kleinen Mädchen in einem grünen Kleid. Wir sind draußen auf der Straße, und ich halte ihre Hand. Ein großer gelb-orangefarbener Bus fährt auf uns zu. Ich sehe den Fahrer an, und es ist Joss. Er fährt geradewegs auf uns zu. Ich schreie mit schriller Stimme: »Joss, du tötest dich selbst!«

Ich stehe auf. Ich kann nicht mehr im Bett bleiben. Die Sonne ist noch nicht aufgegangen. Dennoch will ich mich anziehen. Ich ziehe eine alte, kamelhaarfarbene Hose an. Einen apfelgrünen Kaschmirpullover. Ich schaue mich selbst im Spiegel an, als sei ich jemand anders, als sagte ich lediglich zu mir: »Kenne ich dich nicht? Bist du nicht auf die St. Catherine's Mädchenschule gegangen?«

Ich setze mich gegenüber von Joss' Lehnsessel hin. Die letzten Tage seines Lebens laufen fortwährend wie ein Film vor meinen Augen ab. Wie eine besondere Stelle in einem Film, die man sich wieder und wieder ansieht. Ich kann den Film nicht anhalten. Joss starrt mich an. Er versucht nicht, zu sprechen. Er kann das Gewicht seiner Augenlider nicht ertragen. Er schließt die Augen und öffnet sie. Ich wische seine Stirn ab. Ich schüttle geschickt wie eine erfahrene Krankenschwester die Kissen auf. Ich sage ihm, daß ich da bin. Ich werde nicht weggehen. Ich sage ihm, daß ich ihn liebe. Er will nicht ins Krankenhaus. Ich weiß, er will nicht ins Krankenhaus. Ich schüttle seine Kissen auf und achte darauf, daß das unterste genau in sein Kreuz paßt. Dann schichte ich die Kissen stufenweise auf, bis zu seinem Hinterkopf. Ich muß es regelmäßig tun, sie rutschen immer wieder hinunter. Wenn die Kissen richtig liegen, hat er es bequemer. Wenn die Kissen bequem sind, gelingt ihm vielleicht ein schwaches Lächeln.

Er kämpft drei Tage lang. Ich schlafe überhaupt nicht. Ich gleite in seinem Rhythmus in meine Existenz hinein und hinaus. Uns beiden erscheint Zeit als etwas Seltsames. Wir haben jetzt unsere eigene Zeit. Das Tageslicht glüht und verblaßt und glüht wieder auf. Die Zeit ist wie ein Reiher am Himmel, sie gleitet, scheint sich aber nirgendwohin zu bewegen, sie fliegt auf der Stelle. Joss will nichts mehr essen. Er trinkt Wasser in langsamen Schlucken. Er hält die Augen die meiste Zeit geschlossen. Er weiß, daß ich hier bei ihm bin. Er kann mich fühlen, und ich kann ihn fühlen. Wir benutzen keine Worte mehr. Er kann nicht sprechen, ich auch nicht. Wir sind jenseits der Worte angelangt. Dort draußen – gestrandet, jenseits von Zeit und Sprache. Die Kissen stützen ihn, und ich sitze neben ihm. Ich befühle ständig seine Stirn. Ich streichle sein Haar. Es ist verschwitzt und klebt am Kopf. Ich kann seinen Tod in mir spüren. Wir sind uns nun so nahe wie beim Sex, bei der Geburt. Ich fühle mich ausgelaugt von seiner Krankheit. Mir ist, als spendete ich ihm mein Blut.

Ich gehe aufrecht mit ihm bis zur Grenze, trage sein Gewicht auf meinen Schultern. Er ist jetzt leicht. Ich spüre, wie er die Grenze überschreitet. Ich weiß, ich muß umkehren. Ich lasse ihn dort und trage ihn gleichzeitig mit mir zurück. Ich gehe ins Badezimmer. Ich kann mich nicht zurückhalten. Ich versuche, meine schweren Füße rasch die Treppe hinaufzubringen. Als ich zurückkomme, ist Joss tot. Seine Augen zucken nicht. Sein Herz schlägt nicht. Um sicherzugehen, horche ich eine ganze Ewigkeit.

Ich starre mich im Spiegel an, als sei ich jemand anders. Ich weiß nicht mehr, wie es sich anfühlt, ich zu sein. Wer ist Millicent Moody? Joss Moody ist tot. Joss Moody ist nicht Joss Moody. Joss Moody war eigentlich jemand anders. Bin auch ich jemand anders? Doch wer war Joss Moody? Wer war dieser andere? Ich verstehe es nicht. War ich eine gute Mutter, eine gute Ehefrau, oder war ich gar nichts? Habe ich mein eigenes Leben nur geträumt?

Ich öffne den Schreibtisch in der kleinen, dunklen Diele und hole den Schuhkarton heraus. Die alten Urlaubsfotos sind da drin. Ich schaue mir Schnappschüsse von Colman an. Colman mit fehlenden Schneidezähnen. Colman, wie er einen Hecht am Schwanz festhält und eine Grimasse zieht. Colman in seinen riesengroßen Stulpenstiefeln. Colman und ich im Anorak, wie wir geradewegs in die Zukunft lächeln; unser Gesichtsausdruck, befangen, verlegen, als wüßten wir, daß es dieses Foto Jahre später noch geben wird, daß es das Lächeln seiner Zeit lächelt. Joss und ich mit Schlagseite, Hand in Hand, von Colman in einem seltsamen Winkel aufgenommen. Joss himmelt mich an. Ich lächle die Kamera an, meinen kleinen Sohn. Ich sehe ihn noch an dem Tag, als er dieses Foto machte und sich abmühte, nicht mit der Kamera zu wackeln. Ich sehe ihn dort stehen, als hätte ich ein Foto davon gemacht. Ich wünschte, ich hätte es getan. Manchmal erinnert man sich an sein Leben, als sei es eine Reihe nie gemachter Fotos. Ein Augenblick vor oder nach dem Klicken der Kamera. Ich wünschte, wir hätten nicht die ganze Zeit posiert, einen Fisch hochgehalten und gelächelt. Dadurch sehen wir unecht aus, wie Schauspieler. Sehen Sie sich das an: Joss und Colman spielen Clanführer. Colman hat eine schottische Karomütze auf dem Kopf und einen Stock in der Hand. Joss trägt unsere Karodecke um die Schultern. Ich weiß noch, daß Joss Colman an diesem Tag im Scherz erzählte, sie seien Schwarze Jakobiten, die in jede Schlacht ziehen könnten. Hier ist ein Foto von uns dreien. Colman lächelt Joss bewundernd an, als habe Joss gerade etwas erfunden. Joss blinzelt ins Licht. Dahinter das Meer. Man kann es förmlich riechen.

Joss wollte nie im Meer schwimmen. Er zog selbst an glühend

heißen Tagen kaum ein Kleidungsstück aus. Dieses Risiko wollte er nicht eingehen. Daher lag ich faul in meinen diversen Badeanzügen herum – gerüscht, gestreift, gepunktet –, und Joss war in seine Schichten eingehüllt. Colman übersprang die Wellen wie Hürden und juchzte wie ein Cowboy. Ich sage mir, ich hatte ein Leben, eine Familie, Familienurlaub. Ich sage mir, daß ich daran festhalten muß. Daß mich niemand dazu bringen darf, es loszulassen. Nicht einmal mein Sohn. Ich fahre plötzlich zusammen, als ich die Fotos von Joss betrachte, als suchte ich nach etwas. Ich stelle fest, daß ich versuche, ihn auf diesen Fotos anders zu sehen. Aber ich kann es nicht. Der größte Unterschied liegt im Alter – einige dieser Fotos sind dreißig Jahre alt. Joss besitzt darauf dieses jugendliche Aussehen, eine Art von Beständigkeit, eine Zuversicht, als glaube er nicht an das Alter, als würde es ihn niemals treffen. Das ist alles, was ich sehe. Ich kann diese Bilder nicht anglotzen und mich zwingen, »diese Person zu sehen, die offensichtlich eine Frau ist, wenn man es einmal weiß«, wie es in einigen Zeitungsberichten heißt. Ich kann sie nicht sehen. Ich weiß nicht, ob ich sie jemals sehen werde. Das gleiche gilt für die Fotos von Joss auf seinen Plattencovern. Ich kann ihn nicht ändern. Ich kann seine Lippen sehen. Geschürzt, wenn er Trompete spielte. Geöffnet, wenn er redete. Ich sehe, wie er sich über mich beugt, mich sanft mit seinen Lippen küßt. Im ganzen Gesicht. Seine dunklen, vollen Lippen.

LEUTE:

Der Bestattungsunternehmer

Albert Holding beschäftigt sich mit den Toten. Er ist daran gewöhnt, sie so hübsch wie möglich zu machen. Manche Leute sind häßlich geboren, so wie er selbst. Manche Leute sind tot schöner als lebendig. Es stimmt, was man sagt: Es gibt nichts Schöneres als ein friedliches Gesicht. Wer im Leben viel Zeit mit Jammern, Schelten, Fluchen und Bereuen verbracht hat, sieht tot oft besonders schön aus. Der plötzliche Friede ist ein außergewöhnlicher Anblick. Der Zorn, die Reue – in einem Moment geglättet. Das ganze Gesicht öffnet sich, als sei es endlich verstanden worden.

Jene, die starben, bevor sie dazu bereit waren, geben oft schwierige Leichen ab. Launisch und reizbar, steifer als die übrigen, schwerer zu bewegen und vorzubereiten. Er pudert ihre Gesichter, der Puder verrutscht. Er schließt den Mund, er klappt wieder auf. Es gibt Probleme mit den Augenlidern. Er gehört nicht zu denen, die den Tod verstörend finden. Er verliert nicht die Nerven. Doch jene, die »zu früh« gehen mußten, können unerfreulich sein. Daran besteht kein Zweifel. Geballte Fäuste. Zusammengebissene Zähne. Versteinerter Kiefer. Was Albert Holding auch versucht, er kann sie nicht lockern. Ihm tun die Familien derer leid, die zu früh gehen mußten; sie wirken immer entsetzt, wenn sie kommen, um den Toten die letzte Ehre zu erweisen. Sie bleiben nie lange. Rein und wieder raus, so rasch wie möglich. Ein schneller Blick, dann der eilige Abgang. Die Tür schlägt zu.

Natürlich gibt es immer unterschiedliche Persönlichkeiten, sogar unter den Toten. Jene, die ihr ganzes Leben darauf gewartet haben, tot zu sein, die sich all die Jahre auf Erden nach der anderen Seite gesehnt haben. Diese »Ungeduldigen« erkennt man auf eine Meile

Entfernung. Im Leben waren sie Pessimisten, machten aus einer Mücke einen Elefanten. Waren Märtyrer. Wenn sie sterben, verläßt ihr Geist *Holding und Sohn* so rasch, daß Funken auf den Boden regnen. Das zurückbleibende Gesicht ist leer, einsam, naiv. Ihre Körper werden nicht so steif. Sie sind weich, biegsam. Sie schweben beinahe. Lassen sich kinderleicht ankleiden und bewegen; wenn er sie pudert, erhascht Holding oft noch den Nachhall eines Lächelns. Die Familien jener, die den Tod nicht abwarten konnten, sitzen eine Ewigkeit da, als würden sie die Toten erst jetzt richtig kennenlernen, als passe der Tod besser zu ihnen als das Leben. Sie entspannen sich in den Stühlen des Bestattungsinstituts wie in Liegestühlen am Strand. »Bleiben Sie, solange Sie möchten«, sagt er zu ihnen. Er bietet den Angehörigen ein großes Glas kaltes Wasser an, in dem das Eis klirrt.

Albert Holdings Freunde wollten nie mit ihm über seine Arbeit sprechen. Zu morbide, zu deprimierend, sagten sie. Er hielt seine Freunde für oberflächlich und albern. »Jeder von euch stirbt eines Tages«, sagte er dann, »und ihr habt keine Ahnung, was mit euch passiert ist.« Er hat Leichen hereinbekommen, die anscheinend nicht begriffen hatten, daß es so etwas wie den Tod gibt. Es gibt Menschen, die den Tod in solchem Maße leugnen, daß sie sich als Leichen den Anstrich des Lebendigen geben. Dies sind die Leichen, die sich aufsetzen und rülpsen und plötzlich die Augen öffnen und einen anstarren. Leute, die sagen, dies sei ein Reflex, wissen gar nicht, wovon sie reden. Albert weiß, was er weiß. Er weiß um die zahlreichen Unterschiede zwischen den Toten. Er kann mehr über diese unterschiedlichen, exzentrischen Persönlichkeiten erzählen als über deren Todesursache. Albert fasziniert der Charakter der Toten. Erstaunlich, wie schnell er einem etwas darüber sagen kann. Der Tod einiger Menschen, die Art und Weise, die sie für ihren Abgang gewählt haben, ist oft sehr passend. Über Holdings Tür im Inneren von *Holding und Sohn* hängt ein Schild, daß er speziell hat anfertigen lassen:

Der Tod hat zehntausend verschiedene Türen
Durch die der Mensch den Abgang nimmt

Wer *Holding und Sohn* verläßt, sieht als letztes die Messingplatte mit dieser Aufschrift. Holding hatte dieses Zitat aus *Die Herzogin von Malfi* für jene gedacht, die noch irgendeine Bestätigung brauchten. Er war als Student darauf gestoßen und hatte immer davon geträumt, es in seinem eigenen Bestattungsinstitut aufzuhängen. Es gibt so viele verschiedene Todesarten, wie es Menschen gibt. Menschen werden mit einer Persönlichkeit geboren; und sie sterben mit einer. Es mag dieselbe sein. Oder sie ändert sich urplötzlich, in letzter Minute für das nächste Leben. Die meisten Menschen sterben mit derselben Persönlichkeit, mit der sie geboren wurden, nur in extremer Ausformung – manchmal sogar in einer grotesken Übertreibung all ihrer Eigenschaften. Eine von Natur aus hektische Person wird meist in Krankheit und Tod eine unerträgliche Hektik an den Tag legen.

Der Bestattungsunternehmer hatte einmal eine Freundin, die Hebamme war. Sie sagte ihm, sie könne im Augenblick der Geburt die Persönlichkeit eines Babys erkennen. Er sagte, er könne dies bei Toten. Eines Abends gestand er ihr bei Wein und Kerzenlicht, daß einige Menschen im Augenblick des Todes ihre Persönlichkeit ändern. »Deshalb«, so erklärte er ihr und kippte aufgeregt seinen Wein hinunter, »deshalb sagen die Leute auch so oft, man erkenne die Toten nicht wieder. Die Familien können den Toten kaum noch mit dem Lebenden in Verbindung bringen, weil sich die tote Person verändert hat!« Sein Glas klirrte, als er es triumphierend auf den Tisch stellte und seiner Hebammenfreundin in die Augen sah. Der Anblick veranlaßte ihn, nach der Flasche zu greifen und sich nachzuschenken. Ihre Augen glänzten. Erst auf dem Nachhauseweg wurde ihm bewußt, daß ihr Blick pures Entsetzen ausgedrückt hatte.

Albert führt *Holding und Sohn* seit fünfundzwanzig Jahren, obwohl er keinen Sohn hat und sein Vater kein Bestattungsunternehmer war. (Der Name *Soundso und Sohn* wirkt beruhigend, ob es sich nun um einen Metzger, Schuster oder Bestattungsunternehmer handelt.) Er begrüßt die Neuankömmlinge in ihrer vorübergehenden Bleibe. Wenn nötig, bereitet er sie auf die bevorstehende lange,

lange Reise vor. Er ergreift ihre Hand und sagt sanft: »Dies wird die längste Reise, die Sie je angetreten haben. Neigten Sie im Leben zu Reisebeschwerden?« Wenn sie nicken, blinzeln oder ihm ein anderes Zeichen geben, öffnet er ihre Lippen und schüttet ein wenig *Andrews Lebersalz* hinein. Erhält er keine Reaktion, weiß er, daß sie bereit sind.

Heutzutage sterben scheinbar so viele Menschen. Holding steht ständig vor neuen schwierigen Aufgaben. Die Toten mögen zwar in Frieden ruhen, doch er bekommt kein Fitzelchen davon ab. Wenn die furchtbare Wahrheit bekannt wäre, würden die meisten ohnehin nicht in Frieden ruhen. Jedenfalls nicht bei ihrer Ankunft. Es braucht ein bißchen Talent und Erfindungsreichtum von seiten des Bestattungsunternehmers, um sie zum Totsein zu überreden. Manche Leute sind einfach nicht darauf vorbereitet, die Sache durchzuziehen. Manchmal tut es ihm leid um die Zeit, die es verschlingt! Er wird doch nicht für irgendeine Beratungstätigkeit bezahlt! Wie bei so vielen anderen Menschen heutzutage geht seine Arbeit über die eigentliche Stellenbeschreibung hinaus. Er muß für jeden alles sein. Einfach ist das nicht. Die Toten halten Albert Holding auf Trab. Die Toten sind so anspruchsvoll. Die Toten sind überlebensgroß.

Sie mögen zwar von einem Arzt für tot erklärt worden sein, aber seiner Meinung nach ist der Tod eine langsame Angelegenheit. Er ist ein Prozeß. Menschen sterben nicht plötzlich. Der Tod ist kein Ereignis. Nicht einmal dann, wenn sie einen Herzinfarkt oder Unfall erlitten haben, sterben Menschen plötzlich. Es gibt noch Leben, lange nachdem das Herz aufgehört hat zu schlagen. Dessen ist er gewiß. Vor Jahren wußten die Menschen das. Sie saßen vorsichtshalber neun Tage um die Leiche herum, bevor sie sie begruben. Vor Jahren fürchteten sich die Menschen davor, lebendig begraben zu werden. Der Tod ist kein begrenzter Moment, auch wenn man uns das weismachen will. Der Tod ist der unbegrenzte Moment. Die Menschen wollen glauben, daß der Tod schnell ist, weil sie sich bis ins tiefste Mark ihres Seins vor dem Sterben fürchten. Doch die Wahrheit ist, daß der Tod herumpfuscht, ausweicht,

Dinge hinauszögert, unzuverlässig ist, verschiedene winzige Veränderungen vornimmt. Mit Kehrblech und Handfeger unterwegs ist. Mit der Politur. Mit dem großen gelben Staubtuch.

Mehrere Minuten, nachdem das Herz aufgehört hat zu schlagen, läßt sich noch ein Elektrokardiogramm aufzeichnen. Drei Stunden, nachdem das Herz aufgehört hat zu schlagen, können sich die Pupillen noch zusammenziehen. Vierundzwanzig Stunden, nachdem das Herz aufgehört hat zu schlagen, ist es möglich, eine brauchbare Hauttransplantation durchzuführen. Achtundvierzig Stunden, nachdem das Herz aufgehört hat zu schlagen, kann man eine Knochentransplantation durchführen. Kein Wunder, daß bei *Holding und Sohn* eine knisternde Atmosphäre herrscht. Es kann Tage dauern, bis sich alles beruhigt. Ein Neuankömmling regt die anderen auf und läßt sie nach Aufmerksamkeit verlangen, als käme ein neues Baby auf die Station. Noch schlimmer war es früher, als Beerdigungen sich größerer Beliebtheit erfreuten. Der Tod hat sich wie alles in unserer Gesellschaft beschleunigt.

Holding selbst neigt nicht zu Äußerungen des Entsetzens. Er schnappt selten nach Luft. Nichts kann ihn entsetzen. Wenn er am frühen Abend nach Hause geht und einen großen Mann sieht, der eine kleine Frau anschreit, ist er entsetzt; oder einen Jungen, der einen anderen verprügelt; oder die grelle Schlagzeile eines Boulevardblatts. Doch wenn man einmal an den Tod gewöhnt ist, an seine Neckerei, seine Ausflüchte, sein Herumlungern, verliert er seinen Schrecken. Er war nicht entsetzt, als seine eigene Mutter starb. Er kümmerte sich persönlich um sie. Sie bekam das ganze Programm. Sie sollte nicht im Ofen enden. Er begrub sie und beschriftete ihren Grabstein. Er verbringt noch immer jeden Tag eine Weile an ihrem Grab. Er weiß, sie ruht in Frieden. Hatte Glück, daß ihr Sohn vom Fach ist, daß sie eine Spezialbehandlung erhielt, daß sie bestens gerüstet war.

Holding ist selten entsetzt. Japst nie. Doch es gab eine Zeit in seinem Leben, in der er einen Kreis entsetzt japsender Freunde um sich versammelt hatte, die sich ständig die Hand vor den Mund hielten oder zur Toilette rannten, wenn er von seiner Arbeit sprach.

Es erschien ihm ein wenig ungerecht. Sogar sein Freund, der Pathologe Dr. Norman Snell, fand seine Unterhaltungen unpassend. Norman Snell ist derjenige, der ein Gespräch mit dem Satz: »Ich habe eine Sammlung hübscher Lebern« eröffnet. Ein Rätsel, daß es bei ihm immer funktioniert. Der Mann hat eine endlose Reihe gutaussehender Männer gehabt. Einen nach dem anderen. Holding hat sie gesehen, wie sie ihm übers Haar streichelten und lachten. Dennoch hat er selten ein anderes Gesprächsthema als Lebern. Er geht nirgendwohin, ohne ein Glas aus seiner Sammlung mitzunehmen, damit er den Leuten die verheerenden Auswirkungen des Alkoholmißbrauchs vor Augen führen kann. Das ist Snells Kreuzzug, so wie die Toten Holdings Kreuzzug sind. Er schneidet vor den Augen seiner entsetzten, hysterischen Freunde Lebern auseinander. »Seht nur, wie das Fett nach oben steigt, wie bei Hackfleisch«, sagte er in ihr brüllendes Gelächter hinein. »Die in Whisky getränkte Leber ist sehr, sehr fettig.« Dann holt er das zweite Glas aus seinem Gruselkabinett. Diese Leber gehörte einem noch schlimmeren Alkoholiker. »Die verhärtete Leber ist schlimmer als die fettige. Um sie durchzuschneiden, muß man in die dicke Haut hineinstechen wie bei einem Haggis.« Seinen Freunden laufen die Tränen übers Gesicht. »Die Haut wird hart, wenn der Alkoholmißbrauch den Höhepunkt erreicht hat.« Schwere Trinker wirken im Grunde verängstigt, wenn sie ihr Bier runterkippen. »Und der Gestank ist schlimmer als in einer Brauerei.« Manchmal konnte Holding nach Dr. Norman Snells Lebergesprächen wochenlang keinen Tropfen anrühren.

Holdings Freunde lachen nicht wie die Freunde von Dr. Norman Snell. Holding bekommt immer gesagt, er solle den Mund halten oder rausgehen. Oder noch schlimmer, man glaubt ihm nicht. Die meisten alten Freunde von der Universität, die ihn einmal für einen anständigen Kerl hielten, dessen Verstand unter seinem Umgang gelitten hat, haben ihn aus ihren Adreßbüchern gestrichen. Sie scherzten immer, er sei der Steifheit seines Berufes nicht gewachsen. Sie werden ihm erst glauben, wenn sie selbst sterben; und dann ist es zu spät.

Doch an diesem Tag war Albert Holding entsetzt. An diesem Tag keuchte Albert Holding tatsächlich.

Dieses Ereignis hat ihn auf neue Gedanken gebracht, und es ist schon einige Jahre her, seit Holding einen neuen Gedanken gefaßt hat. Er hat über Männer und Frauen nachgedacht. Seit der junge Mann so außer sich geriet und an ihm herumzerrte und ihn schüttelte, hat er über Männer und Frauen nachgedacht. Die Unterschiede zwischen ihnen. Bisher war er nie darauf gekommen, über diese Unterschiede nachzudenken, wenn man einmal von den offensichtlichen Unterschieden absieht, mit denen er Tag für Tag bei der Arbeit konfrontiert wird.

Die Leiche kam um neun Uhr dreißig an diesem Morgen herein. Einer von Holdings Leuten fuhr zum Haus und holte sie ab. Der Todesfall war nicht weiter ungewöhnlich. Der Mann hatte Angst vor Krankenhäusern gehabt und war zu Hause gestorben, wo ihn seine hingebungsvolle Frau mehr als angemessen gepflegt hatte. Holding setzte sich, um seinen Morgentee zu trinken. Er spülte die leere Tasse am Becken aus, wusch sich die Hände mit medizinischer Seife und wandte seine Aufmerksamkeit dem Neuankömmling zu – dem berühmten Trompeter Joss Moody, von dem er heute allerdings zum ersten Mal hörte. Er würde nicht vor Freitag beerdigt werden, da noch einiges zu organisieren war. Bei mehr als drei Tagen war auf jeden Fall eine Einbalsamierung notwendig. Er hatte die Einbalsamiererin bestellt, sie wollte irgendwann am diesem Tag vorbeikommen.

Er fing an, die Leiche für die Einbalsamiererin vorzubereiten. Er zog ihm den Pyjama aus, einen recht teuren Pyjama aus cremeweißem Leinen, sehr modisch für einen Mann seines Alters. Zuerst zog er die Hose aus. Dabei fiel ihm zunächst auf, daß die Beine des Mannes nicht behaart waren. Dann bemerkte Holding, daß er sehr dichtes Schamhaar besaß. Einen ganzen Busch. Den fehlenden Penis gewahrte er nicht sofort. Da er sein Vorhandensein erwartete, bildete er es sich vielleicht eine Zeitlang ein. Als er dann bemerkte, daß kein sichtbarer Penis vorhanden war, tastete er tatsächlich im Schamhaar danach, um sicherzugehen, daß er nicht nur klein geraten war und sich darin verbarg. Dieses Nichtvorhandensein erzeugte eine schreckliche Angst in Albert Holding, als habe er etwas falsch gemacht. Als erfülle er seine Pflicht nicht gut genug.

Er zog das Pyjamaoberteil aus. Mit zitternden Händen, wie er feststellte. (Unter normalen Umständen rühmte er sich seiner ruhigen Hand im Umgang mit seinen Toten.) Der oberste Knopf ging ab. Er war aus Elfenbeinimitat, sehr hübsch. Albert wußte nicht, was er damit anfangen sollte. Er betrachtete den Knopf, wie er in seiner Hand lag. Es hingen noch einige cremeweiße Fädchen daran. Er zog sie heraus, so daß die beiden winzigen Öffnungen frei waren. In seinem Inneren tauchte ein Bild auf: Er kroch als kleiner Junge unter den Tisch, weil er einen heißgeliebten und verlorengegangenen Knopf seiner Mutter entdeckt hatte. Seine Mutter fuhr ihm durchs Haar, sagte, sie hätte nie wieder einen solchen Knopf finden können. Albert steckte den Elfenbeinknopf in seine schwarze Hosentasche, nur für den Fall, daß jemand danach fragen sollte. Er holte tief Luft und öffnete die übrigen Knöpfe. Unter dem Pyjamaoberteil waren mehrere Bandagen fest um die Brust gewickelt. Er löste die große, weiße Sicherheitsnadel. Es war genau die Art, die früher für Windeln benutzt wurde. Dann wickelte er die Bandagen ab. Diese Aufgabe gestaltete sich recht schwierig, da Holding die Leiche nicht aufrecht hinsetzen konnte. Er mußte sie immer wieder auf die Seite drehen. Holding wickelte ein Stück Bandage ab, legte die Leiche auf die eine Seite, rollte die Leiche dann auf die andere Seite und wickelte noch mehr ab. So fuhr er eine Zeitlang fort. Holding schwitzte, als er fertig war. Er spürte die Wärme seines eigenen Atems. Er legte die Leiche wieder auf den Rücken. Obwohl Holding sie eigentlich erwartete, stieß er ein Keuchen aus, als er sie sah. Sie blickten in aller Unschuld zu ihm auf – die Brüste. Für das Alter in unglaublich gutem Zustand. Keck, wachsam. Klein genug, um sich unter all diesen Bandagen zu verstecken. Die Brustwarzen in einem dunklen Pflaumenton. Holding überkam beim Anblick dieser Brüste ein seltsames Gefühl, das er kaum in Worte fassen konnte. Es war, als hätte sie nur selten jemand zu Gesicht bekommen. Als wüßten sie, daß sie Geheimnisse waren. Etwas erweckte in ihm den Eindruck, daß die Brüste ein archäologischer

Fund seien, als habe er sie persönlich ausgegraben. Albert Holding betrachtete den Haufen Bandagen auf dem Boden seines Bestattungsinstituts. Sie sahen aus wie die Bandagen einer ägyptischen Mumie.

Fast gegen seinen Willen warf er einen raschen Blick auf das Gesicht. Er zuckte zusammen. Das Gesicht hatte sich verwandelt. Es wirkte jetzt runder, weiblicher. Dies war ohne Zweifel das Gesicht einer Frau. Albert Holding konnte nicht begreifen, wie jemand es jemals für das Gesicht eines Mannes gehalten haben konnte. Wie er selbst es für das Gesicht eines Mannes gehalten haben konnte! Da lag sie, breitknochiges Gesicht, schwarzes, graugesprenkeltes Haar, volle Lippen, glatte Haut. Eine ungewöhnliche Frau. Ihr Körper gut in Form. Der Bauch flach, die Muskeln trainiert. Albert hätte ihre Figur nicht als ausgesprochen weiblich bezeichnet, doch die Tatsache, daß sie eine Frau war, stand nun außer Frage.

So etwas war ihm noch nie zuvor passiert. Noch nie hatte er erlebt, wie sich vor seinen Augen ein Mann in eine Frau verwandelte. Er empfand es als einen der prägenden Momente seines Lebens, zu dem er unweigerlich immer wieder zurückkehren würde.

Er fragte sich, wer von dieser Frau wußte, die auf seinem Tisch lag. Wer wußte was. Die »hingebungsvolle Ehefrau« wußte offensichtlich Bescheid. Die Ärztin mußte es bemerkt haben. Er würde auf den Totenschein warten müssen, um zu sehen, was darauf eingetragen war. Mrs. Moody hatte kein Wort darüber verloren. Holding zerbrach sich den Kopf, um sich an die genauen Worte zu erinnern, die sie am Telefon benutzt hatte. »Mein Mann ist gestorben, und ich möchte, daß Sie die Beerdigung vorbereiten. Er hat bereits eine Grabstelle.« Ja, sie hatte die Grabstelle erwähnt. Er erinnerte sich daran, weil es heutzutage ungewöhnlich war. Auf den Friedhöfen herrschte mehr Gedränge als in den Innenstädten. Sie hatte gesagt, ihr Mann sei ziemlich bekannt; auch das wußte er noch. Albert wollte Mrs. Moody anrufen und etwas sagen, doch er wußte nicht so recht was. Obwohl er mit eigenen Augen gesehen hatte, daß die Leiche in seinem Bestattungsinstitut eine Frau war, bezeichnete er sie noch immer als »Mrs. Moodys Ehemann«. Ihm fiel kein anderer Begriff als »Mrs. Moodys Ehemann« ein.

Der Gedanke an ein Gespräch mit Mrs. Moody erfüllte Albert Holding mit Grausen. Der Sohn hatte an diesem Morgen angerufen und erklärt, er würde gern vorbeikommen und seinem Vater die letzte Ehre erweisen. Holding hatte dem jungen Mr. Moody gesagt, er solle besser warten, bis die Einbalsamiererin dagewesen sei. Die Leiche wirke dann weniger verstörend. Die natürliche Hautfarbe sei wiederhergestellt. Doch der junge Mann erwiderte, er wolle seinen Vater in »natürlichem« Zustand sehen. Jesus! Der junge Mann hatte ganz freimütig geklungen. Offensichtlich wußte er nichts. Andererseits hatte Mrs. Moody ebenso freimütig geklungen.

Holding warf einen Blick auf die Uhr. Der Sohn konnte jeden Moment auftauchen! Holding eilte geschäftig um die Leiche herum und überlegte, wie er sie ansehnlicher gestalten könne. Rasch bestäubte er ihr Gesicht noch mit einem Hauch Puder, um den grünlichen Schimmer zu überdecken. Nicht, daß der Sohn sich das Gesicht so genau ansehen würde. Holdings Nerven waren angespannt. Er kam nicht gut mit Krisensituationen zurecht. Ihm fielen nie die richtigen Worte ein. Er spielte einige Versionen durch, während er die Leiche mit einem weißen Tuch abdeckte. Wußten Sie, daß ... War Ihnen bewußt, daß ... Ich nehme an, Ihnen war tatsächlich nicht klar ... Nichts klang passend in seinen Ohren. Er würde geradewegs zur Sache kommen müssen.

Albert kam es vor, als sei er an diesem Irrtum beteiligt. Wenn es nun Nachforschungen gab? Wenn die Ärztin die Leiche gar nicht richtig untersucht hatte? Wenn auf dem Totenschein »männlich« stand? Wenn die Frau mit einer Sterbeurkunde auftauchte, auf der ebenfalls »männlich« eingetragen war? Holding öffnete seine Spezialschublade, um nachzusehen, ob sein roter Stift noch da war. Falls sich auf der Sterbeurkunde etwas Unzutreffendes finden sollte, wäre es seine Pflicht, es mit seinem roten Stift zu korrigieren. Er nahm ihn in die Hand und rollte ihn zwischen Daumen und Zeigefinger. Dieser Stift würde die Tat begehen. Er wünschte sich beinahe, es möge geschehen. Wenn ihm die Befriedigung zuteil würde, das Wort »männlich« brutal und heftig durchzustreichen und durch ein kühnes, unmißverständliches, rotes »weiblich« zu ersetzen, hätte er wenigstens etwas zu tun. Die Vorstellung, in einer so ungewöhnlichen Situation keine Aufgabe zu haben, nichts Offizielles, war erschreckend. Natürlich war da noch die Presse. Falls Mrs. Moodys Mann so berühmt war, wie Mrs. Moody behauptete, würde sich die Presse zweifellos dafür interessieren. Möglicherweise würde die Beerdigung verweigert werden. Falls der Standesbeamte nicht die angemessene Sterbeurkunde ausstellte, konnte die Leiche nicht bestattet werden. Wenn ihm nun Nächte bevorstanden, in denen sie ihm als Frau erschien, und andere, in denen sie ihm als Mann erschien?

Als der junge Mann am späten Montag morgen bei *Holding und Sohn* eintraf, bemerkte Albert beeindruckt, wie gut er aussah. Das war nicht zu übersehen. Er war groß, dunkel, voller Anmut, trug das glänzende schwarze Haar exakt geschnitten. Er war lässig und modern gekleidet. Mr. Moody wirkte nervös, aber nicht nervöser als die meisten jungen Männer, deren Väter soeben gestorben sind. Die meisten Leute genossen das Eintreten in Holdings Bestattungsunternehmen einfach nicht. Häufig traten sie zögernd ein, als dränge es sie eher zurück als nach vorn. Dann folgte ein kurzer Augenblick, den Holding ihnen immer zugestand, in dem sie entschieden, ob es wirklich absolut notwendig war. In diesem folgenschweren Moment machten die meisten einen erschreckend großen Schritt in das Bestattungsinstitut hinein. Albert Holding schloß dann die Tür hinter ihnen und sagte: »Hier entlang.«

Bei Joss Moodys Sohn war es anders. Holding konnte ihn unmöglich geradewegs hineinführen. Er mußte es verzögern. Er kämpfte mit den Worten. Es gab keine Sprache, die es ihm leicht gemacht hätte. Der Sohn hatte sich offensichtlich auf die Situation vorbereitet und sagte: »Ich bin gekommen, um meinen Vater, Joss Moody, zu sehen. Wir haben bereits miteinander telefoniert. Wissen Sie, ich kann erst glauben, daß er tot ist, wenn ich ihn selbst gesehen habe.« Holding verbarg sein Gesicht hinter einem Taschentuch und hustete verlegen. »Das ist verständlich. Viele Leute sagen das.« »Wenn Sie nichts dagegen haben, möchte ich es hinter mich bringen«, sagte Joss Moodys Sohn. »Sicherlich«, erwiderte Mr. Holding. »Unbedingt.« Er wollte Zeit gewinnen. »Ich bringe Sie zu Ihrem Vater, aber zuvor möchte ich Ihnen etwas mitteilen.« »Hat das nicht Zeit?« fragte der junge Mr. Moody. »Ich muß ihn sehen, sonst verliere ich den Mut.« »Waren Sie sich bewußt ... ich meine, wußten Sie, daß ... Ich nehme an, Sie müssen sich im klaren darüber gewesen sein, daß ...« »Was soll das Geschwafel? Was ist los? Bringen Sie mich zu meinem Vater!« Colman brüllte beinahe. »Was ich sagen will«, Holding hustete in seine Faust, »ist, daß Ihr Vater keineswegs ein Mann ist, sondern eine Frau. Anders ausgedrückt: Er besitzt keine männlichen Körpermerkmale, denn die Person, die nebenan liegt und bei der es sich meinen Informationen zufolge um Ihren Vater handelt, ist eigentlich eine Frau. Sie weist weibliche Körpermerkmale auf.« Irgendwo in der Mitte des zweiten Satzes packte ihn der gutaussehende junge Mann am Kragen und brüllte ihm ins Ohr: »Was soll der Mist? Was soll dieser verdammte Mist? Ist das irgendein perverser Scherz? Wo ist Ihr Boß? Ich will den echten beschissenen Bestatter sehen.« Er schüttelte Holding, riß ihn beinahe von den Füßen. Holding konnte nicht aufhören zu husten. Ihm war, als habe er es verdient. Er verdiente, derart geschüttelt zu werden. Er verdiente einen Schlag ins Gesicht. Noch nie zuvor hatte er Gewalt erfahren. Seine Brille schlitterte über den Boden. »Ich kann Sie verstehen ...«, setzte er an.

»Sie verstehen gar nichts, Sie krankes Schwein. Holen Sie mir den Geschäftsführer.«

Holding krabbelte über den Boden und hob seine Brille auf. Es hatte keinen Sinn. Er fragte: »Wollen Sie sie wirklich sehen?«

»Wovon reden Sie? Ich will meinen Vater sehen. Was ist los mit Ihnen?«

Holding sprach mit erzwungener Ruhe weiter. »Wenn Sie sicher sind, daß Sie den Schock vertragen können, bitte hier entlang. Sie müssen es selbst sehen.« Er führte ihn hinein und zog das weiße Tuch weg.

Albert hatte den ganzen Nachmittag das Gesicht des Sohnes vor Augen. Diesen Ausdruck tiefster Bestürzung und Fassungslosigkeit. Diesen Ausdruck von Zorn und Übelkeit. Es war nicht leicht, es mitanzusehen. In seinem gesamten Arbeitsleben hatte er angenommen, daß es die unterschiedlichen Geschlechtsorgane waren, die den Mann zum Mann und die Frau zur Frau machten. Doch heute hatte ihn eine Frau sogar im Tod davon überzeugt, daß sie ein Mann war, sobald sie Männerkleider trug. Dieser junge Mann hatte geglaubt, sein Vater sei ein Mann; wie konnte er ihm etwas anderes weismachen? Holding malte sich ein völlig anderes Szenario aus. Wenn er nun gar nichts gesagt hätte? Wen hätte es gekümmert? Wenn er einfach gewartet hätte, bis die Einbalsamiererin ihre Arbeit getan hätte? Sie in einen Männeranzug mit Krawatte gekleidet hätte. Schließlich war Holding daran gewöhnt, tote Körper zu verkleiden, damit sie sogar dann ansehnlich wirkten, wenn sie furchtbare Verletzungen erlitten hatten, damit das Gesicht dem alten glich – wobei er großzügig Make-up verwendete und den Körper in annehmbare Kleidung hüllte, selbst wenn er in Lumpen bei Holding eingetroffen war. Holding hatte dafür gesorgt, daß viele Leichen in seinen Särgen mit den wunderschönen Seidenstoffen und edlen Hölzern absolut überwältigend aussahen. Natürlich konnten sich manche Leute nur die Standardausführung leisten, doch er gab für alle sein Bestes. Es gab nichts, was er nicht gesehen hatte. Bis heute. Dies war etwas Neues. Etwas absolut Neues.

EXKLUSIVINTERVIEW

Das erste Mal, oder was? Genau, als ich das erste Mal ein Mädchen mit nach Hause brachte, verhielt sich mein Vater komisch, sehr komisch sogar, wenn ich jetzt darüber nachdenke. Sie hieß Melanie. Ich mochte sie, weil sie mir erzählt hatte, daß ihre Mum vor ihrer Geburt schon mal ein Baby hatte, das auch Melanie hieß. Die erste Melanie starb, am Krippentod, glaube ich, irgend so was. Meine Melanie hieß eigentlich Ruth, aber als ihre Mum sie im Kinderwagen spazierenfuhr, vergaßen alle ihre Freundinnen, daß sie Ruth war und nannten sie Melanie. Daher blieb der Name Melanie an ihr hängen; ihre Mum nannte sie Melanie und alle anderen auch, obwohl es nicht auf ihrer Geburtsurkunde stand. Deswegen mochte ich sie. Sie tat mir leid. Scheint kein toller Start ins Leben zu sein, wenn man nach seiner toten Schwester benannt wird. Sie sagte mal was Komisches zu mir. Sie sagte, sie fühle sich, als sei sie beide zugleich. Fand ich total schrill. Ich mochte schrille Sachen. Ich war damals in diesem Alter – fünfzehn? sechzehn? –, wo schrille Sachen das Geilste überhaupt waren. Es war das einzige, was uns interessierte, worauf wir abfuhren. Luft anhalten, anspannen, gut drauf sein.

Ich erzählte Melanie, daß ich ursprünglich William Dunsmore hieß. Wir bepißten uns ohne Ende vor Lachen.

Als ich Melanie zum ersten Mal mit nach Hause brachte, machte meine Mutter ein ziemliches Trara um sie. Mein Dad schüttelte ihr die Hand und sagte: »Melanie, das ist aber mal ein fester Händedruck«, als sei er Amerikaner oder so. Ich nahm Melanie mit auf mein Zimmer und küßte sie und nannte sie versuchsweise Ruth, und sie nannte mich William, und das machte uns beide an. Ich ließ Freddie Mercury laufen und ahmte seine hohe Queen-Stimme nach.

Mein Dad konnte Freddie Mercury nicht ausstehen. Als es an der Tür klopfte, dachte ich schon, er wolle sagen: »Stell den Lärm ab!« Ich mache die Tür auf, und mein Dad steht da und sieht ganz seltsam aus. »Kann ich kurz mal mit dir reden, Colman?« fragt er. »Hat das nicht Zeit?« frage ich, weil meine Freundin da ist. »Nein, leider nicht.«

Also gehe ich runter und sitze in der Küche und höre mir an, wie mein Dad rumstottert. »Was ist los?« frage ich gereizt. Er sieht besorgt aus, aber es steckt mehr dahinter, irgendein anderer Mist. Er sieht eifersüchtig aus. Als wollte er gern mit mir tauschen, wenn Sie wissen, was ich meine. Damals dachte ich, er ist nur sauer, weil er alt wird. Ich sage: »Du brauchst dir keine Sorgen zu machen.« Er sagt: »Eins kann zum anderen führen, Colman. Ich möchte, daß du vorsichtig bist.« Wobei er jede Silbe betont. Ich muß nur mitspielen, um ihn loszuwerden. Also sage ich: »Schon klar« und »Danke für den Tip, Alter«. Er geht ins Wohnzimmer und sieht total traurig aus. Ich gehe nach oben und erzähle Melanie das Ganze, und wir bepissen uns noch mal vor Lachen. »Wo lebt der eigentlich?« Dann ruft sie mich bei meinem anderen Namen und zieht mich an sich. Aber genug davon.

Er fühlte sich unbehaglich, wenn Melanie da war, das steht fest, und er stellte ihr zu viele Fragen. Ich mußte ihn unterbrechen und sagen: »He, sind wir hier bei der Gestapo?« Dann warf er mir einen scharfen Blick zu. »Interessiert mich nur«, sagte er. »Hat jemand was dagegen? Wäre es dir lieber, wenn ich deine Freundinnen ignoriere? Melanie, Colman will nicht ...«

»Es reicht«, rief ich und zog Melanie in mein Zimmer. Melanie sagte dann immer: »Was ist los, Colman? Mir macht es nichts aus, wenn dein Dad mir Fragen stellt. Er ist doch süß.«

Melanie war nach Sammy die zweite, die in den Genuß einer Trompetenstunde kam. Sie begriff sofort, was mein Vater ihr sagte – nicht direkt hineinblasen, sondern knapp drüber weg. Er behauptete ernsthaft, sie habe echtes Talent und könnte eine der besten Trompeterinnen Großbritanniens werden. Er ließ sich darüber aus: Die meisten Trompeter seien Männer, es sei an der Zeit, daß eine Frau wie sie den Jungs Beine mache, ihnen ein bißchen Angst einjage. Das meine er ernst. Sie könne es schaffen, wenn sie daran interessiert sei; man brauche nur Interesse und Intuition. Ach ja, und Übung. Scheiße. Er konnte nicht anders. So sah ich das. Er versuchte, mir meine Freundin auszuspannen, ihr angeblich Unterricht zu geben und mich total zu verarschen. Ich fragte mich, ob alle Väter ihren Söhnen so etwas antaten, um ihre Männlichkeit zu beweisen, oder ob es nur bei meinem so war. Um diese Zeit herum fing er an, Mel und mir ein Glas Wein zum Essen anzubieten – was wir nicht ablehnten.

An dem Tag, als Mel zu mir sagte: »Cole«, (das gefiel uns, Mel und Cole, Cole und Mel. Wir schrieben es gern auf Fensterscheiben, Notizbücher, Bushaltestellen, Toiletten, Bettgestelle. Wir waren ein Team. Ein Begriff). »Cole. Ich finde deinen Vater richtig attraktiv. Er ist so sanft, so anders als andere Männer.« – An dem Tag, als Mel das zu mir sagte, machte ich Schluß mit ihr. Scheiß drauf. Meine Eltern fragten, wo sie sei, ob wir uns gestritten hätten, was los sei. Sie mochten sie. Ich wollte nicht darüber reden. Ich zog mich in meine schmollende, sprachlose Welt zurück. Das war's. Sie konnten mich alle mal. Ich kam sehr, sehr lange nicht aus dieser Welt heraus.

Sie stellt den Rekorder ab. Beugt sich vor. »Das ist genau das, was wir hören wollen«, sagt sie sanft. »Perfekt. Die Einzelheiten sind wunderbar. Wunderbar. Ich denke, wir lassen es für heute dabei und machen morgen weiter. Geht das in Ordnung? Eine faszinierende Geschichte. Wie fühlen Sie sich beim Erzählen?«

»Weiß nicht«, sagt er und fährt sich durchs Haar. »Ich werd ewig brauchen, um damit klarzukommen. Es ist einfach zuviel.«

»Ich finde, Sie halten sich prima, wenn ich das sagen darf. Lassen Sie sich Zeit. Lassen sie es einfach zu.«

»Einfach zulassen? Reden Sie Klartext.«

»Ich sage nur, Sie sollen sich dabei nicht schlecht fühlen.«

Er sieht sie so lange an, bis sie nervös wird, sich dumm vorkommt. »Die Zeit heilt alle Wunden«, sagt sie. »Ach ja?« fragt er mit hochgezogenen Augenbrauen. »Wer sagt das? Ehrlich gesagt, ich halte das für Mist. Ich weiß nicht, ob ich je darüber hinwegkomme. So einfach ist das. Man hat mich verarscht. Kapiert?«

Sie rutscht auf ihrem Stuhl hin und her, zieht den Rock herunter, bis er ihre Knie bedeckt. Eigentlich ist er ein kleines Arschloch, denkt sie. Aber süß. »Ich würde vorschlagen, wir gehen hinunter in die Hotelhalle. Was wir wirklich brauchen, sind die frühen Sachen. Was hat sie gemacht, bevor sie Trompete spielte?«

»Ich habe verdammt noch mal keine Ahnung«, sagt er. »Er war immer ein bißchen verschlossen, was seine Vergangenheit betraf. Mit gutem Grund.«

Sie kichert. »Stimmt, und wie.«

Die Hotelhalle ist überfüllt; Leute mit Geld sitzen bei ihrem Nachmittagstee.

»Ich habe daran gedacht«, eröffnet er ihr, »nach Greenock zu fahren, wo er herkam. Ich dachte, es könnte mir helfen, damit klarzukommen.«

»Gute Idee!« Sie gießt sich noch etwas Earl Grey ein und nimmt einen Keks.

»Noch etwas Tee?« Er schüttelt den Kopf. Er kann diese ganzen aromatisierten Tees nicht ausstehen. Es ist, als würde man irgendein Scheißparfüm trinken. Er braucht eher einen Jack Daniels. Einige Leute trinken auch Flaschenbier an der Theke. Aber er will sie nicht fragen. Wenn, dann soll sie es ihm anbieten.

»Ja, ich dachte, ich könnte ein bißchen herumschnüffeln. Mal sehen, was ich auftreiben kann. Ich will seinen Fall aufklären. Wie ein Privatdetektiv, der gegen ihn ermittelt.« Er schenkt ihr das erste breite Grinsen des Tages.

»Natürlich übernehmen wir die Spesen«, ermutigt sie ihn.

»Komisch«, sagt er und sieht zu einem Paar hinüber, das sich angeregt unterhält. »Komisch, ich dachte immer, ich würde eines Tages meine eigene Spur aufnehmen. Ist doch Ironie des Schicksals, oder? Wirkliche Ironie des Schicksals.«

Sie merkt, er mag diese Worte. »Ja, es ist tatsächlich Ironie des Schicksals«, antwortet sie. »Das können Sie laut sagen. Wir treffen uns dann morgen früh wieder um elf? Ich warte in Zimmer 413.«

»Das ist ja schlimmer als beim Zahnarzt. Für wie lange haben Sie das Zimmer gemietet?«

»So lange, wie wir es brauchen. Ist doch gut, oder? Gibt uns die nötige Privatsphäre. Ach ja, Colman? Sie haben mir doch gesagt, Sie hätten einen ungeöffneten Brief von Ihrem Vater. Ich glaube, er könnte uns beim Buch weiterhelfen. Wenn Sie ihn nicht lesen wollen, tue ich es. Bringen Sie ihn morgen mit.«

Sie hat die Zügel in der Hand, denkt Colman. Ehrlich. Sie sagt ihm, was er tun und lassen soll. Sie scheint wirklich nur auf eins hinauszuwollen. Was es ist, weiß er noch nicht genau. Aber er muß es herausfinden. Wenn er in Erfahrung bringen kann, wie sie die Geschichte erzählt haben möchte, bekommt er das Geld. So schwer kann das doch nicht sein, oder? Beim Rasieren heute morgen – es war übrigens die erste richtige Rasur seit dem Tod seines Vaters – hat er festgestellt, daß er anders aussieht. Er erschrak ein wenig vor seinen Augen. Der Rasierspiegel, der altmodische Rasierspiegel in seinem Badezimmer, der Pinsel mit dem Holzgriff, die Rasierseife und der Rasierer waren ein Geschenk seines Vaters. Er hat sie als Teenager bekommen. Er läßt die Klinge regelmäßig auswechseln. Ersetzt die Seife durch ein gleiches Stück. Damals hatte ihm sein Vater für den Fall, daß er sich schnitt, sogar eine kleine Dose Niveacreme gekauft. Auch die kauft er immer noch. Er fragt sich, wieso sich sein Vater rasiert hat. Wie das Haar dorthin kam. Oder war nie welches da? Hat er nur so getan? Hat er Hormone für den Haarwuchs genommen? Scheiße. Was hat er gemacht? Er stand total aufs Rasieren. Hat einen unheimlichen Kult darum veranstaltet. Liebte das ganze Ritual. Das hat er an Colman weitergegeben. Colman genießt noch immer eine gute Rasur, das üppige Einseifen, die klar umrissenen Bewegungen in seinem Gesicht, die winzigen, abgemähten Haare. Colman erinnert sich an die Aufregung mit diesem ersten Rasierset, die Ehre, das Mannwerden. Sie war schön, diese Handlung. Soll er Sophie Stones von dem Rasierpinsel erzählen?

Colman hört sich sagen: »Na ja, es ist doch offensichtlich, oder ... (Er kann nicht ganz glauben, daß er das sagt, doch es ist so.) Offensichtlich. Es hat ihn angemacht, mir diesen Scheiß zu kaufen, weil er kein Mann war. Er mußte bei mir diese große maskuline Nummer abziehen, weil er keinen hatte. Er wollte einen und hatte keinen, oder? Wir wissen, was er hatte. Also war es toll, daß ein Sohn da war, mit dem er spielen konnte. Den hatte er sich besorgt. Das ist doch krank, Mann.« Sophie Stones fixiert ihn. Schon besser. Der Junge wird jeden Tag besser. Hat kapiert, wie der Hase läuft. »Gut«, sagt sie, stellt den Rekorder aus und schreibt etwas in ihr Notizbuch. Kringel. Muß Steno sein. Sie könnte alles schreiben; er kann ohnehin kein Wort lesen.

Vielleicht erweist er ihm einen schlechten Dienst. Er hatte ihm einen Rasierpinsel gekauft, weil er einen brauchte. War das nicht alles? Muß er wirklich sein ganzes Leben durchkämmen, um bei jedem Mist die Motive seines Vaters herauszufinden? Er wird selber tot sein, bevor er damit fertig ist. Wie kann er das machen? Er spielt mit dem Gedanken, es Sophie zu sagen. Er weiß nicht, wie er es ausdrücken soll, vielleicht ganz einfach: »Halten Sie das für die Wahrheit?« Und wenn es nun nicht so ganz die Wahrheit ist? Er hat doch gelogen, oder? Sein ganzes Leben war eine beschissene Lüge. Was macht es schon, wenn Colman die Dinge ein bißchen verändert? Er wird dafür bezahlt.

GELDSEITEN

Ich wache jeden Morgen zur gleichen Zeit auf. Sophie Stones hat noch nie einen Wecker gebraucht. 7.10 Uhr. Ich habe eine schicke, kleine Wohnung in der City. Ich scheine einer Obsession nach der anderen zu verfallen. Das verdanke ich meiner Schwester. Sie ist genauso, nur ist es bei ihr noch ausgeprägter. Meine gegenwärtige Hauptbeschäftigung unterscheidet sich von den bisherigen. Bei den anderen mußte ich mich selbst überlisten, um den Zustand gesteigerten Interesses in mir wachzurufen, Bilder in der Wohnung aufhängen, radikale Begriffe wiederholen. Aber das hier, das hier begleitet mich ununterbrochen, Tag und Nacht, Nacht und Tag, ich denke nur noch an diese Joss Moody und ihre Motive. Ich habe mir einige brillante Titel für das Buch ausgedacht. Doch bisher hat mich noch keiner restlos überzeugt. Ich weiß nicht, welcher am besten ist. Meine Schwester würde es wissen. Sie weiß immer alles sofort. Sarah ist ein entscheidungsfreudiger Mensch. Als wir klein waren, traf sie für uns beide die Entscheidungen – einfach so. Sie drehte sich um und sagte, ich sei zu fett, um entscheidungsfreudig zu sein. Damals mußte ich das Wort »entscheidungsfreudig« sogar nachschlagen, weil ich es nicht kannte. Verdammt dreiste Kuh. Ob Sie es glauben oder nicht, ich war ein dickes kleines Mädchen. Ehrlich. Wegen des Dickseins kam ich mir dumm und minderwertig vor, daher machte ich eine Diät und wurde dünn. Aber ich kann gar nicht vorsichtig genug sein: Die fette Person lauert noch immer hinter jeder Ecke, um mich zu packen. Wenn ich nicht aufpasse, ist sie schneller da als der Blitz.

Der/die Trompeter(in). Das Leben des Trompetentransvestiten. Illusionen. Muß mit Colman darüber sprechen. Es wäre gut, wenn wir einen Titel hätten. Der Verlag will einen für die Vorschau. Sich Buchtitel ausdenken, macht Spaß. Vielleicht sollte man Trompete und Transvestit andersherum bringen. *Der Transvestit und die Trompete – eine wahre Geschichte. Spiel um dein Leben. Daddy, du hast für uns gespielt. Trompetenblues. Joss Moody – Gewagtes Spiel.* Eine Schlagzeile hält sich nur einen Tag, aber ein Titel ist so dauerhaft wie eine Haarfärbung. Ich muß den richtigen finden. Dieses Buch dürfte sich gut verkaufen. Die Leute interessieren sich für Freaks, Geschlechtsumwandlungen, eben diesen Kram.

Es interessiert mich ja selbst. Hat es immer schon, so lange ich mich erinnern kann. Wenn ich hörte, wie meine Mum oder mein Dad irgendwelche Andeutungen machten, mit leiser Stimme sprachen, die an- und abschwoll, spitzte ich die Ohren wie ein Hund. Sie flüsterten zu Hause immer. Sprachen mit leiser, ernsthafter Stimme und genossen die Schlechtigkeit der Welt. Mein komischer Onkel. Meine boshafte Großmutter. Meine zu groß gewachsene Tante. Ich bekam nie genau mit, worüber sie redeten; also dachte ich mir etwas aus. Wenn ich meinen Onkel oder meine Großmutter das nächste Mal sah, hatte ich furchtbare Angst vor ihnen. Es gibt nichts Faszinierenderes als Klatsch. Meine Schwester Sarah sagt, Klatsch spreche den Intellekt nicht an. Welchen Intellekt? frage ich. Alle beschissenen Theorien dieser Welt können mich nicht so heißmachen wie eine ausgefallene Neuigkeit. Ich muß meine Mutter bloß sagen hören: »Sie hat eindeutig etwas Seltsames an sich«, und schon schwebe ich im siebten Himmel. Leute – das ist es, was mich interessiert. Die Leute sind merkwürdig.

Mit Colman läuft es jetzt ganz gut. Er enthüllt mit jedem Mal ein bißchen mehr. Bald habe ich ihn geknackt. Ich habe vor, die Story überall auszuposaunen. Den Publicity-Funken anzufachen. Die Paparazzi anzustacheln. Ich könnte eine Suche im Internet starten und herausfinden, in welchen Städten berühmte Transvestiten leben. Ich habe gerade eine Sache über Wellington in Neuseeland gelesen, die haben jetzt den ersten Transvestiten-Bürgermeister. Pumps in Wellington! Das Wort »Transvestit« beinhaltet eine Menge. »Transvestit« hat so einen schön perversen Beiklang. Wenn wir mit dem

Buch fertig sind, werden sich Joss Moodys' Platten besser verkaufen als je zuvor. Wir tun ihr einen Gefallen. Wir machen sie unsterblich.

Mein letztes Buch brachte nicht den erhofften Erfolg. Falsches Timing. Ich habe Geld dabei verloren. So läuft das eben. In diesem Geschäft gibt es mehr Spieler als irgendwo sonst. Das hier ist eine todsichere Sache. Richtiger Zeitpunkt. Wie ich mich wohl fühlen würde, wenn ich Mill. Moody wäre? Hätte ich auch auf Joss Moody gestanden? Auf mich wirkt sie einfach wie ein großer, gutaussehender Typ. Ich hätte darauf hereinfallen können. Vielleicht ist es Mill. Moody auch so gegangen. Kann sein, daß sie es anfangs gar nicht wußte. Muß herausfinden, wann sie es erfuhr. Mich fasziniert die Frage, was Mill. Moody zu Joss Moody hingezogen hat. Sie heiratete eine Frau, die vorgab, ein Mann zu sein. Wieso? Eine Frau, die Penis und Eier bastelte, indem sie nasse Watte in ein Kondom stopfte und an zwei Walnüsse band. (Na ja, ich weiß nicht, ob Joss so einen »Dreiteiler« besaß, aber ich habe es irgendwo mal gelesen.) Irre! Das sollte reichen. Vielleicht hat sie sich Socken in die Unterhose gesteckt, wer weiß? Also ich finde das alles total pervers. Perverser, als es sich meine sonderbare Familie je hätte ausdenken können, und das will schon was heißen. Eine Frau, die sich das Haar mit Öl nach hinten klatschte, sich angeblich jeden Tag rasierte, auf dem Herrenklo immer in die Kabinen ging. Eine Frau, die sich sogar in der Bruthitze eines griechischen Sommers nicht dazu überreden ließ, sich auszuziehen und im Meer zu schwimmen. Eine Frau, die sich Bandagen um die Brust wickelte und mindestens zwei T-Shirts unter ihren Oberhemden trug. Sie muß kleine Titten gehabt haben. Mit Riesenmöpsen hätte sie die Sache nicht durchziehen können. Muß ihre genaue Körbchengröße herausfinden. *Kapitel eins – »Obwohl sich herausstellte, daß mein Dad Körbchengröße 70 C hatte, wickelte er sich dennoch in der Abgeschiedenheit seines Schlafzimmers Bandagen um die Brüste.«* Ich könnte mich einfach hinsetzen und dieses Buch in einem Zug runterschreiben. Wenn ich erst mal die Fakten habe, dauert es nicht mehr lange. Ich brauche es nicht mal mit Colman gegenzuchecken. Er kann sich später die Fahnen ansehen. So schlimm wird er es schon nicht finden. Jeder kann sehen, daß der Typ auf Rache aus ist. Kann ich ihm nicht verdenken.

Und alles nur, um Trompete zu spielen. Haben sie darüber nicht in den Sonntagszeitungen diskutiert? Freunde, die angeblich sagten, daß Joss Moody für seine Musik gelebt habe und dafür gestorben sei? Scheiße. Das kaufe ich ihnen nicht ab. Ich bin ohnehin nicht scharf auf Jazz; kann mir nicht vorstellen, daß jemand all das durchmacht, nur um auf so einem Ding zu blasen. Der musikalische Aspekt ist eindeutig eine falsche Fährte. Sollen doch die anderen Wichser drauf abfahren. Mein Buch kommt zur Sache. Ein Bestseller, skandalös, brandheiß.

Ich möchte, daß Colman Moody Folgendes herausfindet: Was hat Joss Moody zum Transvestiten gemacht? Was war der wahre Grund, weshalb sie sich als Mann ausgab? Ich bin sicher, sie unterscheidet sich von anderen Transvestiten. Erst im Tod wurde Joss Moody wieder zur Frau. Vorher kleidete sie sich als Mann, lebte ihr Leben als Mann, sogar ihr eigener Sohn hielt sie für einen Mann. Nein, sie ist keine normale Transe. Gab es nicht mal einen weiblichen Armeeoffizier, der sein Leben als Mann lebte? Guter Hintergrund. Das ist keine gewöhnliche Reporterschreibe. Aber mir bleibt nicht viel Zeit. Das Schreiben muß schnell gehen. Besser, ich lasse den Hintergrund weg. War sie einfach bloß pervers oder so? Was kam zuerst? Wo liegt der Knackpunkt? Wie hat sie es geschafft, es durchzuziehen? Wie kommt es, daß keiner der schlauen Journalisten, die sie über die Jahre hinweg immer wieder interviewt haben, es gemerkt hat? Niemand hat sie der Täuschung bezichtigt. Und dennoch, im nachhinein sagen alle, es wäre ihnen ins Gesicht gesprungen. Scheiße. Ich schaue Sophie im Spiegel an. Ich ziehe mein Haar hoch und stecke ein paar Nadeln hinein. Mit hochgestecktem Haar sehe ich klug aus. Ich wußte, es steckt in mir. Kluge Sophie.

Ich schlendere in meine kleine Küche und setze den Wasserkessel auf. Ich hole Bohnenkaffee aus dem Kühlschrank und gebe drei gehäufte Löffel in den Kaffeefilter. Vom Holzregal nehme ich meine Lieblingstasse und Lieblingsuntertasse, schwarz mit weißen Punkten, und stelle sie auf den Tisch. Colman mag vermutlich keinen Bohnenkaffee. Wie konnte er bei diesen Eltern so werden, wie er ist? Er hat Ecken und Kanten. Er mag keinen Jazz. Er ist ganz schön konservativ. Hält sich an feste Regeln. Sieht aus, als fände Sophie Colman allmählich verwirrender als Joss Moody. Ich gieße mir Kaffee ein und füge einen Tropfen Milch hinzu. Ich bin noch nie in Schottland gewesen. Ich habe gehört, die Menschen dort seien freundlicher. Ob das wohl heißt, daß sie mehr *reden*? Dürfte eine ganz interessante Reise werden. Eine andere Sophie wird aus Schottland zurückkehren. Meine Eltern müssen dann aufhören mit ihrem »Sarah hier und Sarah da«. Diesmal ist es das Richtige, das spüre ich. Ich werde Glück haben. (Werden sie mich lieben? Macht Erfolg liebenswert?) Es wird mein Leben völlig verändern, ich steige in die nächste Liga auf. Ich sehe mich, wie ich plötzlich reich bin, italienische Mode trage und dickes Haar wie meine Schwester habe, das auf einer Seite herabfällt. Wenn der Augenblick gekommen ist, werde ich zurückschauen und sagen: »Es geschah in dem Moment, als ich Colman Moody traf. Ich wußte es, als ich ihn erblickte.«

Ich hole meine persönlichen Finanzunterlagen hervor. Ich habe 3 300 Pfund auf einem Investitionskonto bei *Abbey National* und 2 500 Pfund in Prämienpfandbriefen gespart. 1 000 Pfund liegen auf einem *Halifax*-Bausparkonto mit Direktzugriff und 700 Pfund auf meinem Girokonto. Das ist alles. Es geht zuviel Geld für Designerklamotten drauf. Wenn ich das hier durchziehe, gibt es nur noch Armani und Givenchy. Ich stelle mir vor, wie sich die Zahlenkolonnen in diesen blauen Büchlein im Registrierkassentempo verändern. »Wir sprechen vom großen Geld«, sage ich zu meinem Sparbuch. »Vom ganz großen Geld.« Ich weiß, es ist abstoßend, aber Sophie verdient es mehr als jeder andere. Ich küsse meine blauen Bankbabys und lege sie wieder in die Schublade. Ich muß allmählich darüber nachdenken, wie ich das Geld anlegen will. Ich will nicht alles zum Fenster hinauswerfen. Ich schließe meine weiße Tür ab. Ich bemerke, daß ich den Schlüssel mit besonderem Schwung umdrehe. Es ist soweit, Sophie Baby, es ist soweit.

MUSIK

Wenn er versinkt, und er versinkt nicht immer tief genug, verliert er Geschlecht, Rasse, Gedächtnis. Er zieht sich nackt aus, legt alles ab, bis er kaum noch ein Mensch ist. Dann führt er sich selbst zurück, verläßt diese Welt. Kommt von weither, geht weit weg. Der Weg dorthin ist schmerzvoll. Er muß ins Zentrum eines Wirbelsturms vordringen, in musikalischen Kreisen swingen, bis er beinahe den Verstand verliert. Die Reise ist so irre, so wild, daß er manchmal fürchtet, geistesgestört zurückzukehren. Er leckt sich die Lippen. Er klopft und zuckt und fliegt. Er versinkt, kreist und wirbelt, bis er auf dem Grund die Nadelspitze seiner selbst erreicht hat. Einen kleinen schwarzen Punkt. Je weiter er sinkt, desto kleiner wird er. Das ist es. Es geht so schnell, er rast, kracht, seine Finger gehen wie Hämmer, wahnwitzig, beschwören einen Sturm herauf. Seine Lederlippen. Seine Riesenklappe.

Er krümmt sich beim Blasen, schöpft Töne, grollt. Schneidet große und kleine Grimassen. Lügt niemals. Sagt, wie es ist. Wie es ist. O-bop-she-bam. Laufende Wechsel. Die Wechsel laufen schneller, rasanter, gefährlich. Hinter ihm ein galoppierendes Piano. Schwitzen wie ein Pferd. Es zureiten. Los, reit es zu! Es steckt alles im Blut. Kochend. Von weither. Als er etwas anderes war. Jemand anders. Sie. Dieses Mädchen. Die Trompete kreischt. Er ist heiß. Sie ist heiß. Er ist heiß. Der ganze Raum ist heiß. Er spielt mit seinen falschen Fingern. Würgt seine Trompete. Er ist nackt. Das ist nackter Jazz. O-bop-she-bam. Niemals lügen. Sagen, wie es ist.

Dieser Ort da: er macht ihn zum Zeugen seines eigenen Todes. Er sieht mit offenem Mund die Karte, die ihm zugeteilt ist. Er sieht sich selbst in der Rückblende. Er ist ein kleines Mädchen im roten

Kleid, das an einer verlassenen Bahnlinie entlanghüpft, in der Hand einen Strauß Eisenbahnblumen für die Mutter. Er geht weiter zurück, bis zu seiner eigenen Geburt. Da ist Kathleen, die Hebamme. (Seine Mutter sagte immer, er sollte entweder Kathleen oder Josephine heißen.) Kathleen mit ihren dicken Hebammenhänden. Metzgerhänden. Fleischig und viel zu weich. Kathleen zieht das schlüpfrige, weißliche, schleimige Baby heraus und hebt es hoch in die Luft. Die Nabelschnur drumherum. Um den Hals des Babys. Kathleen muß das winzige Mädchen erst befreien, bevor sie die Nabelschnur durchtrennen kann. »Ein Mädchen mit ganz viel Glück«, sagt sie zur Mutter. Er schluckt an der Trompete. Der Musik fehlt Atem, Luft. Kleine Geisternoten schluchzen in seiner Trompete. Unten auf dem Grund kann er sich selbst als winziges Baby sehen, blau angelaufen im Gesicht. Die Trompete führt ihn zurück zu der blauen Geburt. Auf dem Grund der Musik beginnt die Schnur zu schwingen. Sie kreist immer rundherum, bis er sie durchtrennt, die Schnur durchschneidet und sie in einen Eimer fallen sieht. Sieht aus wie ein Schlangennest. Die Trommel zischt los. Seine Trompete spielt Gekröseeimer. Kathleen schrubbt das Baby fest ab und überreicht das winzige schwarze Mädchen seiner Mutter. Er wendet sich ab, spielt noch, holt Vergangenheit oder Zukunft hervor, betrachtet die Gesichter. Was zum Teufel haben diese Gesichter in der Musik zu suchen? Die Mutter leckt an ihrem Baby. Er leckt an seiner Trompete.

Am meisten erschreckt ihn das Gesicht seines eigenen Bestattungsunternehmers. Albert Holding. Er trägt ein Messingschild um den Hals. Der Tod hat zehntausend verschiedene Türen, durch die der Mensch den Abgang nimmt.

Er lehnt sich aus der Musik hinaus und ruft »Bis später«. Mitten im Groove sieht er Holdings lange Finger, die ein Hemd aufknöpfen, sein Hemd. Ihn auswickeln. Holdings Hände sind kühl. Sein Atem ist heiß. Seine Finger sind knochig. Er sieht ihn über jenen Tisch gebeugt, auf dem er liegen wird. Kalt, weich, nackt. Er kann das mit Stoff ausgeschlagene Kiefernholz sehen. Den Haufen Leichen. Die anderen armen Teufel, die genau zur gleichen Zeit abgetreten sind wie er. Es ist schon sonderbar, seinen Geburtstag mit jemandem zu teilen, aber ein gemeinsamer Todestag ist noch sonderbarer. Dort sind sie alle, seine steifen Kameraden in ihren Särgen. Er kann geradewegs durch das Kiefernholz schauen. Ins Gras gebissen. Alle genau zur gleichen Zeit. Das sollte reichen. Ein letzter Jam. Für die Leichen.

Mit dem Licht verändert sich auch das Bild. Er kann seine Verwandlung schmecken. Laufende Wechsel. Der Körper wechselt die Form. Vom Mädchen zur jungen Frau zum jungen Mann zum alten Mann zur alten Frau. Die alte Frau auf dem kalten Tisch setzt sich auf und sieht ihm direkt in die Augen. Sie sagt: »Wen willst du täuschen?« Er sieht, wie die Flamme den Körper frißt. Er ist ein Gehörmensch. Er kann alles nach Gehör spielen. Er lenkt alle Ohren in der Bar auf sich.

Wenn er den Rückweg von dem kleinen schwarzen Punkt antritt, läuft er an der alten Bahnlinie entlang, der seine Mutter nie traute, obwohl dort niemals Züge fuhren. Beim Laufen begreift er, daß das Mißtrauen seiner Mutter gerechtfertigt war. Die Züge rattern pfeifend und dampfend an ihm vorüber. Leute, die vom Zug fallen, werden erwartet oder nicht, werden geliebt oder nicht. Der Zug rast durch die Flamme. Neben den Schienen stehen die gelben Eisenbahnblumen in voller Blüte. Als er wieder zu sich selbst findet, steht er applaudierend auf einer Bühne, steht auf dem einen Punkt, steht, applaudiert dem Nebel. Er entdeckt Millie, und der ganze Club gewinnt an Kontur. Eine Nase. Ein lachendes Gesicht. Eine applaudierende Hand. Ein leuchtend rotes Tuch.

Er hat Musik im Blut.

Stampfen, Trampeln, Johlen, Pfeifen, Jubeln. Sie wollen mehr von ihm. »Sprich mit mir!« rufen sie. »Sprich mit mir!« »Spiel dich weg!« Sie wollen mehr Blut. Er ist kaum aufgetaucht. Taucht wieder unter. Wenn er Trompete spielt, kann er sein linkes Bein nicht kontrollieren. Es beugt sich und knackt wie ein Baum im Wind. Sein Fuß zuckt vor und zurück. Seine Augen fest verschlossen, gegen das Licht. Er ist die Musik. Das träumende Blut. Der lange, langsame Schmerz. Das ganze Licht ist in der Musik – sie segelt, fliegt. Die Trompete hebt ihn hoch, bringt ihn rauf oder runter. Er könnte schweben. Er könnte fliegen. Er swingt mit seinen Fans im Dämmerlicht. Es gibt keinen Boden. Er spürt, wie er sinkt; er spürt, wie ein Fan mit ihm sinkt. Er kann bis tief auf den bodenlosen Grund sinken. Das Gefühl des Fallens ohne Ende. Jedesmal wie ein Tod. Seine Nummer ist dran. Jedesmal kehrt er zu den eindringlichen Gesichtern zurück, die auf sein Grab stieren, ihm Schlamm ins Gesicht werfen, ihn mit einem Blumenregen überschütten.

Die Reise erschüttert ihn. Ist schmerzvoll. Doch es gibt nichts Besseres als diesen Schmerz. Dieser Schmerz ist der süßeste, schönste Schmerz der Welt. Besser als Sex. Schweben oder Schlurfen, Segeln oder Gleiten, Trab oder Galopp, Auskeilen, große und kleine Grimassen, Lecken, Zureiten, Swingen. Jenseits dieser Welt. Er könnte der vierte Apokalyptische Reiter sein, der Bote, der Sender. Er könnte der Fährmann sein. Der Wanderer. Der Enteignete. Er durchläuft endlose Wechsel. Laufende Wechsel. Wechselläufe. Er verändert sich laufend. Alles fällt ab – Bandagen, Klammern, Manschettenknöpfe, Uhren, Pomade, Anzüge, Knöpfe, Krawatten. Er ist wieder er selbst, vor langer Zeit, als er mit einem Seil, das seine Mutter aus einer langen Schnur gemacht hat, an der Bahnlinie entlanghüpft. In einem roten Kleid. Es ist befreiend. Ein Mädchen zu sein. Ein Mann zu sein.

Er hat die Musik im Blut. In seinen Adern. Seltsam nur, daß unten auf dem Grund das Blut keine Rolle mehr spielt. Keins dieser ganzen Details zählt mehr. Sicher, sie dienen dazu, ihn überhaupt an diesen Ort zu bringen, doch danach werden sie nebensächlich. Sein ganzes Selbst bricht zusammen – seine Eigenarten, seine Persönlichkeit, sein Ego, seine Sexualität, letztlich sogar sein Gedächtnis. Alles fällt ab wie abgewickelte Hautschichten. Er wickelt sich selbst mit seiner Trompete aus. Unten auf dem Grund, Auge in Auge mit der Tatsache, daß er niemand ist. Je mehr er niemand sein kann, desto besser spielt er die Trompete. Beim Trompetespielen geht es nicht darum, daß jemand aus irgendwas kommt. Es geht darum, daß jemand aus nichts kommt. Die Trompete zieht ihn erbarmungslos aus, letztlich bleibt ihm kein Körper, keine Vergangenheit, nichts.

Ohne seine Trompete wäre er tot und hinüber. Schon seit Jahren. Tot im Geist und noch am Leben. Es ist völlig egal, daß er jemand ist, der er nicht ist. Nichts ist von Bedeutung. Der Anzug ist nur der Anzug, den der Körper trägt. Der Körper braucht den Anzug, um Trompete zu spielen. Nur die Musik weiß alles. Nur das dunkle, süße Herz der Musik. Nur er, der wußte, wer er war, wer er gewesen war, konnte alles loslassen. Der Sender rief dann ein Wort, und er gehorchte. Das Wort konnte »Baby« oder »Heiß« oder »Nimm es« sein.

Wenn er abhebt, ist er das ganze Jahrhundert, das seinem Ende entgegengaloppiert. Die weiten Moore. Der große Mund. Schottland. Afrika. Sklaverei. Freiheit. Er ist ein Mädchen. Ein Mann. Alles, nichts. Er ist Krankheit, Gesundheit. Die Sonne. Der Mond. Schwarz, weiß. Nichts belastet ihn. Weder Vergangenheit noch Zukunft. Er hält das hohe C, dann geht es los. Er kreischt. Läßt los. Biegt die Noten und den Körper. Sein ganzer Körper ist nach vorn gebogen. Seine Trompete deutet auf den Boden, dann zum Himmel. Er spielt noch ein hohes C. Hält es. Er bläst einfach weiter. Bläst seine Geschichte. Seine Geschichte weht im Wind. Er läßt sie reißen. Zerreißt sich selbst. Explodiert. Dann holt er sich zurück. Langsam, langsam setzt er sich wieder zusammen.

SEX

Colman hat seit dem Tod seines Vaters keinen seiner Freunde mehr getroffen. Er hat sich von ihnen zurückgezogen, sich preisgegeben. Brady, Michael, Lucas, Sammy. Sammy ist am hartnäckigsten. Hinterläßt Berge von Nachrichten auf dem Anrufbeantworter, war vor seiner Wohnung und hat an die Tür gehämmert. Colman kann ihm nicht gegenübertreten. Er kennt Sammy am längsten, und Sammy kannte seinen Vater gut. Sammy wäre völlig platt.

Im Jahr vor dem Tod seines Vater arbeitete Colman als Motorradkurier. Der große Helm gefiel ihm. Die Leute machten behelmten Typen wie ihm Platz. Er konnte sie sehen, aber sie sahen sein Gesicht nicht. Es war wie eine Verkleidung. Er konnte sein Lachen hinter dem Visier verbergen. Er mochte die dicken Lederhandschuhe, die hohen schwarzen Stiefel und die restlichen Klamotten. Er war solche Sachen nicht gewöhnt. Sie machten ihn größer. Seine Gestalt tauchte drohend im Dielenspiegel auf. Niemand kam ihm in die Quere. Die Leute fanden ihn furchteinflößend. Er fand sich selbst furchteinflößend. Er konnte sich ungehindert in der Schlange vordrängeln. Er konnte im Zickzack durch den Straßenverkehr schießen und den blöden Ärschen, die nicht mal wußten, daß sie einen Außenspiegel besaßen, den Stinkefinger zeigen. Er sauste fluchend an ihnen vorbei und deutete zuerst auf ihren Spiegel und dann auf seinen Helm, um ihnen klarzumachen, wie blöd sie in seinen Augen waren.

Als Kurier fühlte er sich wie befreit. Als könne er plötzlich in die Rolle des Bikers schlüpfen, ohne daß es jemand merkte. Biker werden von allen gehaßt. Er konnte einfach die Klamotten anziehen und zum Clan gehören und den anderen Bikern auf der Straße zunicken. Wenn er anhielt, um sich ein Schinkenbrötchen zu holen, ließen ihn die Leute automatisch vor. Eine echte Entdeckung. Eigentlich waren die meisten Kuriere sanfte Typen wie er, was keiner zugeben wollte. Wenn er anhielt, um ein Paket abzugeben und die Unterschrift einforderte, unterschrieben die Leute immer sehr rasch und schlossen die Tür, noch bevor er Gas gegeben hatte und davongefahren war. Er hatte es immer verdammt eilig. Man mußte schnell sein, um Geld zu machen. Im Grunde war die Bezahlung beschissen. Die Chefs schienen nicht zu kapieren, daß sie in einer total verstopften Stadt arbeiteten. Mit Pferdekutschen war es früher schneller gegangen. Am Piccadilly konnte man nicht mal furzen.

Am Tag, nachdem Colman seinen Vater im Bestattungsinstitut gesehen hatte, ging er arbeiten. Er dachte, es würde ihn vor dem Wahnsinn schützen. Er sagte dem Boß, sein Vater sei gestorben. Dieser antwortete: »Tut mir leid« und arbeitete weiter. Also ging Colman einfach hinaus. Er war wütend. Wütend auf alle Wichser. Von den anderen Kurieren mochte er ohnehin keinen. Sie konnten ihn alle mal.

Ein neuer Name und ein neuer Job, das wär was. Ein neuer Anfang. Die Vorstellung, für den Rest seines Lebens den Namen Moody zu tragen, war nicht gerade lustig. Vielleicht sollte er seinen ursprünglichen Namen wieder annehmen. Welchen Beruf würde William Dunsmore ausüben? Versicherungen? Versicherungen gegen Scheiße, die einem passiert. Arzt? Ein Facharzt – aber für was? Plastische Chirurgie? Geschlechtsumwandlungen? Hormone? Gott im Himmel. Wo kommt das bloß her? Von ihm? Dreht er langsam durch? Sein Gehirn ist Hackfleisch. William Dunsmore. William Dunsmore. Er würde etwas Einfaches, Gewöhnliches machen, ohne jedes Risiko. Aber welcher Job ist völlig ohne Risiko? Er kann nicht nachdenken. Kann einfach nicht nachdenken. Scheiße, vergiß William Dunsmore. Er wird verdammt noch mal nicht lebendig werden.

Colman Moody ist davon überzeugt, daß er sich rückwärts entwickelt. Er sieht sich *Raumschiff Enterprise* an, die neue Verfilmung, obwohl irgendein Kahlkopf die Enterprise übernommen hat. Er ißt

Cornflakes, mindestens zehn Schüsseln pro Tag. Er liest *Beano*-Hefte. Er hat seine alten Ausgaben von *Oor Wullie* und *The Broons* hervorgeholt. *The Broons* regen ihn so auf, daß er sie nicht mehr liest. Sie erinnern ihn an seinen Vater. Seinen Vater, der immer lauter schottische Sachen für sie alle wollte, dämliche, altmodische Sachen, damit sie Kontakt zu Schottland hielten. Wann immer sie nach Torr fuhren, kamen sie mit Bergen von Kartoffelscones, Hackbraten in Scheiben, Flaschen mit Barrs-irn-bru-Limonade zurück. Mit Shortbread. Black bun.

Er steht auf und gießt sich einen sehr großen Jack Daniels ein. Heute abend ist er nur zum Fernsehen fähig. Es macht ihn verrückt, mit dieser Sophie Stones über das Leben seines Vaters zu reden. Er bildet sich die Hälfte der Zeit ein, seine Mutter säße in einer Ecke des Hotelzimmers und schaue ihn an, schaue ihn einfach nur an. Er kriegt eine Gänsehaut. Heute ist sogar sein Vater für eine Minute aufgetaucht. Am schlimmsten war, daß er gelächelt hat, Colman angelächelt hat, als habe er nicht eine Sorge auf dieser Welt. Das ließ ihn etwas zögern. Doch dann dachte er an das Geld.

Er kippt seinen Whisky hinunter. Jack Daniels. Du Verräter, sagt er zu sich, trinkst JD statt eines guten schottischen Malt. In der Glotze läuft ein beschissener Krimi. Das Übliche. Er macht es sich bequem, trinkt aus und gießt sich noch einen ein. Er stellt sich vor, wie er Sophie Stones auf den Schreibtisch ihres ihm unbekannten Büros hebt. Er öffnet seinen Reißverschluß. Er holt ihn raus. Er fährt mit seinem Finger durch den Spalt in ihrem Arsch. Das wird ihr gefallen. Das würde allen Boulevardschreibern gefallen. Grausamer, dreckiger Sex. Er flüstert ihr schmutzige Wörter ins Ohr. Bewegt ihn langsam vor und zurück. Sein Schwanz kommt ihm größer vor, seit sein Vater gestorben ist. Größer und härter. Er lächelt langsam. Er rammt ihn tief in sie hinein, beschimpft sie. Er reißt an seinen Eiern, packt sie und zieht noch schneller an seinem Schwanz, bis er kommt, er beschimpft sich, Fuck, Fuck, Fuck, bis es überall ist, zuviel davon, zuviel. Wie viele Kinder er damit machen könnte. Ein ganzes beschissenes Volk. Er könnte damit eine ganze Generation machen. Seit sein Vater tot ist, kommt mehr. Es ist komisch, aber eindeutig wahr. Er kapiert das nicht. Er steht auf und holt Toilettenpapier, wischt sich ab, läßt den Reißverschluß aber unten und sieht sich den Rest des Krimis mit seinem Jack Daniels in der Hand an.

Er trifft sich an diesem Morgen mit ihr. Sie will den Brief haben. Er steckt ihn in die Vordertasche seines Beutels und macht den Reißverschluß zu. Die Handschrift seines Vaters erstaunt ihn jedes Mal, wenn er den Brief hervorholt und betrachtet. Er kleidet sich an: weites Oberteil und weite Hosen aus Amerika. Er zieht die weißen Tennissocken und die Basketballstiefel an. Mit den Schnürsenkeln nimmt er es sehr genau. Er bindet keinen Knoten, sondern steckt sie seitlich neben der Zunge hinein, damit sie gleichzeitig lose und gebunden aussehen. Er zieht an der dicken Zunge, bis sie richtig herausragt. Er schaut in den Spiegel. Rasiert sich sorgfältig und tupft ein bißchen After-shave auf. Seine Wohnung kommt ihm im Augenblick sehr still vor, beunruhigend. Warum ist sie so still? Genau, keine Musik. Seit sein Vater gestorben ist, hört er keine Musik mehr. Er bemerkt es erst jetzt. Er kann es nicht erwarten hinauszukommen. Scheiße, geh raus, sagt er zu sich und bringt sein Haar in Form. Raus, du Arschloch. Er lächelt sich an. Frauen sagen, er sehe gut aus. Aber er war kein gutaussehender Junge. Seine Brille hat alles verdorben. In seiner Klasse fand er als letzter eine Freundin. Er betrachtet sich selbst immer noch nicht als gutaussehend, aber alle sagen es ihm. Sophie Stones wird scharf auf ihn sein. Er muß vorsichtig sein. Es ist lange her, seit er eine Frau gebumst hat.

Sophie Stones ist mit Kassettenrekorder und schickem Füller bewaffnet. »Schreiben wir doch mal unsere Ziele bezüglich der Reise nach Greenock auf«, schlägt sie vor, während sie etwas kritzelt. Colman sieht sie ausdruckslos an.

Sie hat eine große Schwäche für das Wort »Ziele«. Sobald sie es ausspricht, kann sie anfangen zu schreiben, vorher nicht. »Das ist es«, sagt sie glücklich. »Ziele. Wie sehen unsere Ziele aus? Nun, als erstes (sie schreibt die Zahl 1 hin): Informationen über Joss

Moodys/Josephine Moores Kindheit sammeln. Was sonst noch? Mal sehen.«

(Sie schreibt die Zahl 2 hin.) »Informationen aus diversen Quellen sammeln – alte Freunde, Verwandte, Schule. Okay, okay.« (Sie ist jetzt in ihrem Element.)

»Nummer 3!« (Sie schreit es fast.) »Detaillierte Interviews mit den Leuten führen, die ihn/sie gut kannten.«

Colman unterbricht sie. »Hören Sie auf mit diesem Ihn/sie-Mist. Das ist Scheiße, Mann. Sagen Sie nur ›ihn‹.«

»Aber man darf nicht vergessen, daß ›er‹ zunächst eine ›sie‹ war.«

»Das müssen Sie mir gerade sagen! Ich vergesse es schon nicht, kapiert?«

»4. (Ein bißchen kleinlaut.) Haus beschreiben, in dem er aufwuchs.

5. Geburtsurkunde besorgen.

6. Alle alten Fotos, Papiere, Briefe etc. besorgen.

7. Alle lebenden Verwandten aufspüren. Ihre Reaktionen aufzeichnen.«

»Es gibt keine lebenden Verwandten. Was soll das heißen?«

Sophie Stones zeigt verstohlen ein ganz kleines Lächeln.

Mit all dem hatte Colman nicht gerechnet. Er dachte, er würde seinem eigenen Instinkt folgen, eines zum anderen führen lassen, ganz natürlich. Doch das hier ist eher wie ein Unternehmen »Transvestit«. Irgendwo im Hintergrund hört er Sophie irgendwo sagen: »So, ich werde Sie begleiten.« Scheiße. »Natürlich schlafen wir in getrennten Zimmern«, sagt Sophie und tätschelt sein Bein. Er bekommt einen Steifen, ist plötzlich verlegen. Spürt seine Ungeschicklichkeit, weiß, daß etwas nicht stimmt, sehnt sich nach einem scharfen Verstand. Einem Verstand, der einen anderen Plan vorschlagen könnte. Einfach so. Er sagt nur: »Habe ich Sie eingeladen?« um zu sehen, ob es sie stört. Keine Reaktion. »Nein«, sagt sie lächelnd, »aber ich komme trotzdem mit. Sie kommen nicht ohne mich zurecht. Das tut niemand. Sie brauchen die besondere Macht einer Journalistin. Ohne das hier redet heute keiner mehr.« Sie reibt in einer obszönen Geste die Finger aneinander. »Und außerdem«, sagt sie, »habe ich herausgefunden, daß Joss Moodys Mutter noch lebt.«

LEUTE:

Der Drummer

Manche behaupten, Moody hatte ein Babygesicht, doch der Drummer sah das anders. Big Red McCall verprügelte jeden, der so was sagte. Einmal hörte er im *Wee Jazz Club*, kurz nachdem sie sich von den Witnessers getrennt und als Boogie Woogie Moody Men neu angefangen hatten, wie ein Typ sagte: »Irgendwas ist komisch an diesem Moody.« So etwas ließ McCall niemals durchgehen. McCall war eins siebenundachtzig und wog hundertvierzig Kilo. Er drängte den Kerl in die Ecke und stupste ihn hart mit seinen dicken Fingern an. »Wen, *stups*, hast, *stups*, du, *stups*, da, *stups*, eben, *stups*, komisch, *stups*, genannt?« Der Typ ließ nicht locker. »Moodys Stimme ist so hoch wie die einer Frau.« McCall schlug ihn nieder. Wenn sein Temperament mit ihm durchging, sah er rot. Hatte er jemanden niedergeschlagen, half er ihm unmittelbar danach wieder auf, spuckte in die Hände und staubte das Jackett seines Opfers ab. »Tut mir leid, ging nicht anders. War verdammt noch mal erforderlich.« Dann ließ er sein berühmtes kurzes, schnaubendes Lachen hören, das an ein Schwein beim Ficken erinnerte, ging zur Theke und bestellte grummelnd zwei Scotch mit Eis. Moody nahm ein Glas und grinste wie ein Mann. Big Red sagte zwinkernd: »Kann Arschlöcher nicht ausstehen. Hab keine Geduld mit ihnen. Hast du sein Gesicht gesehen, als ich ihm eine verpaßt hab?«

Seinen Spitznamen verdankte Big Red seinem Temperament. Er war stolz drauf. Seit er ein Junge war, hatte man ihn mit Spitznamen bedacht. Mit drei hieß er »Big Man«, das stammte von seiner Oma. Mit ungefähr sechs kam dann »Ledernacken«. Nachdem er Sandra MacGregor gebeten hatte, ihn zu küssen, und sie so laut, daß es die ganze Straße hören konnte, sagte: »Du bist ein Ledernacken, Malcolm McCall.« Mit zwölf war es dann »Wilderer«, weil er gemeinsam mit seinem Großonkel Tummock dieser Betätigung nachging. Danach war er lange der »Blaue«, weil er ständig in der Schule blaumachte. »Malki«, bis er neunzehn war und mit dem Schlagzeugspielen begann. Sein richtiger Name war Malcolm McCall, doch auf den hatte er noch nie gehört. Wer hat ihn zuerst Big Red genannt? Er kann sich nicht daran erinnern. Doch der Name Big Red breitete sich rascher aus als ein Buschbrand, rascher als Blut auf dem Boden einer Bar.

Big Red war sein Lieblingsname, weil er an den Kommunismus glaubte und ein rotglühendes Temperament besaß. Spitznamen besaßen Zauberkraft; sie sagten den Leuten, was sie zu erwarten hatten. Darauf stand Big Red. Als er klein war, wurde nur unbeliebten Strebern nicht die Ehre eines Spitznamens zuteil. Das waren kleine Arschlöcher. Einige dieser oberschlauen Schweinehunde verkrochen sich tatsächlich in der Raucherecke und erfanden selber Spitznamen für sich! Dann knobelten sie eine List aus, damit der Spitzname Funken schlug und bekannt wurde. Aber es funktionierte nie. Er verlosch mit leichtem Zischen wie ein feuchtes Streichholz. Jungen, die David, Peter, Walter und John hießen, wollten sich in Mince, Spider, Peanuts und Crow verwandeln und wurden doch nur wieder auf die kalte Asche ihrer langweiligen Namen zurückgestoßen. Daran konnten sie nichts ändern. Man muß schon jemand sein, um einen Spitznamen zu verdienen. Es brauchte schon das gewisse Etwas. Ja. Davon mußte man etwas haben. Forschheit. Als kleines Würstchen brauchte man es erst gar nicht zu versuchen. Oder man mußte so brillant sein, daß der eigene Name zu cool klang, um ihn je verändern zu wollen. Stell dir vor, du wirst mit einem Namen wie Miles Davis geboren. Dann hast du es geschafft. Der Name Miles Davis hört sich schon an, als führe man einen Mercedes. An so einem Namen braucht man nicht mehr herumzudoktern. Miles Davis. Charlie Mingus. Joss Moody.

Big Red lernte Moody kennen, als sich der Drummer der Witnessers eine Lebensmittelvergiftung holte. Einer seiner Freunde bat ihn, für ihn einzuspringen, und er sagte zu. Er ging zu Moody und fragte ihn geradeheraus: »Welchen Rhythmus soll ich für dich spielen?« Von diesem Tag an waren Moody und er die dicksten Freunde. McCall konnte jeden Abend den gleichen Rhythmus trommeln. Er verfügte über ein geniales Erinnerungsvermögen, was sein Spiel betraf. Moody mit seiner Trompete war in sich gekehrt, McCall ging mit seinen Drums aus sich heraus. Sie waren ein tolles Team. McCall konnte eine großartige Schau abziehen. Er brachte mehr Zwischenbemerkungen als Shakespeares Figuren. Beim Spielen benutzte er immer eine riesige Puderquaste für die Achselhöhlen. Er trug schreiend grüne Anzüge mit Nadelstreifen und leuchtende Krawatten. Er konnte die Drums wie Donner grollen lassen. Als sie anfingen, Platten aufzunehmen, sagte Joss scherzhaft, er werde die Nadel vom Wachs hauen. McCall war zum Drummer berufen. Die große Trommel und die winzigen Hindutrommeln waren seine Babys. Er ließ sie alle nach seinem Rhythmus tanzen, bis er so außer Kontrolle geriet, daß ihn Moody vor die Wahl stellte: sich zurückhalten oder die Band verlassen. Er drohte, allen die Schau zu stehlen.

Für McCall gab es nichts Schöneres als einen kleinen Jam mit Moody. Ein bißchen Üben. Nur sie allein. Im Proberaum. Sie spielten lässig und aufreizend und glatt. Spielten die eine oder andere falsche Note. In Big Reds Augen verstanden sie einander blind, wie zweieiige Zwillinge. Moody wußte gar nicht, wie oft Big Red McCall zu seiner Verteidigung eingesprungen war. Big Red interessierte sich nicht die Bohne für Moodys Privatleben. Er war kein Schwätzer. Hatte noch nie geklatscht. Manche Typen laberten und tratschten, doch McCall gehörte nicht dazu. Zugegeben, Moodys Stimme war ein bißchen piepsig. Na und? Viele Leute haben eine piepsige Stimme. Und was das Babygesicht anging – Millionen von Jazzern haben ein Babygesicht. Man sehe sich nur Baby Dodds, Baby Mack, Baby Riley an. Die Jazzwelt ist voll von großen Puddinggesichtern und Apfelbäckchen. Ein Mann mit einem Babygesicht konnte dich auf Tour schicken. Ein Mann mit einem Babygesicht konnte dich auf einem Riesenfloß zu einer Insel bringen, von der du noch nie gehört hattest. Tolle Riffs. Felsen, so groß wie Trommeln. Bäume, die Posaune spielen. Zusammen machten Big

Red McCall und Joss Moody die Leute schwindlig, bis sie nach mehr verlangten. Und der Applaus, den sie bekamen! Das war keine gewöhnliche Anerkennung. Sie waren verdammt noch mal süchtig. Jazz war ihr Ding. Jazz floß durch ihre Adern.

Big Red kämpft morgens meistens gegen einen Kater, und alle seine Freunde, Bekannten und Kumpel würden den Teufel tun, ihn vor drei Uhr nachmittags anzurufen. Als das Telefon klingelt, klingelt und verdammt noch mal klingelt, weiß Big Red schon, daß ihn was Unangenehmes erwartet. Natürlich, am anderen Ende ist eine Frau namens Sophie Stones. Big Reds Kater ist so heftig, daß er zwölf langsame Bessie-Smith-Songs brauchen würde, um sich anzuziehen. Er fühlt sich nicht gut. Ganz und gar nicht. Will nicht reden. Sie sagt zu ihm: »Sie waren Joss Moodys Schlagzeuger, nicht wahr?« Big Red antwortet: »Aye, aber was geht Sie das an? Wer sind Sie?« In der Leitung ertönt wieder die ölige Stimme. »Ich heiße Sophie Stones und arbeite für den *Daily Sky*.« Big Red will schon einhängen. Er haßt die kapitalistische Presse. Ein Haufen schwächlicher, unintelligenter Schweinehunde. Doch er hängt nicht ein, aus Neugier. »Ich schreibe ein Buch über die erstaunliche Tatsache, daß sich Joss Moody als Frau entpuppt hat«, sagt sie. »War Ihnen bewußt ...?« Er unterbricht sie. »Nein. Und Sie sollten sich im übrigen lieber um seine Musik kümmern. Der Typ ist ein Genie.« »Meinen Sie nicht eher, das Mädchen ist ein Genie?« fragt Sophie. »Wie auch immer. Jesus, glauben Sie etwa, das stört mich? Glauben Sie, es stört irgend jemanden? Es kommt bloß auf die beschissene Musik an.« Er hört, wie sie Luft holt. »Wußten Sie es denn vor dem Begräbnis?« »Nein.« »Folglich muß es ein ziemlicher Schock für Sie gewesen sein. Na los, kommen Sie. Sie waren fünfzehn Jahre mit dieser Person auf Tournee. Wie kommt es, daß Sie nichts geahnt haben?« »Viele Leute meinten, Moody hätte ein Babygesicht«, sagt Big Red, »aber ich war anderer Meinung. Ich hab jeden verprügelt, der das gesagt hat.« »Können Sie mir sagen, was Moody getan hat, wenn alle anderen am Pissoir standen?« »Frauen glauben immer, daß Männer auf dem Lokus nichts Besseres zu tun haben, als gegenseitig ihre Schwänze anzuglotzen. Ich kann mir was Schöneres vorstellen, als Männern beim Pissen zuzusehen.« »Aber genau darum geht es doch.« Sophie triumphiert. »Moody hat nie in Ihrer Gegenwart ›gepißt‹, oder? Ist Ihnen das während all der Tourneen niemals aufgefallen?« »Wir spielten in Jazzclubs. Wir waren Musiker. Wir haben uns nicht für unsere Pipimänner interessiert.« »Ach, kommen Sie schon«, wiederholt Sophie. »Nein, jetzt ist Schluß. Hauen Sie ab, schreiben Sie ruhig Ihr blödes Buch. Wir werden daraus nichts über Moody erfahren. Aber wenn ich Ihnen einen Rat geben darf: Lassen Sie es. Bringt bloß seine Familie durcheinander. Jedenfalls will ich nichts damit zu tun haben. Vergessen Sie's.« »Wir zahlen selbstverständlich ein ansehnliches Honorar«, erklärt Sophie. Big Red richtet sich in seiner Diele zu voller Größe auf. »Willst du mich etwa kaufen? Verpiß dich!« Big Red knallt den Hörer auf und geht wieder ins Bett. Sein Kopf hämmert, in seinen Schläfen dröhnen Lieder. »Allmächtiger«, sagt er zu sich, »bin ich voll. Total.« Er zieht sich die Decke über den Kopf und murmelt: »Scheißblöde Kuh.« Dann überläßt er sich dem Schlaf.

Im Traum sieht er Moody mit seiner glänzenden Trompete. Er kommt auf ihn zu und sagt: »Big Red, du hast gehört, ich bin tot.« Im Traum hört er sich zu Moody sagen: »Ja, das habe ich gehört. Jeder Scheißer redet über dich. Die ganze Jazzwelt dreht durch. Du kannst dir nicht vorstellen, wie sehr wir dich vermissen.« »Tatsächlich?« fragt Moody. Big Red kann sich des Eindrucks nicht erwehren, daß der tote Moody genauso aussieht wie der lebende Moody. Er greift nach seinem Arm. Er will sagen: »Du Schweinehund, ich kann immer noch nicht glauben, daß du das getan hast«, doch Moody geht rückwärts zur Clubtür hinaus. Sie stehen auf einem großen, leuchtend gelben Feld. Big Red rennt hinter Moody her. Moody ist in Form, Big Red nicht. Er schwitzt und rennt. Muß abnehmen, denkt er. Schließlich ruft er Moody zu: »Ich kann nicht glauben, daß du es getan hast.« Moody brüllt zurück: »Was getan?« »Daß du mir weggestorben bist, du blöder Arsch«, schreit Big Red. Im Traum erhellt sich Moodys Gesicht. »Ach das«, sagt er, »das. Es war unvermeidlich. Du mußtest Bandleader werden.« Moody läuft los. Im Traum ist er so alt wie bei ihrer ersten Begegnung. »Lag es an mir?«

schreit Big Red der laufenden Gestalt im gelben Feld hinterher. »Habe ich dir etwas getan?« Moody dreht sich um und ruft: »Werd nicht weich, McCall. Du hast es die ganze Zeit gewußt.«

McCall wacht auf, schlägt mit der Zunge gegen den Gaumen und fragt sich, woran zum Teufel Moody gestorben ist. Er kann sich nicht daran erinnern. Er hat es über all dem Theater völlig vergessen. Waren es Nierenprobleme? Scheiße, denkt Big Red, ich weiß nicht mal, warum es ihn erwischt hat. Big Red liegt wach im Bett und versucht, sich tödliche Krankheiten ins Gedächtnis zu rufen. AIDS, nee. Diabetes, glaub ich nicht. Drogen, nee. Drüsenfieber. Emphysem. Gelbsucht. Geschwüre. Hepatitis. Hirnhautentzündung. Krebs. Leberversagen. Nierenversagen. Osteoporose. Parkinsonsche Krankheit. (Hat Moody bei ihrer letzten Begegnung nicht so komisch gezittert?) Rheumatisches Fieber. Salmonellen. Tetraplegie. Tuberkulose. Verdauungsstörungen. (Kann man daran sterben?) Irgendein Virus. (Wohin waren sie zuletzt gereist?) Z? Z? Was zum Teufel gibt es mit Z? Big Reds Phantasie ist erschöpft. Vielleicht ist er einfach im Schlaf gestorben; vielleicht war es das – zzzzzzzzzz.

Es nervt ihn. Es fällt ihm nicht ein. Er kann schlecht Millie anrufen und sie fragen. Vielleicht erinnert er sich nachher wieder dran. Als er Moody zum letzten Mal sah, wirkte er ein bißchen erschöpft, aber nicht krank. Nur müde. Er sah nicht aus, als würde er sterben. Wenn Big Red es gewußt hätte, hätte er über andere Dinge gesprochen. Dann wäre er die Sache anders angegangen. Es ist schlimm, wenn man um ein letztes Wort gebracht wird. Moody ging in sein Grab, und die meisten Leute waren nicht klüger als vorher. Wenn er es gewußt hätte, wenn er es ihm hätte sagen können. »Moody, mach dir keine Gedanken, es kümmert mich einen Dreck.« In Big Reds Kopf war Moody noch immer derselbe, wenn auch tot. Das war die ganz große Scheiße dabei. Moody war tot. Kein Moody Trumpet mehr. Kein schriller Ton. Kein Kreischen. Kein Hubbahubba. Es hatte immer ausgesehen, als würde er Trompete spielen bis zum Umfallen. Fallsucht? Gib's auf. Big Red haut mit der Faust aufs Kissen und sagt immer wieder zu sich: »Ich krieg's verdammt noch mal nicht bequem.« Er knufft und prügelt und boxt sein nutzloses

Kissen, bis er Salz auf den Lippen schmeckt. Er hat seit Jahren nicht geweint. Zuerst kann er nicht glauben, daß ihm Tränen übers Gesicht laufen. Dann dringt das Geräusch aus seinem Mund, und er weiß Bescheid. Wenn es anfängt, hört es so schnell nicht wieder auf. Nach einer Weile findet McCall sich zurecht. Einfach nur weinen, denkt er bei sich. »Mach nur weiter, du Arsch, du dickes, fettes Baby, heul dir die Augen aus dem Kopf.« Er holt sich kein Taschentuch. Er läßt den Rotz über sein Gesicht laufen, bis er ihn mit seinem riesigen Handrücken abwischen muß.

HAUS UND HEIM

Ihre Handschrift auf dem Umschlag. Dritter Brief. Erpreßt werden muß ganz ähnlich sein. Beim Anblick von Stones' weißem Briefumschlag überkommt mich das Gefühl zu versinken, als habe sich der Boden meines Hauses für einen Augenblick in einen Sumpf verwandelt. Ihre Handschrift ist mir inzwischen furchtbar vertraut: Ich will sie nicht auf der Stelle erkennen, tue es aber dennoch – die großen, kindlichen Buchstaben, die anmaßenden »E« und »A«. Sie schreibt offensichtlich mit einem Füller. Mrs. Millicent Moody, Sandy Road 10, Torr, Kepper. Ich halte den Brief zaghaft in der Hand, als würde er riechen. Ich öffne ihn langsam, als könne er explodieren. Diesmal schreibt sie, ich solle ihr nach Glasgow antworten. Sie sagt, Colman und sie führen gemeinsam nach Schottland, um das Buch zu schreiben. Sie sagt, sie arbeiten zusammen. Ob ich ebenfalls kooperiere? Ich bemerke meine Hand, die den Brief hält. Es ist die Hand einer alten Frau. Diesen hier werde ich behalten. Ich kann sie nicht alle verbrennen. Ich will jetzt die Beweise sammeln. Die Menschen sollen eines Tages wissen, was man mir angetan hat. Es ist wie Folter. Ich weiß nicht, wem ich vertrauen kann. Ich weiß nicht, wen ich um Rat bitten soll. In unserem Leben muß es doch jemanden geben, der weiß, wie man damit umgeht. Mir fällt niemand ein. Plötzlich habe ich sie alle vergessen.

Ich kann kaum glauben, daß Colman sich an so etwas beteiligen würde. Er ist kein schlechter Junge. Er kann schwierig sein; er besaß immer ein ungeheures Talent fürs Schwierigsein. Aber boshaft ist er nicht. Mit solchem Dreck hätte ich ihn nie in Verbindung gebracht. Habe ich ihm denn überhaupt kein Moralgefühl vermittelt? Wie kann er hingehen und die Geschichte unseres Lebens verkaufen? Weiß er nicht, daß man ein Leben nicht verkaufen kann? Ich möchte ihn am liebsten schütteln. Wann immer sein Gesicht vor meinem aufblitzt, spüre ich solchen Zorn, den Wunsch, gewalttätig zu werden. Es erinnert mich daran, wie ich mich fühlte, als er ein Junge war und in seinen Launen untertauchte, diesem tagelangen, tyrannischen Schmollen. Seine Launen beeinträchtigten die Atmosphäre im ganzen Haus. Ich weiß noch, daß ich ihn ohrfeigen wollte. Mir zuckte die Hand, ich wollte ihm damit in sein Schmollgesicht schlagen und schreien: »Komm endlich da raus!« Gelegentlich habe ich ihn tatsächlich geschlagen. Einmal hatte ich die Hände um seinen Hals gelegt und schüttelte ihn unbeherrscht. Das war nicht ich, diese Frau, die in diesen Augenblicken aus mir herausdrang. Ich hatte noch nie im Leben jemanden geschlagen. Ich weiß nicht, woher es kam. Im einen Moment Haß, im nächsten Liebe. Wenn ich die Liebe spürte, war sie geschmolzen, heiß, quoll aus tiefem Schuldbewußtsein hervor. Bevor Colman zu uns kam, wußte ich gar nicht, daß ich überhaupt zur Gewalt fähig war; ich wußte nicht, daß sie in mir steckt.

Es ist eine echte Verschwörung. Ich muß ihre widerwärtigen Sätze wieder und wieder lesen, um mich von ihrer Existenz zu überzeugen. Als Joss noch lebte, war das Leben niemals so. Es war wirklich. Wir kamen einfach zurecht und lebten es. Seit er gestorben ist, steht alles still. Die Wirklichkeit ist stehengeblieben. »Werden Sie ebenfalls kooperieren?« Diese Vorstellung erscheint mir so fremd: die Vorstellung, ich könne an einem Buch über mein Leben mitarbeiten, ich könne mich selbst in das Leben, das ich ihrer Meinung nach geführt habe, hineinverpflanzen. Ich werde mich mit meinem Anwalt in Verbindung setzen und seinen Rat einholen müssen. Vielleicht kann ich das Buch stoppen. Vielleicht kann ich ein gerichtliches Verbot erwirken. Ich kann nicht einfach herumsitzen, bis sie auftauchen. Seine Geschichte wird nicht meine Geschichte sein. Eine Geschichte mit Preisschild ist niemals wahr. Seine Geschichte wird nicht wahr sein, nicht einmal für ihn selbst. Colman war immer naiv. Ich sehe schon, wie es laufen wird. Er war nie sonderlich beredt. Diese Sophie Stones wird ihm die Worte in den Mund legen.

Ich könnte meine Version unseres Lebens niemals aufschreiben. Ich wüßte nicht, was ich sagen sollte.

Ich fand die Aufmerksamkeit, die Joss auf sich zog, immer ziemlich erschreckend. Ich haßte die ständigen Interviews, die Artikel über sein Leben und seine Musik, die in Zeitungen und Zeitschriften erschienen. Die Beschreibungen unseres Hauses machten mich immer wütend. Sie dachten sich unser Haus einfach aus. Jedes Wort, das ich über Joss gelesen habe, war erfunden. Das war nicht er. Wenn sie ihn in Artikeln zitierten, klang er nie wie er selbst. Ich fragte ihn dann immer: »Hast du das gesagt?«, und er antwortete: »Ja.« Ich war hartnäckig. »Hast du es genau so gesagt?« Das war nie der Fall. Vielleicht weiß Colman nicht, daß Sophie Stones mir diese Briefe schreibt. Was wissen sie schon über sein Leben? Was weiß ich denn wirklich über sein Leben? Was weiß ich über mein eigenes Leben?

Mein Leben ist jetzt Fiktion, ein offenes Buch. Ich bin zwischen den Seiten gefangen. Jeder kann mein Leben begrapschen. Zweifellos werden sie mich als Lesbe hinstellen. Sie werden schon Bezeichnungen für mich finden. Bezeichnungen, die nicht zu mir passen. Sie werden ihn beschimpfen. Mit furchtbaren, schwindelerregenden Schimpfwörtern. Ich sehe mich, wie ich das Buch auf Armeslänge von mir halte, die Wörter lese, die sie benutzt haben, wie ich damit hinabsinke. Bis auf den Grund, unter den grünen Film, wo der dicke schwarze Schlamm wartet.

Ich werde es nicht lesen. So weit wird es nicht kommen. Ich werde es stoppen, bevor es geschieht. Kein Kommentar. Kein Kommentar. Als er starb, wiederholte ich fortwährend diesen Satz, während sie mich mit Fragen löcherten. Ich sagte immer, ich habe nichts zu sagen. Ich konnte nicht verstehen, weshalb sie nicht damit aufhörten. Sie bombardierten mich unablässig; neue Gesichter, wann immer ich hinausging. Letztendlich sahen alle gleich aus. Immer die gleichen scharfen weißen Gesichter.

Ich bin hier, weil ich davon überzeugt bin, daß sie Joss um seine Ruhe brachten. Ich mußte weg von ihnen, damit Joss ein bißchen Frieden finden konnte. Vor seinem Tod hatte er tagelang nicht richtig geschlafen: Er fuhr immer wieder hoch, reizbar, wachte abrupt auf und döste ein, wie ein Baby. Wenn ich mich lange genug vor ihnen verstecke, könnte Joss Frieden finden. Wenn man stirbt, entfernt man sich nicht sofort. Das weiß ich. Ich spüre es. Nachdem sie seinen Leichnam abgeholt hatten, spürte ich Joss' verzweifelte Sehnsucht nach Frieden. Ihm ist noch immer kein angemessener Tod zuteil geworden. Jener, den alle erwarten – ein guter Abschied. Sein Begräbnis hat dabei nicht geholfen; er wäre mit diesem Begräbnis nicht zufrieden gewesen. Nein, er verharrt noch in der Vorhölle. Man sagt, die Toten würden dort verharren, wenn es Schwierigkeiten gibt. Ich glaube fest daran. Joss ist hier in mir. In den letzten Tagen erwische ich mich bei Gedanken, die – das spüre ich – seine Gedanken sind.

Ich stelle fest, daß ich an der Spüle in der Küche stehe. Der Wasserhahn ist voll aufgedreht. Das dunkelbraune Spülbecken läuft über. Ich habe die Hände ins kalte Wasser getaucht. Ich habe keine Ahnung, wie lange ich schon so hier stehe. Ich weiß, meine Hände sind kalt, eiskalt. Mein Mund ist feucht. Ich weiß, daß ich schon seit einer Ewigkeit ins Wasser blicke, um mein Spiegelbild zu entdecken. Es gibt keins. Der Brief läutet noch immer in meinem Kopf. Wie eine Glocke, die in einer alten Stadt geläutet wird, um den Menschen zu verkünden, daß jemand geteert und gefedert oder öffentlich ausgepeitscht oder aufgehängt wird. Wenn Joss hier wäre, könnten wir es wenigstens gemeinsam durchstehen. Joss hat mich im Stich gelassen.

Ich trockne mir die Hände ab und lasse das Wasser ablaufen. Ich muß mich an Dinge erinnern. Ich schaue aus dem Küchenfenster. Es hat geregnet. Jemand hat winzige Regenperlen auf die Scheibe gemalt, während ich nicht hingesehen habe. Es ist ein schöner Impressionistenregen. Der Vogelbeerbaum nebenan wirkt ziemlich still, so gar nicht auffällig; dies ist nicht die Jahreszeit fürs Auffällige. Ich kann Elsa in der Küche beim Kartoffelschälen sehen. Diese Intimität erstaunt mich. Als sie meinen Blick bemerkt, winkt sie mir zu. Ich winke zurück, bin plötzlich froh über diesen menschlichen Kontakt. Wenn ich mich dazu zwinge, mich an die gewöhnlichen Dinge zu erinnern, werde ich es schaffen. Jeden Tag aufstehen und mich waschen und essen und schlafen. Ein Leben ohne meinen Gefährten führen. Dieses Leben zu leben, in dem mich meine eigene Gesellschaft erschöpft, in dem von morgens bis abends schreckliche Gedanken durch meinen Kopf irren. Vielleicht ist es das, was Menschen als Einsamkeit bezeichnen. Vielleicht wollen sie sagen, daß selbst ihre eigene Gesellschaft sie erschöpft. Wie schön und normal würde es klingen, wenn ich einfach sagen könnte, ich sei einsam.

Was für ein wunderbar alltäglicher, trauriger Klang. Einsam. Das Wort ist leicht und anmutig, so wie alte Frauen sind, alte Frauen, die in der Abenddämmerung in ihre kleinen Häuser huschen und die Vorhänge heftig zuziehen. Ich bin nur eine einsame alte Frau. Ich gebe jetzt zu, daß ich alt bin. Ich gebe jetzt zu, daß mein Körper sich nicht mehr wie früher verhält; daß mein Gang nicht mehr so schnell ist; daß meine Knochen nicht mehr so stark sind; daß mein Atem kürzer geworden ist, daß mein Motor stottert und hustet. Ich gebe jetzt zu, daß ich mich so alt fühle, wie ich bin. Ich bin nicht mehr das Mädchen oder die Frau, die ich einmal war. Alt. Ich habe das Wort gescheut und bin vor ihm davongelaufen. Ich habe gelacht und einfach dahingesagt: »Man ist so alt, wie man sich fühlt.« Doch heute fühle ich mich alt. Das tröstet mich. Alte Leute sollte man in Ruhe lassen. Man sollte sie nicht mit abscheulichen Briefen belästigen. Wenn man darüber nachdenkt, ist es einfach unerhört: Man stelle sich vor, jemand schickt einer alten Frau einen abscheulichen Brief! So formuliert, begreift man, wie lächerlich es ist. Wie verkehrt. Man stelle sich vor, jemand jagt eine alte Frau, hetzt sie mit einer Hundemeute, und jedes Tier hat an etwas gerochen, das ihr gehört. Sie jagen sie bis vor ihre Haustür und wollen sich mit lautem Gebell Zugang verschaffen und haben etwas, das ihr gehört. Man sollte alte Frauen allein im Zwielicht sitzenlassen, wo sie nachdenken und grübeln und mit ihren sanften, alten Händen über die hellen, scharfen Einzelheiten ihres Lebens streichen können, wo sie suchen und spähen und vor sich hin murmeln können.

Ich stelle selbst eine Liste auf, damit sie mich nicht überraschen können. Eine Liste potentieller Verräter. Leute, die gegen Geld auspacken. Ihre sexuellen Eroberungen breittreten. Dann gibt es Menschen, bei denen ich sicher weiß, daß sie niemals auch nur eine Einzelheit preisgeben würden. Maggie würde nicht reden oder Ragnail oder Big Red oder Harry oder ... Aber es könnte auch Leute geben, die nur Joss kannte, ich aber nicht. Diese Schweine sind fähig, jeden aufzustöbern. Möglicherweise entdeckt Sophie Stones jemanden, der mit Joss zur Schule gegangen ist. Nichts ist unmöglich. Ich kann keine Grenze ziehen und sagen: »Hier ist Schluß.« Es wird alles durchdringen, die Grenze überschreiten. Die Hölle wird losbrechen. Vernichtung. Geld macht gesprächig.

LESERBRIEFE

Manche Leute behaupten, er hätte ein Babygesicht. Es gab Leute, die sagten, er hätte eine hohe Stimme. Ich würde mich mit jedem anlegen, der so was sagt. Ich habe nie einen Verdacht geschöpft.
Big Red McCall, Joss Moody Trio

Ich war überrascht, verstehe aber nicht, was das ganze Theater soll. Wenn alles vorbei ist, bleibt uns seine Musik. Nur das zählt.
Soloman Davis, Fan von Joss Moody

Ich schreibe die autorisierte Biographie der Trompeterin Joss Moody. Bitte senden Sie mir jeglichen Briefwechsel. Mein Buch wird sich auf allen Ebenen mit den faszinierenden Einzelheiten ihres Lebens beschäftigen. Ich möchte alle, die sie kannten, in einer Band mit ihr gespielt haben oder mit ihr in Briefkontakt standen, dringend bitten, mit mir Verbindung aufzunehmen.
Ihre
Sophie Stones

Wir stellen die Idee in Frage, daß ein Mensch, der sein Leben als Mann gelebt hat und sich nach seinem Tod als Frau entpuppt, in Wirklichkeit schon immer eine Frau gewesen ist. Welche Bedeutung hat das Wort »Wirklichkeit« in diesem Zusammenhang? Worin liegt die Kraft dieser Wirklichkeit?
Anonyme Transvestiten (AT)

Wir wollen vier CDs herausbringen, um an Moodys ungeheuren Einfluß auf die Jazzmusik zu erinnern. Sie werden *The Best of*

Moody: Der Mann und die Frau heißen. Auf diese Weise wollen wir den seltsamen Umständen, die den Tod des Trompeters umgeben, Rechnung tragen. Die CDs werden im Laufe des Jahres auf den Markt kommen.

John Anderson, Columbia Records

Ich verstehe nicht, wie er es geschafft hat, mit uns auf Tournee zu gehen. Mir ist nie etwas Ungewöhnliches aufgefallen. Das will schon was heißen. Ich meine, wir haben ein Zimmer geteilt und so. Ich kann mich nicht daran erinnern, wie er aufs Klo ging. Ich versuche, mich zu erinnern, aber es geht nicht. Ich meine, er sah aus wie wir anderen auch. Ich nehme an, mir wäre etwas aufgefallen, wenn ich mir sein Gesicht daraufhin angesehen hätte – ich weiß nicht was, etwas Weiches in seinem runden Gesicht, die Lippen. Wenn man es erst mal weiß, springt es einem förmlich ins Gesicht. Und das Lachen war übertrieben und klang ein bißchen ... mädchenhaft. Aber wir haben dieses Lachen geliebt. Hörte sich verrückt an.

Sean Lafferty, Britischer Trompeterverband

Können wir die Toten bitte in Frieden ruhen lassen? Hat dieses Land eigentlich vergessen, wie das geht?

Ann Gray, Anschrift bekannt

EXKLUSIVINTERVIEW

Wenn ich aufhöre zu reden, hast du kein Buch. Wenn ich meine verdammte Klappe halte, bist du geliefert. Du kannst nicht einfach Scheiße über Leute schreiben, wenn du keine Fakten hast. Um die Wahrheit zu sagen, ich kriege allmählich Halsschmerzen. Als hätte ich irgendwelchen beschissenen Kies im Hals oder so. Mein Vater backte für solche Fälle phantastische heiße Kuchen. Aus Nelken und dem ganzen anderen Scheiß.

Aber du weißt, daß ich nicht aufhören kann, oder? Ich kann verdammt noch mal nicht die Schnauze halten. Du fragst mich Sachen, und ich erzähle dir Sachen. Ganz einfach. Es geht nicht mehr ums Geld. Ich weiß nicht, was es ist. Du bringst Unglück. Ich sollte dich meiden. Was zum Teufel tue ich hier eigentlich mit dir? Ich kann nicht aufhören, dir Dinge zu erzählen. Scheiße, vielleicht nützt es mir ja irgendwie. Vielleicht nützt es sonst jemandem. Du und ich, wir wissen, daß ich nicht daran glaube. Du glaubst daran. Na ja, du sagst, du glaubst daran.

Es machte mir Spaß, meinen Vater auf die Palme zu bringen. Ich ergriff jede Chance, und das Ergebnis war immer das gleiche. Er drehte durch. Ich wußte, wie ich es anpacken mußte. Ich konnte direkt in seinen Kopf sehen. Am besten lief es, als ich ein Teenager war. Die Zeit war kritisch. Ich war damals schlimm. Echt schlimm. Ich wollte nichts für die Schule tun. Ich hing einfach nur mit meinen Freunden rum und pfiff mir Tüten rein. Eigentlich hatte ich keine Chance. Der Druck, nichts zu tun, war so groß. Sich danebenzubenehmen. Sich nicht anzustrengen. Ich meine, praktisch jeder schwarze Junge meines Alters, den ich im Fernsehen sah, war gerade wegen irgendwas verhaftet worden. Oder wurde wegen eines

Raubüberfalls angeklagt. Es war, als hätten wir nur dieses eine Gesicht. Immer dasselbe Gesicht. Das von den Fahndungsplakaten. Ich sag's euch, wenn man rumläuft, starren die Ärsche einen an, als hätte man was verbrochen. Ich weiß gar nicht, wie oft mich die Polizei schon mitgenommen hat, obwohl ich nichts getan hatte. Nur, weil ich schwarz und zur falschen Zeit am falschen Ort war. Aber mein alter Herr stellte sich nie auf meine Seite. Er dachte, ich hätte es herausgefordert. Ich sei ein Nichtsnutz. Er wollte, daß ich zu Hause blieb und mich konzentrierte. Auf irgend etwas konzentrierte. Es machte ihn wahnsinnig, daß ich mich nicht mit irgend etwas »beschäftigen« konnte. Das sagte er mir ständig. Warum beschäftigst du dich nicht mit irgend etwas? Ich weiß noch, wie ich ihm Heuchelei vorwarf, daß all seine zugedröhnten Jazzkumpel entsetzt wären, wenn sie wüßten, wie er seinen Sohn behandelte. Die waren alle cool. Die meisten hatten Kinder, die sich für *sie* schämten; sie waren die halbe Zeit weggetreten, holten sie in komischen Mänteln von der Schule ab. Manche dieser Kinder sind inzwischen Manager. Sie waren die ersten Scheißyuppies, die auf den Straßen rumliefen. Aber ich und mein Dad waren konventionell. Er wollte, daß ich den Kopf einzog und mich konzentrierte. Einmal verlor er die Beherrschung und nannte mich einen minderbegabten Arsch. Da war ich sprachlos. Also nahm ich seine neue Platte mit den vielen Versionen alter Stücke und sagte: »Neue Platte, Alter?« Dann sagte ich: »Wer soll ich denn deiner Meinung nach sein? Dieser beschissene Wynston Marsalis?«

Dann kommt er mit seinem endlosen Vortrag, daß Jazz improvisiert und immer andere Versionen derselben Sache bringt. Ich sage: »Scheiße, wann hattest du zuletzt einen wirklich originellen Einfall?« Er sieht traurig aus, sagt etwas von Leuten, die nur einmal im Leben Talent zeigen. Irgendwas in der Art. Einige begabte Menschen besitzen nur für kurze Zeit reines Talent. Andere länger. Die mit der kurzen Zeit können es nicht fassen, wenn ihr Talent versiegt, also mühen sie sich ab, um es zurückzuholen, imitieren sich selbst. Schauspielerei. Parodie. Stellen sich selbst dar. Er sagt, bei Jazz läuft das besser als bei den meisten anderen Dingen. Dabei sieht er traurig aus. Als wäre er ein Betrüger oder so. Ich habe ein schlechtes Gefühl im Magen.

Mein Vater kam nicht damit klar, daß ich zum Mann wurde. Konnte nicht damit umgehen. Wenn ich jetzt drüber nachdenke, war er vermutlich neidisch auf meinen Schwanz. Manchmal stand er so da und starrte mich leidend an. Als ich ein kleiner Junge war, gab es keinen besseren Dad, er war cool, witzig, unkompliziert. Doch als ich ein Teenager wurde, flippte er aus. Fing an, mich zu überwachen. Prüfte nach, ob ich meine Hausaufgaben gemacht hatte. Kontrollierte, um welche Zeit ich nach Hause kam. Es war, als wohnte ich mit einem beschissenen Diktator unter einem Dach. Zur selben Zeit erlebte er ein schlimmes Karrieretief. Vielleicht glaubte er, sein Leben sei vorbei, und ich solle nun etwas leisten. Ich weiß es nicht. Für mich war es jedenfalls die Hölle.

Einmal sagte er: »Mir hören die Menschen von London bis Japan zu, aber ich kann meinen eigenen Sohn nicht dazu bringen, mir auch nur einmal zuzuhören.« »Nicht, wenn du solche Kacke redest«, antwortete ich. He, ich meine, das ist schon hart. »Nimm dich nicht zu ernst, Joss Moody«, habe ich zu ihm gesagt. Er mochte es nicht, wenn man seinen Namen auf diese Weise aussprach. »Joss Moody wird es schon wissen«, lachte ich. »Joss Moody weiß immer alles.« Als Zugabe knallte ich noch die Tür zu und verschwand. Ich war nicht gerade ein netter Junge. Aber das macht doch jeder durch, oder? In diesem Alter braucht jeder mehr Freiraum. Habe dauernd rumgetobt. Fragen Sie mich nicht, weshalb. Ich war einfach das ganze Jahr über sauer. Insgesamt unangenehm. Das sehe ich heute ein. Die Türen bei uns zu Hause flogen ständig aus den Angeln. Sie mußten oft Bob, den hünenhaften Handwerker, holen, um die Türen zu reparieren. Bob sah mich dann an und fragte: »Was tust du – dran schaukeln?« Ich sah ihn nur ungerührt an und antwortete: »Stimmt genau. Ich halte mich für Tarzan.« Bob lachte sein Erwachsenenlachen und wechselte Blicke mit meiner Mutter. Dann schaute sie weg, wirkte angewidert und hob manchmal die Hände, als wolle sie sagen: »Ich weiß nicht, was ich mit ihm machen soll.« Auf all das bin ich heute nicht mehr stolz.

Bei jedem Haarewaschen verbrauchte ich eine halbe Flasche Shampoo. Ich aß jeden Tag eine ganze Packung Cornflakes. Jeden Abend einen Batzen Fleisch. Steak und Pommes. Ich verbrachte Ewigkeiten in der Badewanne und ließ meine Mutter immer die Ränder wegmachen. Ich verstreute meine schmutzigen Sachen im ganzen Haus. Mein Zimmer glich einer Müllhalde. Ich rauchte am Badezimmerfenster. Ich wollte nicht, daß sie es erfuhren. Ich sprach mit ihnen über gar nichts. Einmal hielt man mich bis vier Uhr morgens auf der Polizeiwache fest. Ich hatte nichts getan. Ich rief sie nicht an. Ich weiß nicht, ob sie auch nur halbwegs ahnten, was ich durchgemacht habe. Ich aß geräuschvoll. Vor allem Cornflakes. Meine Mutter sagt, ich sei unheimlich reizbar gewesen. »Reizbar ist gar kein Ausdruck«, pflegte mein Vater zu sagen. Ich war mürrisch, trübsinnig, selbstsüchtig, schamlos. Ehrlich. Ich war ein richtiges Tier.

Ich erinnere mich, daß ich einmal zu einer Party gehen wollte, und mein Vater war dagegen. Er sagte, ich hätte zuviel Hausaufgaben. Ich sagte: »Seit wann interessierst du dich denn für meine Hausaufgaben? Ist ohnehin alles Scheiße. Deine Schuld, du tingelst ja dauernd mit deiner Tröte durch die Weltgeschichte, Mann.« Er packte mich. Kochte. Aus seinen Nasenlöchern trat der Qualm. Er brüllte: »Zeig mir gefälligst ein bißchen Respekt.« Ich riß seine Hände von mir herunter und sagte: »Komm auf den Teppich.« Komisch, wenn ich jetzt drüber nachdenke. *Ich* habe *ihm* gesagt, er soll auf den Teppich kommen.

Nachdem ich von zu Hause weggegangen war, kam ich mit meinem alten Herrn besser aus. Ich würde sagen, kurz vor seinem Tod hatten wir ein gutes Verhältnis. Wir mochten uns. Er war immer enttäuscht und hatte Schuldgefühle, weil ich nicht mehr aus meinem Leben gemacht hatte. Aber wie sollte ich mit einem Vater wie ihm etwas zustande bringen? Ich meine, ich würde nie so gut werden wie er; also konnte ich es gleich vergessen. Ich dachte, man braucht nur einen von der Sorte pro Familie. Es war schwierig mit einem so berühmten Vater. Das hat er nie verstanden. Aber viele Leute sind durch ihre berühmten Eltern verkorkst worden. Um etwas aus mir zu machen, hätte ich talentierter sein müssen als er.

Und er war talentiert. Das muß ich ihm lassen. All das ändert nichts an seinem Trompetenspiel. Ich meine, wir müssen zugeben, der Mistkerl war begabt. Das sage selbst ich, obwohl Jazz nicht so mein Ding ist. Die Art, wie er Trompete spielte, gefiel mir trotzdem. Sobald ich ihn hörte, sah ich mich wieder als kleinen Jungen. Es war, als fände ich etwas wieder, das verlorengegangen war. Haben Sie überhaupt jemals Jazz gehört?

Als kleiner Junge war ich gern Joss Moodys Sohn. Ich mochte sogar seinen Hut, den weichen, cremefarbenen Filzhut. Er trug ihn immer ein bißchen schief. Ich ging gern mit ihm zu den Auftritten und hörte zu, wenn Leute sagten: »Das ist sein Sohn.« Mir gefielen die Blicke, die sie, die Fans meines Vaters, mir zuwarfen. Sein Sohn zu sein, das war schon was. Jeder wußte Bescheid. In der Schule mußte ich immer von ihm erzählen, von meinem Vater, dem Jazzmusiker. Er lief unter »Eltern mit ungewöhnlichem Beruf«. Ich habe eine Geschichte darüber geschrieben. Meine Mutter hat sie aufbewahrt.

Aber er wollte, daß auch *ich* talentiert war. Daß ich etwas spielte. Nicht Trompete, etwas anderes. Klavier. Er sagte immer, ich hätte gute Hände fürs Klavier. Das galoppierende Klavier. Biegsame Finger. Dann sagte er, es sei egal, ob ich Musik, Sport, Wissenschaft machte. Solange ich eine Beschäftigung hätte, von etwas besessen wäre. Das sei gut für mich. Er wollte, daß ich klüger war als er. Aber ich schätze, daß sich jede Generation zurückentwickelt. Die Leute sind heute dümmer als früher. Deshalb hört man auch immer den Satz: »So etwas wird heute nicht mehr hergestellt.« Bei allem, guten Schuhen, Kleidung, egal was. Was ist aus dem Schuster geworden? Vermutlich hat die Massenproduktion dieses Talent vernichtet. Das ganze Talent rutscht allmählich zurück ins Meer. Wir leben im verdammten Anti-Evolutions-Zeitalter. Es gibt nicht mehr so viele kluge Köpfe wie früher. Selbst die Jazzmusiker von heute können es mit der Generation meines Vaters nicht aufnehmen. Wo sind denn die Dukes und Counts von heute? Wo sind die großen Namen?

Ich wurde in dem Jahr geboren, in dem Captain Scarlet zum ersten Mal im Fernsehen auftauchte. Mein Vater und ich hatten eine gemeinsame Vorliebe für *Raumschiff Enterprise* und solchen Kram. Mein Vater mochte Captain Kirk, ich Mr. Spock. Ich empfand Sympathie für Spock und seine großen, verrückten Ohren und das, was mit seiner Mutter passiert war. Manchmal kamen Mitglieder der augenblicklichen Moody-Band zu uns nach Hause, und wir schauten die Sendung zusammen an. Dabei mampften wir eine große Tüte Chips. Am Ende gab es einen Jam. Kühn dringen sie vor ... Und das Haus wackelte beim Jazz, als würde ein Zug vorbeifahren.

Später war mein Vater von den sechziger Jahren besessen. Jeder Mensch hat ein Lieblingsjahrzehnt. Er sagte, dies sei das Jahrzehnt gewesen für alles, was wichtig war. Er nannte es ein Jahrzehnt der Begeisterung. Jazz, Politik, Sex, Science-fiction, Frieden. Er blieb abends lange auf und laberte jeden, der ihm zuhörte, damit voll, daß auf ein schlechtes immer ein gutes Jahrzehnt folgt. (Damit hatte er recht, oder? Es stimmt.) Um ihm eine Freude zu machen, ließ ich dann eine reaktionäre Bemerkung fallen, und schon sprudelte er wieder los. Ein Trick, der seine Wirkung nie verfehlte, war die Forderung nach Wiedereinführung der Todesstrafe.

Eines Tages beschloß ich, die Sohnrolle zu spielen, und fragte meinen Vater nach Sex. Ich dachte, es würde ihn freuen. Ich fing ungefähr so an: »Dad, wir leben in einer freizügigen Gesellschaft, da muß ich das eine oder andere wissen.« Er hatte getrunken. Es war spät, er war gerade erst nach Hause gekommen. Mein Mutter schlief schon.

Er setzt sich in seinen Sessel, macht eine Kippe an, ohne mir eine anzubieten. Ich beobachte ihn, würde alles für eine Kippe geben. Dann sagt er: »Schieß los.« Sein betrunkenes Lächeln wirkt auch ein bißchen sexy. Ich frage einfach so dahin: »Hast du je eine Affäre gehabt?« Er sagt nein. Er sagt es absolut aufrichtig, es kostet ihn keine Mühe. »Willst du wissen, warum?« fragt er. »Weil ich mich für niemanden außer deiner Mutter interessiere. Nur sie macht mich an.« Dieser Ausdruck schockiert mich. Er bemerkt es und wiederholt es berauscht, genießt es. »Nur sie macht mich an.« Dann lächelt er langsam, selbstzufrieden und stößt eine Rauchwolke aus, die ich einatme, um einen Kick zu bekommen.

»So«, sage ich, »du hast also guten Sex mit Mum.« Und er fragt: »Gehst du da nicht ein bißchen zu weit, Sohn?« Ich gieße ihm noch einen Whisky ein. »Oh, nein, so kriegst du mich nicht dran«, sagt er. »Ja, er ist gut. Wirklich gut. Natürlich. Natürlich ist er gut.« »Wie oft macht ihr es?« frage ich entsetzt. »Ach, komm schon«, meint er. Er genießt das Gespräch noch immer, zündet sich eine neue Zigarette an. »Väter sollten ihren Söhnen so etwas erzählen«, sage ich, »man lernt was dabei.« »Dreimal pro Woche«, sagt er. »Du übertreibst«, antworte ich. »Du hast mich gefragt. Mir ist egal, ob du mir glaubst oder nicht.« Und ich glaube ihm, weil er es sagt und diesen Gesichtsausdruck hat. »Macht ihr es immer im Bett?« frage ich und weiß dabei, daß er mir jeden Moment über den Mund fahren kann. Er wirft lachend den Kopf zurück. »Ach, weißt du, deine Mutter und ich lieben die Abwechslung. Verleiht dem Leben Würze. Jeder Ort ist uns recht. Eine Garderobe ...« »Eine Garderobe«, kreische ich. »Wieso nicht? Wozu sind Garderoben sonst gut?«

Mein Vater hatte nie einen Steifen. Keinen Ständer. Mein Vater hat nie abgespritzt. Hat ihn nie reingesteckt oder gerammt, nie seinen Samen vergossen, sich nie einen blasen lassen. Was hatte er in seiner Hose? Eine Möse? Oder trug er einen Dildo? Scheiße. Wenn ja, hätte er ihn reingerammt, das können Sie mir glauben.

Er beugt sich betrunken zu mir herüber. »Ihre Augen«, sagt er, »Ihre Augen haben die gleiche Farbe wie mein Jack Daniels.« Er hält mir das Glas ganz nah vors Gesicht. Er wirkt selbstzufrieden, als hätte er etwas wirklich Entscheidendes über mich herausgefunden. Schon besser. Ich notiere im Geist: Colman beim Interview immer ein paar anständige Drinks servieren. Seit wir über unsere Reise nach Schottland gesprochen haben, wäscht Colman schmutzige Wäsche. Das ist genau der Stoff, mit dem sich das Buch verkaufen wird. Die neunziger Jahre sind förmlich besessen von Sex, Untreue, Skandalen, Schmutz, Perversion. Die Neunziger sind verliebt in das Privatleben. Das Privatleben, das plötzlich und auf schreckliche Weise öffentlich wird. Das verstohlene Leben, hinter dem sich pure Verdorbenheit und Sünde verbergen. Das respektable, von Heuchelei erschütterte Leben. In den Minister, der sich mit einem Seil um den Hals zu Tode wichst, um den ultimativen Orgasmus zu erleben. Total verliebt. In den Priester, der die Hälfte seiner Gemeinde gevögelt hat. Total verliebt. In den englischen Filmstar aus der Upperclass, der dabei erwischt wird, wie er sich von einer Prostituierten in Hollywood einen blasen läßt. Total verliebt. In den angesehenen Abgeordneten, der »familiäre Werte« propagiert und am Zeh einer Niggerin lutscht. Total verliebt. In all das. Je dreckiger, desto besser. Je berühmter, desto besser. In den Bruder der Prinzessin, der seine Frau zwölfmal betrogen hat. Je höher der Aufstieg, desto tiefer der Fall. Lesbengeschichten sind in. Jeder genießt eine tolle Story über eine berühmte lesbische Tennisspielerin, Schauspielerin oder Sängerin. Und das hier ist die Rosine im Kuchen. Das Allergrößte. Lesben, die einen Sohn adoptiert haben; eine spielt Mummy, eine Daddy. Die ganz große Lüge. Was könnte besser sein?

Ich kann es gar nicht *abwarten*, dieses Buch herauszubringen. Es ist wirklich mein Buch. Wenn es erscheint, ist Joss Moody schon mindestens ein Jahr tot. Colman Moody und seine Ghostwriterin Sophie Stones werden einander so nahe stehen, daß es die Neugier der Leute weckt. Selbst meine Schwester Sarah wird fasziniert sein. Ich bin Colman Moodys Ghostwriterin. Seine Psyche. Mir gefällt die Vorstellung, seine Gedanken zu enthüllen. Sein Unterbewußtsein. Wenn ich es richtig anstelle, kann ich noch vor der Jahrtausendwende im Geld baden. Ich muß in Colman Moody eindringen. Es wäre nicht das erste Mal. Weshalb sollte ich Skrupel empfinden, wo mich die Männer doch jahrelang benutzt haben? Hauptsache, es kommt was Gutes dabei heraus. Er spielt doch das gleiche Spiel, oder?

Ich spüre, wie er zusammenzuckt, als ich sage: »Wie fühlen Sie sich jetzt, nachdem Sie all das erzählt haben?« »Cool.« Ich weiß, daß er lügt.

LEUTE:

Die Putzfrau

Als Maggie zum ersten Mal in Mr. und Mrs. Moodys Haus kam, nahm Mrs. Moody sie beiseite und fragte sie mit seltsamer Stimme, einer Mischung aus Flüstern und Stolz: »Wissen Sie eigentlich, wer mein Mann ist?« Maggie wußte es nicht. Mrs. Moody erklärte: »Mein Mann ist Joss Moody.« Sie sprach den Namen aus, als müsse die ganze Welt wissen, wer Joss Moody war. Maggie vermutete, er müsse berühmt sein, und antwortete daher: »Tatsächlich? Das ist ja erstaunlich!« Gleichzeitig zermarterte sie sich das Gehirn, ob ihr der Name irgendwie bekannt vorkam. War das vielleicht der neue Quizmaster im Fernsehen? Dann sagte Mrs. Moody: »Wenn mein Mann zu Hause ist, übt er von elf Uhr morgens bis ungefähr zwei. Daher ist es wichtig, daß Sie das Staubsaugen vorher erledigt haben.« Um keinen Preis hätte Maggie gefragt, was Mr. Moody denn übte.

Ein schönes Zuhause. Es roch gut. Immer nach frischem Kaffee. Sie waren nett zu ihr. Wenn Maggie Probleme mit ihrem kleinen Sohn, ihrer Mutter, ihren Rechnungen hatte, hörten sie ihr zu und halfen ihr. Sobald sie um zehn Uhr eintraf, bot Mrs. Moody ihr eine Tasse Tee an. (Die meisten Leute wollten einen erst mal schuften sehen, bevor sie einem etwas anboten.) Zwei Stunden später die nächste Tasse Tee. Mr. Moody war irgendwie ungewöhnlich, das hatte Maggie gleich bei ihrer ersten Begegnung gemerkt. Sie konnte Menschen gut einschätzen. An diesem Tag hatte Mr. Moody oben an der Treppe gestanden. Maggie sah ihm entgegen, als er herunterkam. Der Mann hatte Stil. Er trug ungewöhnliche Hemden mit fünf Manschettenknöpfen, eine Sonderanfertigung. Wunderbare Näharbeit. Er wirkte nie, als sei er gerade aufgestanden. Seine Hosen hatten immer Bügelfalten. Sie sah ihn nie in Freizeitkleidung, obwohl viele seiner Musikerfreunde in Jeans und T-Shirt auftauchten. Ein paar sahen auch aus, als könnten sie ein Bad vertragen.

Außerdem fiel Maggie auf, wie sanft Mr. Moody war. Einmal war sie ganz aufgelöst bei den Moodys erschienen. Sie konnte ihre Tränen nicht zurückhalten. Mr. Moody brühte ihr eine Kanne Tee auf. Noch nie zuvor hatte sie ihn Tee kochen sehen. Dann setzte er sich mit ihr an den Küchentisch und hörte zu. Er war nie sehr gesprächig, aber höflich. Nach einer guten halben Stunde stand Maggie auf und entschuldigte sich überschwenglich. »Ich möchte Ihre Zeit nicht so lange in Anspruch nehmen.« »Das macht doch nichts«, sagte er und ging in sein Zimmer. Mrs. Moody sah auch gut aus. Sie hatte schönes Haar. Man konnte sehen, daß die beiden sich liebten. Sie warfen einander im Haus ständig Blicke zu. Sie wissen schon, ganz besondere Blicke.

Maggie hörte es bei ihrem dritten Besuch im Haus. Zuerst fragte sie sich, was um Himmels willen das wohl sein mochte. Sie war gerade in der Küche, wo sie das Spülbecken scheuerte und die Spülmaschine ausräumte. Es war die erste Spülmaschine, die sie je gesehen hatte. Die meisten Leute hatten noch keine. Da hörte sie dieses unglaubliche Geräusch aus Mr. Moodys Zimmer. Zuerst leise, beinahe ein Grollen. Dann wurde es ziemlich schrill. Maggie war aufgeregt. Es machte sie nervös. Wenn sie hier doch nur wie in den anderen Häusern *Radio One* hören dürfte.

Mrs. Moody machte manchmal ein bißchen viel Aufhebens, aber das war bei den meisten so. Manche Leute waren unerträglich. Kamen mit irgendwelchen Anweisungen, wenn man gerade mitten in der Arbeit war. Nicht zu ändern. Man mußte tun, was sie verlangten und zwar »auf der Stelle«. Nun, so schlimm war sie nicht. Sie stellte sich nur ziemlich mit ihren Dekosachen an. Dieses Haus war angefüllt mit Dekokram aus aller Welt. Riesigen russischen Puppen, die ineinander steckten. Mrs. Moody führte ihr einmal eine vor. Es dauerte zehn Minuten, bis sie bei dem winzigen Baby in der Mitte angekommen waren. Je kleiner sie wurden, desto weniger detailliert waren die Gesichter. Mrs. Moody sagte zu ihr: »So sind wir alle, oder? In uns allen stecken viele kleine Leute.« Maggie antwortete: »Wenn ich es bedenke, dann stimmt das.«

Mr. Moody schenkte ihr einige seiner Aufnahmen. Sie hat sie noch. Zwei CDs, zwei Kassetten. Nicht ihre Art von Musik, aber man lernt nicht jeden Tag jemand Berühmtes kennen. Manchmal setzte sie sich mit einer Tasse Kaffee und einer Zigarette hin und hörte Mr. Moodys Musik. »Ich kenne ihn«, sagt sie zu sich selbst. »Ich habe für ihn gearbeitet.« Nach vier Jahren Putzarbeit bei den Moodys hatte Maggie ein Gefühl für sie entwickelt, das Liebe sehr nahe kam.

Als sie vor zwei Jahren aufgehört hatte, für sie zu arbeiten, hatten sie ihr eine Reise geschenkt. Sie hatten gesagt, sie solle mit ihrem Sohn wegfahren. Sie war vorher noch nie im Ausland gewesen. Ab und zu hatte sie bei ihnen hereingeschaut. Aber man weiß ja, wie es im Leben so läuft. Man will etwas tun, und die Zeit fliegt einfach vorbei.

Sie kann sich nur mit Mühe daran erinnern, was dann geschah. Eine Nachbarin, die wußte, daß sie für die Moodys gearbeitet hatte, rief an und fragte: »Maggie, hast du schon Zeitung gelesen?« »Nein, wieso?« Die Stimme der Nachbarin klang ölig. »Du hast doch für diese Moodys gearbeitet, oder?« »Oh Gott, hoffentlich ist ihnen nichts Schlimmes passiert«, rief Maggie. Sie sah sie vor ihrem geistigen Auge im eigenen Haus ermordet, an Stühle gefesselt oder in Schränken versteckt, und die Sachen aus aller Welt waren gestohlen worden. Sie mußte sich setzen. Dann drückte sie den Hörer ans Ohr. »Nein. Nein. Nicht so was. Der eine, den du für den Mann gehalten hast, ist tot, und sie haben entdeckt, daß er gar kein Mann war.« »Was war er denn dann?« fragte Maggie verblüfft. »Natürlich eine Frau. Es steht in der Zeitung. Soll ich sie dir vorbeibringen?«

Als nächstes rief eine Frau vom *Daily Sky* an und wollte sie interviewen. Maggie sagte, sie werde auf gar keinen Fall über ihre Arbeitgeber sprechen. Sie seien gut zu ihr gewesen. Doch die Frau meinte, es gehe nicht um schmutzige Geschichten, sie wolle um Verständnis werben. Da Maggie der Familie so nahe gestanden habe, könne sie vielleicht behilflich sein. Auch der Sohn, Colman, helfe mit. Und eine gewisse Geldsumme sei auch im Spiel.

Gleich am nächsten Morgen um elf sitzt Sophie Stones in Maggies Wohnzimmer und nippt an ihrem Tee – aus einer schönen Tasse mit Untertasse. Maggie hat den Couchtisch vor ihrer Ankunft blank poliert. Den Teppich mehrfach gesaugt; ein Teppich sieht nur dann brandneu aus, wenn man ihn immer und immer wieder saugt. Die Couchkissen aufgeschüttelt. Frisch gewaschene Vorhänge aufgehängt. Die Laken in ihrem Doppelbett gewechselt. (Nicht, daß sie Sophie Stones ihr Schlafzimmer vorführen will, aber sie wechselt aus Gewohnheit immer die Laken, wenn sie Gäste hat.) Die Spüle gescheuert. Das Toilettenbecken gebleicht und gereinigt. Duftspray versprüht. Die Fenster von innen geputzt. Die Stufe vor der Haustür geschrubbt. Jede Tür im Haus von innen abgewischt. Alle Küchenmöbel abgewaschen. Den Küchenboden gekehrt und gewischt.

Maggie bemerkt, wie das Mädchen aus dem Augenwinkel die Sauberkeit ihres Hauses zur Kenntnis nimmt. Jetzt ist es zu spät, sie mit der Begründung, sie verschwende nur ihre Zeit, nach Hause zu schicken. Na ja, schließlich kommt es nicht jeden Tag vor, daß sie eine Journalistin im Wohnzimmer empfängt. Außerdem hat Maggie noch nie ihren eigenen Namen in der Zeitung gelesen.

Das Mädchen holt den kleinsten Kassettenrekorder heraus, den Maggie je gesehen hat. Und eine winzige Kassette. Maggie hält nichts von den winzigen Dingen, die man heutzutage kaufen kann. Sie traut ihnen einfach nicht. »Würden Sie bitte eine Minute lang sprechen, bis ich weiß, ob es funktioniert?« fragt Sophie. »Erzählen Sie mir, was Sie zum Frühstück gegessen haben.« »Hm, ich frühstücke nicht«, sagt Maggie mit plötzlicher Schüchternheit, als sei die Kassette eine Kamera, die nach ihr schnappen könnte. Ihre Stimme klingt befangen, sie kommt nicht dagegen an. Ihr Tonfall hebt sich, als sei ihre Stimme ein Gasballon, den sie vom Boden aus zu erhaschen sucht. Sie schafft es nicht. Jeder Satz steigt am Ende in die Höhe. Wie eine Frage.

»Sagen Sie noch etwas«, bittet Sophie. »Zählen Sie bis zwanzig.«

Maggie kommt sich dumm vor, wie sie im Sessel sitzt und die Zahlen bis zwanzig in den winzigen Kassettenrekorder dieser Sophie Stones spricht. Wie ist sie nur in diese Sache hineingeraten? Sophie muß ihre Nervosität bemerkt haben und sagt: »Keine Sorge, es ist nur ein Mini-Interview.« Winzige Kassetten und Mini-Interviews: Wohin soll das alles noch führen?

»Sehr gut«, sagt Sophie. »Ich werde Ihnen jetzt Fragen stellen, und Sie können sich mit der Antwort Zeit lassen. Nur keine Eile. Und keine Sorge wegen des Rekorders. Denken Sie ihn sich einfach weg.« Sie rückt ein wenig näher zu Maggie heran. Der Winzling auf dem glänzenden Couchtisch wirkt ziemlich bedrohlich. »Na gut«, sagt Maggie, »bringen wir es hinter uns.« Ihre Stimme klingt wie hingehaucht, sie hört ihren eigenen Atem, während die Worte aus ihr heraustropfen. »Worin bestand Ihre Tätigkeit für die Moodys, und wie lange haben Sie für sie gearbeitet (in Jahren)?« »Ich habe vier Jahre für die Familie Moody gearbeitet.« (Sie kann hören, wie ihr Atem aus dem Mund tritt. Ihr war nie bewußt, wie laut ihr Atmen klingt. Wie läßt es sich vermeiden? Wie kann sie es anstellen, einfach nur zu reden?) »Vor zwei Jahren habe ich wegen familiärer Probleme aufgehört.« »Worin bestand die Arbeit?«

»Na ja, ich habe das Haus von oben bis unten geputzt. Ein großes Haus. Mit vier Schlafzimmern. Und zwei Bädern. Hübsches Haus. Ich war gern dort. Ich mochte es, wenn das Haus schön aussah.« (Sie hört sich selbst, die Unaufrichtigkeit ihrer »Sprechstimme«.) »Natürlich blieb es nicht so schön. Wenn ich das nächste Mal kam, war es wieder völlig durcheinander. Ordentlich waren diese Leute nicht.« Sie bedauert ihre Worte auf der Stelle. Sie weiß nicht, was sie dazu gebracht hat, das zu sagen.

»Haben Sie jemals einen Verdacht bezüglich Joss Moody gehegt? Kam er Ihnen wie ein normaler Mann vor?«

»Wenn Sie wissen wollen, ob er gewöhnlich war, dann lautet die Antwort nein«, antwortet Maggie. »Dieser Mann war ein musikalisches Genie. Der konnte vielleicht auf dem Ding spielen!«

»Die Musik interessiert mich nicht. Ich meine, wußten Sie, daß er eine Sie war?«

»Nein. Das kam wie aus heiterem Himmel.«

»Wirklich?«

»Ich kann es noch immer nicht glauben. Meinen Sie nicht, die haben sich vielleicht alle geirrt?«

»Man hört ja, daß Bestattungsunternehmer Fehler machen. Sehen Sie sich nur die Frau an, die für tot erklärt und beinahe begraben wurde, bis man entdeckte, daß sie noch lebte.«

»Nein, das sind alles Fakten. Ihr Name war Josephine Moore.«

»Und dann diese Familie, die zwei Beerdigungen abhalten mußte, weil sie vergessen hatten, die Leiche in den Sarg zu legen! Sind Sie sicher, daß nicht zwei Leichen, also ein Mann und eine Frau, in diesem Bestattungsinstitut lagen, die einander glichen, und man hat sie einfach verwechselt? Bei Babys im Krankenhaus ist so was doch auch möglich, oder?«

»Sie hatten also nicht die geringste Ahnung?«

»Nein. Ganz und gar nicht.«

»Und seine Kleidung? Haben Sie für ihn gewaschen?«

»Ein Wäschedienst holte seine Hemden ab und brachte sie wie neu zurück, gefaltet, mit kleinen Nadeln und in Zellophan gewickelt.«

»Sie würden also sagen, es gab nichts, das irgendwie seltsam gewesen wäre.«

»Nur eine Sache«, setzt Maggie an. Sophie beugt sich mit katzenhafter Spannung vor. »Ja?«

»Einmal machte ich gerade sein Arbeitszimmer sauber, das war vielleicht ein Zimmer, kann ich Ihnen sagen. Voller Fotos von anderen Musikern, die Instrumente spielten. Ich weiß nicht, wie sie hießen.«

»Ja, ja, weiter«, drängt Sophie Stones.

»In dem Zimmer stand ein großer Schreibtisch. Ich legte die Papiere immer genau an Ort und Stelle wieder hin. Vorher aber mußte ich sie hochheben, um darunter Staub zu wischen. Er hatte eine komische Schrift, sehr klein und verschnörkelt. Überall lagen Berge von Notizen über Musik herum. Dann fiel mein Auge auf einen Brief. Normalerweise habe ich seine Briefe nicht gelesen, aber der Anfang interessierte mich. ›Liebe Mum‹ stand da. Das war seltsam, weil Mr. Moody mir erzählt hatte, seine Mutter sei vor langer Zeit gestorben.«

Sophie sitzt auf ihrer Stuhlkante. »Nein, wirklich?« ruft sie, als hätte sie soeben im Lotto gewonnen. »Was stand sonst noch drin? Wissen Sie das noch?«

»Ja«, sagt Maggie. »›Liebe Mum, ich schicke dir etwas Geld. Ich vermisse dich. Ich habe viel zu tun.‹ Und so weiter. Aber das Seltsamste an dem Brief war die Unterschrift. Er war mit *Josephine* unterzeichnet.«

»Mein Gott!« stieß Sophie hervor. »Da müssen Sie sich doch Gedanken gemacht haben, oder?«

»Nein. Worüber denn? Ich dachte mir, Mr. Moody hat den Brief sicher für jemand anders geschrieben oder so. Aber ich habe ihn nicht vergessen.«

Sophie Stones zeigt ein breites Lächeln.

»Ich nehme an, Sie haben noch die Schlüssel vom Haus?« fragt Sophie Stones.

»Nein. Die habe ich schon vor einer Ewigkeit zurückgegeben.«

»Schade«, erwidert Sophie.

Maggie öffnet ihr die Tür, und Sophie Stones verläßt ihr makelloses Haus. Sie nimmt Maggies Hand und schüttelt sie warm. »Sie waren wunderbar.«

Maggie sagt nichts. Sie sieht ihr nach, wie sie die drei Stufen hinuntergeht und in das wartende Taxi steigt. Sie winkt nicht einmal. Als sie sich umdreht und ins Haus gehen will, sieht sie die Nachbarin, die wegen der Zeitungsmeldung angerufen hat, am Fenster stehen.

Das Geld liegt auf dem Tisch. Fünfhundert Pfund in bar. Maggie kann sich nicht bremsen. Noch nie hat sie fünfhundert Pfund auf einmal in der Hand gehalten. Sie muß sie einfach zählen. Und noch einmal zählen. Als sie das dritte Mal gezählt hat, ist sie müde und erschöpft. Vielleicht fühlt sich das Reichsein so an. Vielleicht werden die Reichen vom Geldzählen und Darüber-Nachdenken einfach verrückt. Sie überlegt, was sie damit tun soll. Sie steckt das Geld so rasch, als hätte sie eine Bank überfallen, in einen Stoffbeutel, läuft die Treppe hinauf und versteckt es im Kleiderschrank, ganz unten, hinter den Schuhen. Nein, das genügt nicht. Sie holt den Beutel wieder heraus und verstaut ihn in der obersten Schublade unter ihren Unterhosen. Sie seufzt. Sie holt das Geld zwischen der Wäsche hervor und schiebt es unter die Matratze. Dann geht es ihr zum tausendsten Mal durch den Kopf. Warum hat sie es getan? Was hätte sie sich dabei denken sollen? Für den Augenblick läßt sie das Geld unter der Matratze. Nicht, daß dieses Versteck angemessen wäre, sie muß sich etwas Besseres einfallen lassen. Sie wird darüber schlafen. Sie geht die Treppe hinunter und setzt den Wasserkessel auf. Ihr Blick fällt auf die Schlüssel zum Haus der Moodys, die aus reiner Gewohnheit noch immer an dem Haken neben der Küchentür hängen.

REISE:

London

Colman Moody lebt in einer Erdgeschoßwohnung in Tottenham im Nordosten Londons. Als er sie kaufte, hat sein Vater zunächst die Hälfte der Hypothek über sechzig Riesen bezahlt. Doch selbst die relativ geringen Hypothekenzinsen kann er nicht aufbringen und hat momentan Schulden, ist mit seinen Zahlungen im Rückstand, man droht ihm mit Räumung. Seine feuchte Wohnung, in der sich Mäuse, Ameisen und anderes Viehzeug als Stammgäste tummeln, ist jetzt zwanzigtausend Pfund weniger wert als in der Zeit, in der die Regierung Leute wie ihn zum Kauf ermutigte. Er ist dort gefangen: das Viehzeug; die minderwertigen Elektroinstallationen, die die Glühbirnen förmlich auffressen; der Gestank verwesender Mäuse unter den Bodenbrettern; feuchte, abblätternde Farbe an tropfenden Heizkörpern; die Einbauküche, in der die Schubladen durch den Rahmen fallen; das Linoleum mit seinen Löchern und seltsamen, unerklärlichen Höckern. Er ist dort gefangen, bis er genügend Geld aufbringen kann, um die Wohnung abzustoßen. Sein Vater hat ihm gesagt, er müsse lernen, mit seinem Geld zu wirtschaften und keine verrückten Dinge damit anzustellen. Doch Colman hat nie gelernt, mit Geld umzugehen. Sein Vater gab ihm nichts mehr. Behauptete, es helfe ihm eindeutig nicht weiter. Er müsse auf eigenen Füßen stehen.

An diesem Morgen steht er auf und taumelt in die Dusche. Die verdammte Dusche funktioniert nicht richtig und bringt ihn bei jeder Benutzung auf die Palme. Entweder frieren ihm fast die Eier ab, oder er verbrennt sich den Rücken. Er seift sich ein, stürzt dann und wann unter das zu kalte oder zu heiße Wasser, flucht und hantiert mit den Wasserhähnen, um die richtige Mischung zu finden.

Dabei denkt er die ganze Zeit über dieses Buch nach. Man hat ihm einen Vorschuß von sechzig Riesen angeboten, mit dem er diesen Schrotthaufen von Wohnung sofort verkaufen und dieses beschissene Land verlassen könnte. Das Verlangen nach Flucht, nach Flucht an einen Ort, wo niemand je von Joss Moody gehört hat, wo niemand ihn kennt, wächst mit jedem Tag. Mehr Geld kann er sich nicht vorstellen, obwohl ihn alle möglichen Spinner angerufen und ihm Knete geboten haben, wenn er seine Geschichte erzählt. Er weiß Bescheid. Unter der aalglatten Schale ist Sophie Stones schon in Ordnung; er läßt sich nichts vormachen. Sie ist ebenso verletzlich wie er.

Schottland, das Land seines Vaters, das Land, in dem Colman geboren wurde. Heute fährt er mit dem Zug nach Schottland. Sophie Stones nimmt am frühen Abend den Flieger. Colman fliegt nur, wenn es sich gar nicht vermeiden läßt. Seit er gelesen hat, daß die meisten Flugkatastrophen drei Minuten nach dem Start oder vor der Landung geschehen, kann er Starts nicht mehr ertragen. Diesen übelkeiterregenden Moment, wenn man sich in einem völlig falschen Winkel zur Erde befindet.

Raus aus der Dusche. Abtrocknen. Er sieht in den Spiegel. Er ist sich nie sicher, ob er gut aussieht oder häßlich wie Scheiße ist. Im Spiegel gibt es zwei Colman Moodys: den Jungen mit der Brille von früher und den Mann von heute. Der Mann von heute hat einen schönen Körper, keine Frage. Einen anständigen Schwanz, lange Arme, gutgebaute Schultern, flachen Bauch, lange Beine. Nur beim Gesicht kann er sich nicht entscheiden. Als könne er sich selbst nicht richtig sehen; als versetze ihm der eigene Anblick immer einen unangenehmen Schock. Er sieht direkt in seine dunklen Augen. Schatten liegen darunter, Spuren seiner Schlaflosigkeit und der Alkoholmengen, die er in sich hineingekippt hat. Whisky konnte er noch nie vertragen. Seine Augen scheinen geschrumpft zu sein, kreisen ihn ein. Sie waren mal größer, riesengroß. Die Leute ließen sich immer über seine schönen, großen braunen Augen aus. Seine Wimpern, die für einen Mann so ungeheuer lang waren. Doch jetzt haben sich die Wimpern eingerollt, die Augenhöhle ist kleiner, das

Augenlid dicker. Eindeutig. Scheiße. Sein einziger großer Pluspunkt läßt ihn im Stich. Er starrt wieder sich selbst im Spiegel an, das grüne Handtuch über seiner Schulter, die nassen Haare. Zieh dich an, Mann, raus aus dem Haus, sagt er zu sich. Dann rubbelt er sein Haar zärtlich vor dem Spiegel trocken und versucht, sein Freund zu sein.

Denk an das Geld. Geld hebt die Stimmung. Er könnte diese Räumungswichser aussperren, eine neue Hi-Fi-Anlage kaufen, die Gasrechnung bezahlen, den Strom, das Telefon, neue schwarze Jeans kaufen, in Urlaub fahren. Bald ist er weg. Er reist per Boot, Zug, Leihwagen. Ta-ta, ich bin weg, wie sein Vater sagen würde. Ta-ta.

Colman Moody geht beschwingt die West Green Road entlang in Richtung U-Bahn. Lockerer Gang, lange, ausholende Schritte. Es sieht mühelos aus, als gehe er langsam und gemächlich, doch er kommt schnell voran mit diesen langen, langen Schritten. Er tanzt.

In der West Green Road gibt es zwei Arten von Läden: Friseure und Fischläden. Mehr haben die Trottel in Tottenham nicht zu tun: Haare schick schneiden lassen und Fisch fressen. Colman kommt an einigen Bekannten vorbei, sie rufen ihm etwas vom Friseur aus zu. Alle sitzen in einer Reihe und warten, daß man ihnen den halben Kopf rasiert, die Haare hinter den Ohren entfernt, die widerspenstigen Haare im Nacken ordnet. Der summende Rasierer fährt wieder und wieder über dieselbe Stelle. Was ist das nur mit den Haaren, denkt Colman. Soweit ich weiß, interessieren sich Weiße nicht halb so sehr für ihr Haar. Schwarze erfinden sich durch ihre Frisuren neu. Haarschnitte mit Mustern – eben noch in, jetzt schon uncool.

Sein Vater ging gern zu einem Friseur, der sich auf schwarzes Haar verstand und dessen Kunden fast ausschließlich Schwarze waren. Er wartete gerne schweigend, betrachtete sich im Spiegel, während der Friseur sein Haar streifenförmig schnitt und die Haarbüschel zu Boden fallen ließ. Als Junge ging Colman immer mit. Sie bekamen die Haare zusammen geschnitten. Ein Initiationsritus. Sein Vater mußte schon Nerven gehabt haben: sich mitten in einen Friseurladen voller schwarzer Männer zu setzen, einen Männerhaarschnitt verpassen zu lassen und dabei die ganze Zeit zu wissen, daß er eine Frau war. Dafür braucht man schon Mumm. Vielleicht hat er es genossen. Die Gefahr. Vielleicht empfand er es auch gar nicht als gefährlich.

Angenommen, er hätte die Gelegenheit, seinen Vater aus dem feuchten, schlammigen Grab zu ziehen, den hölzernen Sarg aufzustemmen und zehn Minuten mit ihm zu sprechen, so wäre dies seine erste Frage: »Bist du gern zum Friseur gegangen?«

Er starrt im Vorbeigehen auf die Fische in einem Schaufenster. Sehen gespenstisch aus. Klaffende Mäuler. Glasige Augen. Schuppige, glitschige Haut. Meerbarben. Papageienfische. Meeräschen. Seltsame, exotische, riesengroße Fische, die aussehen, als hätte sie eine Gestalt aus einem Kinderbuch in der alten Welt unter dem Meer gefangen und in die neue Welt gebracht, damit die Menschen sie anschauen können. Augen, die ihn ausdruckslos anstarren, als erinnerten sie sich an nichts. Als hätten sie vergessen, daß sie jemals Fische waren. Manche Typen beim Friseur haben den gleichen Blick, leere Augen, als hätten sie vergessen, wer sie sind und seien einfach irgendwo gelandet, ohne Vergangenheit. Die Augen von Fischen und die Augen von Männern. Colman sieht geradeaus die Straße hinunter. Ein Zug fährt über die Eisenbahnbrücke. Der Himmel trägt schwer an sich selbst, grau und bleiern, er begeistert sich für den Regen. Das ist der eigenartigste Sommer, an den er sich erinnern kann. Jeden Tag anderes Wetter. Nicht mal das beschissene Wetter kann sich entscheiden.

Drei Stufen auf einmal, hinein in den dreckigen Schacht der U-Bahn. In die Unterwelt aus Müll und Gestank und Pisse und armen Leuten, deren Kinder betteln, und Typen, die Pappfetzen hochhalten, auf denen »obdachlos« steht. Er kauft eine Fahrkarte an einem der Automaten, die die Touristen zur Weißglut bringen. Ihm fällt ein, daß er keine Rückfahrkarte braucht. Er kommt nicht zurück. Jedenfalls nicht in nächster Zeit. Er tätschelt seine Reisetasche. Er hat ein paar schwarze Jeans eingepackt, zwei langärmelige Hemden, ein paar nagelneue Turnschuhe – die hat er mit seiner

Kreditkarte gekauft –, vier saubere Boxershorts, ein Paar davon aus Seide, nur für den Fall. Ein paar Sweatshirts und T-Shirts, alle aus Amerika. Seine Ersatzkappe von den Chicago Bulls. Einen schicken Anzug.

Am Ende der Treppe kommt er an einer Gestalt vorbei, die sich zwischen den Eingängen der beiden Bahnsteige zusammengekauert hat. »Haben Sie was übrig?« Was sollte er denn übrig haben? Was zu essen? Was zum Anziehen? Was denn nun? Willst du Geld? Dann frag doch danach. Hättest du mich nach Geld gefragt, hätte ich dir was gegeben, Arschloch. Du mußt lernen, richtig zu fragen, wenn du was willst. Er sagt es nicht laut. Denkt es nur. Doch der Typ zieht sich zurück, als hätte er seine Gedanken gelesen. Der Anblick des kaputten Mannes mit den dreckigen Fingernägeln, dem langen, verfilzten Haar, dem schmutzigen Bart, den benebelten Augen, dem Armesünderblick und den Millionen von Lumpenfetzen, die er als Kleider um sich gewickelt hat, der dämlichen Promenadenmischung, die ebenso erledigt ist wie er, aber dennoch beschützend wirkt, macht ihn wütend. Solche Anblicke beleidigen ihn. Es ist abstoßend; er empfindet weder Mitleid noch Erbarmen. Einfach nur heftigen, beschissenen Ärger. Will so etwas nicht sehen. Dieser Anblick, vor seinen Augen. Seine Mutter und sein Vater empfanden immer Mitleid mit Armen, mit Leuten ohne Geld oder Macht, doch selbst als Junge teilte er ihre Gefühle nie. Ihm kommen noch immer bittere, unfreundliche Gedanken, wenn er solche Typen sieht, Gedanken, die geradewegs, laut bellend, in seinen Kopf schießen. Laut bellend. Jeden Tag denkt er solche Gedanken. Such dir einen Job, du nutzloses Stück Scheiße. Der genaue Gegensatz zu seiner Erziehung. Schmarotzer. Verschwender. Parasit. Scheiße noch mal, such dir einen Job.

Einen Moment lang gerät er in Panik. Hat er die Fahrkarten eingesteckt, die Sophie ihm geschickt hat? Die nach Glasgow? Oder hat er sie neben dem Telefon liegenlassen? Er sieht sie förmlich dort liegen. Idiot. Er beschimpft sich selbst. Das hat er sich in letzter Zeit so angewöhnt. Er holt seine Brieftasche heraus und sieht nach. Sein Kopf summt, in seinen Ohren quietscht ein schriller

Ton. Da sind sie. »Scheiße sei Dank.« Er sagt es laut vor sich hin. Scheiße sei Dank. Sein Vater hat es ständig gesagt, der Klang der Worte hat ihm immer gefallen. Er sieht dem Kerl, der gefragt hat, ob er was übrig habe, in die Augen. Der Typ hat doch tatsächlich geglaubt, er habe seine Brieftasche herausgeholt, um ihm Geld zu geben. Er holt einen Fünf-Pfund-Schein heraus, wirft ihn in den leeren Karton und sagt: »Jetzt hör auf, mich anzustarren.«

Colman steigt in die U-Bahn und dreht sich zu dem obdachlosen Typen um, der den Fünfer in seiner Hand anglotzt, ihn dreht, sich hochrappelt, seine Plastiktüten und den traurigen Hund einsammelt. Er geht sicher zum Metzger und kauft der Töle einen Knochen. Colman stellt sich das Gesicht des traurigen Hundes vor, wenn dieser den Knochen vor sich liegen sieht, an dem er zerren und ziehen und knabbern und saugen kann, ein endloser Tanz in einer obdachlosen Londoner Nacht.

Die schwarze Frau ihm gegenüber hat einen Sohn, der ihr wie aus dem Gesicht geschnitten ist. Er ist niedlich. Er sieht Colman an. Er zwinkert dem kleinen Mann zu. Der Junge schaut ihn weiter an und freut sich. Also zwinkert Colman noch einmal. Und wieder und wieder. Der Junge ist so um die zwei. Sieht ihn immer noch an. Scheiße, ich kann nicht den ganzen Weg bis Euston zwinkern, denkt Colman und dreht den Kopf weg. Er ist erleichtert, als die beiden in King's Cross aussteigen. Er nickt dem Jungen zu, und der Junge schenkt ihm ein hinreißendes Lächeln. Es kostet nicht viel, einem kleinen Kerl zuzunicken und seinen Tag zu retten, denkt Colman.

Colman liest in der U-Bahn niemals ein Buch oder die Zeitung. Er behält lieber seine fünf Sinne beisammen, falls ihn jemand überfallen sollte. Das hier ist eine schlimme Stadt. Man muß aufpassen. London ist nicht mehr, was es mal war. Total kaputt. Erledigt. Es stinkt. Er ist erleichtert, hier wegzukommen. Irgendwo mit dem Zug hinzufahren. Das ist eigentlich eine Flucht. Es macht ihn an. Er spürt, wie etwas in ihm aufsteigt und schwebt, etwas Leichtes, Flockiges. Die Zeit ist jetzt eine Pusteblumenuhr. Er kann jede Stunde wegpusten und die Zeit neu zusammensetzen.

Die große Anzeigetafel auf dem Bahnhof zwinkert mit ihrer beängstigenden Liste falscher Städte und Abfahrtszeiten auf ihn hinunter. Er gerät in Panik. Es ist lange her, seit er allein Zug gefahren ist. Schwitzend starrt er die falschen Städtenamen an. Wo ist Glasgow? Warum wird Glasgow nicht angezeigt? Ihm wird bewußt, daß es die Ankunftszeiten sind. Arschloch. Da steht es doch. Glasgow, 11.15 Uhr. Aber kein Bahnsteig. Warum zeigen sie nicht die Bahnsteignummer an? Wen soll er fragen? Er muß nur auf die große, schwarze Tafel schauen, bis die Nummer erscheint. Scheiße. Die Nummer wird in allerletzter Minute erscheinen, und dann rennen alle ängstlichen Idioten zum Bahnsteig, rammen einander die Gepäckwagen in die Beine und kämpfen mit der Schlange aus Wagen, um sich ihr beschissenes Pfund wiederzuholen. Carlisle. Der Zug hält in Carlisle. Das liegt an der Grenze. »Sobald ich nach Carlisle komme, weiß ich, das ist mein Land. Mein Herz schlägt schneller, sobald ich die Grenze überquere«, pflegte sein Vater zu sagen. »Warum fährst du dann nicht hin und lebst da?« fragte ihn Colman. Er schüttelte nur den Kopf. Zu wenig Arbeit.

Zu wenig Arbeit, von wegen. Seine Mutter! Deshalb hat er nicht dort gelebt. Seine Mutter lebte noch.

Seine Mutter lebt noch. Weiß Josephine Moores Mutter, daß ihre Tochter tot ist? Muß er es ihr sagen? Scheiße. Er rennt los und kauft sich ein Thunfischsandwich und eine Cola. Noch immer keine Bahnsteignummer. Er saust zu *Menzies* hinein, kauft eines dieser Rätselhefte, in denen man diagonal, horizontal und vertikal versteckte Wörter finden muß. Er kommt sich schlau dabei vor; Kreuzworträtsel schafft er nicht. Er haßt die Leute, die Kreuzworträtsel lösen: arrogante Schweine, die immer vor sich hin summen, denken, denken, so daß man all ihre Gedanken von ihrem Gesicht ablesen kann; die mit ihren gespitzten Stiften oder schicken Füllern verstohlen die mysteriösen Hinweise entschlüsseln. Dann ein demonstratives »Aha«, und schon setzen sie triumphierend das nächste Anagramm ein. Seine Mutter kann Kreuzworträtsel lösen. Sie hat im Laufe der Jahre mehrmals versucht, ihn in die Geheimnisse der Kreuzworträtsel einzuweihen. Sie hätte nur zu gern einen Sohn gehabt, der zugehört, es kapiert und in Null Komma nichts seine eigenen Rätsel im *Guardian* gelöst hätte.

In der Warteschlange tritt Colman von einem Fuß auf den anderen. Er ist ungeduldig, will aufbrechen. Warum ist er beim Reisen so ängstlich? Er bemerkt andere Leute, die aufgerieben und erschöpft wirken, die einander anschreien. Total durchgedreht. Alle sind total durchgedreht, alle bis auf ein paar Geschäftswichser, die wahrscheinlich wie gekühlte Gurken in der ersten Klasse hocken. Na ja, er ist doch eigentlich cool. Hat seine Fahrkarte, sein Sandwich, seine Reservierung. Alles cool. Kein Problem. Kein Problem.

Er geht den Bahnsteig entlang, mit längeren Schritten als gewöhnlich, überholt mühelos die ganzen alten Leute und die Frauen mit Kindern. Er sucht Wagen H. Die Reihenfolge der Waggons hat er noch nie verstanden. Scheint nicht dem Alphabet zu folgen. Er muß praktisch den gesamten Zug entlanglaufen, bevor er das H wie Hoffnung entdeckt. Er hofft, daß sich nicht irgend jemand auf seinen Platz gesetzt hat. Das ist schon vorgekommen, und er hat die Schlacht um den Platz immer verloren. Obwohl genau das auf seiner Fahrkarte stand. Er hat immer verloren. Hat sich mit dem Schaffner angelegt, mit den anderen Fahrgästen; die übrigen Ärsche haben dumm geglotzt. In diesem Land ist das Reisen nicht so einfach. Nicht für Schwarze wie ihn. Die Leute denken immer, man hätte unrecht oder was Unrechtes getan oder hätte gelogen oder sei im Begriff zu lügen oder habe gestohlen oder sei im Begriff zu stehlen. Es ist wirklich nicht lustig, wenn man sich zurechtfinden muß, während die Leute die ganze Zeit Schlechtes über einen denken. Er weiß, daß sie so denken. Mit ihrem Überraschttun und ihrer Schauspielerei können sie ihn nicht täuschen. Es steht ihnen ins Gesicht geschrieben. Sie begegnen ihm mit Vorsicht, mit Angst, sind zugeknöpft. Wie oft mußte er schon die Hände heben und sagen: »Es ist schon okay. Ich beiße nicht.« Er kann gut auf diesen Streit verzichten, darauf, daß jemand auf seinem Platz sitzt und ihn behandelt, als habe er ohnehin kein Recht auf einen Platz. Vor dem Fenster fährt ein anderer Zug los und erweckt den Eindruck, der Zug, in dem er sitzt, würde sich ebenfalls bewegen. Dieses Gefühl macht ihm Angst. Er gerät in Panik, fragt sich, ob er hier richtig ist oder ob er eigentlich drüben in dem anderen Zug sitzen sollte zusammen mit diesen Leuten, die gerade losfahren. Als er den Namen »Glasgow« hört, entspannt er sich wieder. Soll er sein Sandwich jetzt essen? Sein Magen fühlt sich leer und seltsam an. Er vergißt manchmal zu essen. Seit sein Vater gestorben ist, stimmt etwas mit seiner Ernährung und Verdauung nicht mehr. Sein Magen macht komische Geräusche, wenn er sich ans Essen erinnert, Geräusche, die ihn an wissenschaftliche Experimente in der Schule erinnern, ein Blubbern und Gurgeln. Er muß dann immer furzen oder rülpsen, um sich zu erleichtern. Gut, daß keiner neben ihm sitzt. Er beschließt, das Sandwich in Milton Keynes auszupacken.

Wie lange ist es her, daß er in Schottland gelebt hat? Fünfundzwanzig Jahre vielleicht? Sein Vater hat ihm immer erzählt: »Du bist Schotte, in Schottland geboren, das macht dich zum Schotten.« Aber er fühlt sich nicht als Schotte. Hat keinen schottischen Akzent. Er kann ihn gut nachahmen, wie alle Kinder schottischer Eltern, aber das ist nicht wirklich er. Was ist er dann? Diese Frage hat er sich gestellt. Schuld daran ist dieser blöde Zug: Irgend etwas an der Art und Weise, in der sich das Land hinter dem Fenster bewegt; das Überqueren einer Grenze; eine Kuh, die ihren Schwanz kreisen läßt, um die Fliegen zu vertreiben. Warum sitzt er überhaupt in diesem Zug? Er will etwas über seinen Vater herausfinden. Stimmt doch, oder? Etwas über das wirkliche Leben seines Vaters herausfinden. Er wird sich mit der Frau treffen, die angeblich tot ist.

Er sah echt genug aus, um in den verrauchten Clubs Trompete zu spielen; er sah echt und unecht aus, wie eine Phantasievorstellung seiner selbst. Alle Jazzer sind Phantasien ihrer selbst, sie erfinden die Counts und Dukes und Armstrongs neu, imitieren sie. »Die Musik bietet eine Möglichkeit, die Vergangenheit am Leben zu halten«, sagte sein Vater. »Die Vergangenheit enthält mehr Zukunft als die Zukunft selbst«, sagte er. Schwarze und die Musik. Schwarze und die Musik; was wäre die Welt ohne schwarze Menschen und die Musik? Sklavenlieder, Arbeitslieder, Gospels, Blues, Ragtime, Jazz. (»Rap?« fragte Colman dann, »wie steht es mit Rap?« »Nein, das ist nur ein Haufen Müll«, erwiderte sein Vater dann ganz ernsthaft. »Ein Haufen Scheiße. Rap ist keine Musik. Rap ist Scheiße. Wo bleibt denn da die Geschichte?«) Die Geschichten des Blues. Jeder Blues ist eine Geschichte. »Unsere Geschichten«, sagte sein Vater, »unsere Geschichte. Du kannst die Geschichte der Sklaverei nicht begreifen, ohne die Sklavenlieder zu kennen.« Colman fühlt sich nicht, als hätte er eine Geschichte. Fühlt sich nicht wohl mit Typen, die dauernd über Afrika reden. Es kommt ihm falsch vor, wenn sich Typen mit afrikanischen Kleidern rausputzen und mit ihrem beschissenen Cockney darüber labern, wie toll es doch sei, Afrikaner zu sein. Eine Rückkehr nach Afrika erscheint Colman einfach unmöglich. Er war noch nie in Afrika, wie also sollte er dorthin zurückkehren?

Wo soll er anfangen? Mit wem soll er reden? Sophie Stones sagt, sie wolle alte Schulfreunde und Nachbarn aufstöbern. Sie sagt, daß die Leute hervorgekrochen kommen, sobald man mit der Knete winkt. Colman wird bei der Vorstellung, mit jemandem zu sprechen, der seinen Vater als Mädchen gekannt hat, ganz schwindlig. Während er aus dem Fenster starrt, mühsam schluckt, weil sein Hals noch weh tut, ein schwarzes Pferd neben dem Zug entlanggaloppieren und in der Ferne verschwinden sieht, versucht Colman, sich selbst in Glasgow, dem Ort seiner Kindheit, zu sehen, wie er die Accident Street entlanggeht und um die Ecke biegt. Wie hieß noch dieser Bonbonladen, der mit dem komischen Verkäufer, der Kinder allzu gerne hatte? Von ihm bekam man immer eine Extratüte. Er wird aufgeregt, als er an die Ankunft in Glasgow Hauptbahnhof denkt. Damit hatte er nicht gerechnet. Er hatte nicht damit gerechnet, überhaupt etwas zu fühlen.

Er kann es nicht durchziehen. Er kann nicht hingehen und mit all diesen Leuten reden, die seinen Vater kannten. Es ist unmöglich. Verrückt. Er ist verrückt, aber nicht *so* verrückt. Er muß es ihr sagen. Einfach nur sagen. Was kann sie ihm schon tun? Sie kann ihn nicht zwingen. Er wird die Mutter seines Vaters besuchen. Das muß er tun. Er muß sie sehen. Sehen, wie sie so ist. Sehen, ob sie wirklich Ähnlichkeit mit seinem Vater hat.

Sein Vater hat nie viel über seine weiße Mutter gesprochen. Das Thema lag ihm nicht. »Solange du weißt, wer du bist, ist es egal, wer deine Eltern waren«, sagte er. Tatsächlich? Hat er das tatsächlich gesagt? Wie konnte er das tun, wenn er nicht mal wußte, ob er ein Mann oder eine Frau war? »Schwarze Männer müssen sanfter sein«, pflegte sein Vater zu sagen. »Sie könnten von den Frauen viel lernen.« Was für ein Witz. Wie muß er nachts im Bett darüber gelacht haben! Glucksend, würgend. Einfach zum Schreien. Colman spricht gerne über Weiße. Er spricht gerne über Schwarze und Weiße und darüber, daß sie miteinander auskommen oder auch nicht. Sein Vater sprach gerne über die Vergangenheit. Colman fragte ihn einmal: »Warum hängst du immer an der Vergangenheit, Mann? Was tut Martin Luther King denn jetzt für dich? Hilft er dir, deine neue Platte zu verkaufen?« Solche Bemerkungen trieben seinen Vater zur Weißglut. »Wie kann ich einen so dämlichen Sohn haben? Womit habe ich dich verdient?« Alle Schwarzen, über die sein Vater so gerne redete, waren Amerikaner, schwarze Amerikaner. Schwarze Yanks, wie Colman sagte. »Du verbringst die ganze Zeit damit, schwarze Yanks zu verehren: Martin Luther King, Louis Armstrong, Fats Waller, Count Basie, Duke Ellington, Miles Davis. Alles schwarze Yanks. Du bist doch kein Amerikaner, oder?« Bei der Erinnerung grinst Colman, kaut dabei an seinem Thunfischsandwich. »Ich habe nie behauptet, ich sei Amerikaner. Was ist los mit dir?« »Nein, du bist Schotte, oder? Stolz darauf, Schotte zu sein. Warum kaufst du dir dann keinen Kilt und spielst im Rock Trompete? Die Jazzwelt wäre begeistert. Und du weißt ja, daß du unter einem Kilt nichts tragen darfst. Die Boogie Woogie Moody Men würden sich königlich damit amüsieren, unter deinen Kilt zu spähen.«

Er driftet hinüber in den seltsamen Schlaf, den man von Zugfahrten kennt. Eine Hälfte von ihm schläft und träumt von Schottland, die andere brüllt »Halt die verdammte Klappe« in Richtung eines schreienden Kindes, das den Satz »Ich will aber das da« bis zum Erbrechen wiederholt. Und die Stimme der Mutter wiederholt ununterbrochen: »Ewan, ich sage es dir nicht noch einmal.«

Eine Männerstimme hinter ihm läßt verlauten: »Eins sag ich dir. Ohne mich hätten sie das Ding ausgeplündert. Die wußten nicht, daß ich da war.« Und eine Frau weiter vorn im Zug telefoniert mit einem Handy, besser gesagt, sie brüllt hinein. Mit ihrer Handystimme. »Hallihallo, ich bin ganz allein, hallo? Hallo! Hallo! Hallo!« Schnauze, sagt Colman bei sich und versucht, all das in seinem Traum zu ertränken. Er steckt tief hinten in seinem Selbst, mit nackten Knien, Bermudashorts, rennt über ein Feld, ein großes Heufeld auf einem Bauernhof.

Der Traum ist ihm völlig entglitten. Er sieht nach, ob der Brief seines Vaters noch im Seitenfach der Reisetasche steckt. Er hat ihn Sophie Stones immer noch nicht gegeben. Er tut, als habe er ihn vergessen. Er schaut ihn wieder an. »Erst nach meinem Tod öffnen.« Er überlegt, ob er ihn jetzt wohl öffnen soll. Ob jetzt der richtige Moment ist. Doch er bringt es nicht fertig. Er steckt ihn zurück in das Reißverschlußfach. Er prüft mindestens zwei- bis dreimal täglich, ob der Brief noch da ist.

Der schwarze Mann hat zwei Teetassen in der Hand und balanciert hin und her. Voller Anmut. Er stößt niemanden an, stolpert über keinen Fuß. Colman sieht zu, wie er sich durch den Gang bewegt, und erkennt plötzlich, daß der Mann sein Vater ist. Ihm bricht der Schweiß aus. Er trägt denselben dunklen Mantel. Das Hemd. Dasselbe Hemd. Er kommt auf ihn zu. Er lächelt. Herr im Himmel, er lächelt. Sieht Colman direkt an, schwankt mit den Tassen hin und her, kommt auf ihn zu. Bewegt sich mit solcher Würde, solchem Gleichgewichtsgefühl durch den Zug, den Rücken gerade, die Augen, die weder freundlich noch grausam sind, nach vorn gerichtet. Er geht durch den Zug, als habe er nichts Besseres zu tun, läuft hin und her in diesem endlosen Zug, als habe er sein Leben lang nichts anderes getan. Colman starrt den Mann ungläubig an. Er geht an ihm vorbei. Colman dreht sich um. Der Mann geht weiter.

Colman steht auf, um ihn zu suchen. Er geht den Gang entlang, stolpert. Bleibt am Fuß von irgendeinem Arschloch hängen und legt sich beinahe lang. Er kann den Kerl nicht finden. Wo ist er hin? Er kann ihn nicht sehen. Vielleicht aufs Klo. Besetzt. Vielleicht muß er pissen. Colman wartet vor der Tür. Allerdings ist das Klo weiter hinten auch besetzt. Vielleicht ist er da drin. Als Colman gerade wieder an seinen Platz gehen will, kommt der Mann aus dem Klo. Es ist nicht sein Vater. Natürlich ist es nicht sein verdammter Vater. Jetzt, aus der Nähe, sieht er ihm nicht mal ähnlich. Colman kehrt zu seinem Platz zurück. Läuft glatt daran vorbei, macht kehrt und findet ihn endlich. Mit dir geht's bergab, denkt er bei sich. Du bist kaputt. Das ist doch krank. Er holt das Rätselheft heraus und entdeckt auf den ersten Blick das Wort SPÄTZÜNDUNG. Kreist es ein. Schon besser.

An diesem Morgen hat Colman Sammy angerufen. Er wollte dafür sorgen, daß jemand ein Auge auf seine Wohnung hat, aber mehr noch, daß jemand über seine Reise Bescheid weiß. Er hat schon immer gern erzählt, daß er wegfährt. Sammy war überrascht über seinen Anruf. »Cole, was treibst du bloß?« hat er gefragt. Colman war nicht sicher, ob er es sich nur einbildete, aber Sammy klang verlegen, peinlich berührt. Er sagte Sammy, daß er nach Schottland fahren würde, um an einem Buch zu arbeiten.

»An was für einem Buch denn?«

»Wart's ab. Du bekommst ein signiertes Exemplar, wenn es fertig ist.«

»Mach nichts, was du in fünf Jahren bereuen könntest«, hat Sammy ihm geraten.

Rasch holt er seine Reisetasche aus dem Gepäckfach. Zieht den Reißverschluß des schwarzen Anoraks hoch und steigt aus dem Zug. Nennt dem Taxifahrer den Namen des Hotels, lehnt sich zurück und schaut sich Glasgow an, um festzustellen, ob er noch etwas wiedererkennt. Doch er erkennt nichts wieder. Nichts. Die Häuser sehen alle ganz anders aus. Sammys Worte klingen ihm noch in den Ohren. »Mach nichts, was du in fünf Jahren bereuen könntest.«

HAUS UND HEIM

Die Sonntage mit Joss mochte ich immer gern. Sonntage zu Hause mit Joss, wenn er nicht mit der Band unterwegs war. Sonntage zu Hause mit mir. Wir wachen mehrmals auf und schlafen wieder ein, bevor wir schließlich aufstehen. Bei jedem Aufwachen lächeln wir uns innig an, von schläfriger Liebe erfüllt. Unsere Gesichter tragen noch die Spuren der Träume. Joss' Kopfkissen ist feucht vom Speichel, der ihm im Schlaf aus dem Mund geronnen ist, und dieser winzige, feuchte Teich weckt zärtliche Gefühle in mir. Manchmal wache ich allein auf und betrachte ihn im Schlaf. Ich sehe ihn so gerne schlafen. Wenn er schläft, wirkt sein Gesicht oft ziemlich launisch, dann muß ich lachen. Er liegt auf der Seite, das Gesicht zu mir gewandt, einen Arm hinter dem Kopf, die andere Hand besitzergreifend an meiner Hüfte. Er streichelt im Schlaf meine Hüfte, die Kuhle, wo Hüfte und Taille sich treffen, mag er am liebsten. Im Schlaf liebt er mich furchtbar; Schlaf oder Wachsein, er erinnert sich an mich. Er kennt jeden Winkel meines Körpers. Wenn ich traurig war, wachte er auf und fragte mich, was los sei. Ich treibe mit ihm davon, zurück in den Schlaf, noch zehn Minuten, nur noch zehn Minuten.

Ich wache auf, weil Joss mich leicht auf die Wange küßt. Seine Lippen streichen über meine Wangen, geduldig, wieder und wieder. Seine Hände bewegen sich an meinem Körper hinauf und quer über meine Brust. Ich schaue ihn an. Er hat diesen Gesichtsausdruck. Seine Augen blicken sehr ernst, eindringlich, dunkel. Er begehrt mich. Ich weiß, daß er mich begehrt. Er begehrt mich so sehr, daß er schmollen wird, wenn er mich nicht bekommt. Ich tue, als sei ich nicht interessiert. Es ist spät. Wir haben so lange geschlafen. Wir müssen aufstehen. Steh auf und beginn den Tag. Wir wollten einen langen Spaziergang machen. Du erinnerst dich doch. Einen langen Spaziergang. Sein Atmen hat sich verändert. Er atmet schnell. Sein Atmen erregt mich. »Komm schon«, sagt er. »Komm schon.« Er schiebt meine Beine auseinander und dringt in mich ein. Seine Finger bewegen sich zuerst langsam, dann schneller und härter, tief, tief in mich hinein. Ich spüre, wie ich davongetragen werde. In eine andere Zeit. An einen ganz und gar anderen Ort. Ich nehme kaum noch wahr, was mit mir geschieht. Durch den Nebel höre ich meine Geräusche. Ich weiß nicht, ob sie laut oder leise sind. Ich spüre, wie sich mein Mund öffnet, um sie hervorzubringen. Ich werde herumgedreht. Er spreizt meine Beine. Dringt in mich ein. Er dreht mich wieder zurück und küßt mich, küßt mich überall, murmelt Dinge vor sich hin. Seine Berührungen sind kräftig, er wird schneller und schneller, bis ich vor Lust bebe, den Drang verspüre, ganz hoch hinaufzusteigen, bis ganz zum Gipfel und dann loszulassen. Ich spüre, wie ich falle, erschöpft, in Tränen, erregt. Ich dränge mich an ihn, und er wiegt mich, wiegt mich hin und her, sagt wieder und wieder, daß er mich liebt. Er lächelt. Ganz von sich erfüllt. Ich bin schwach. Ich werde absolut und grenzenlos geliebt.

Ich mag Sonntage. Zuerst Liebe, dann Zeitung lesen. Manchmal bringt eine der Beilagen ein Interview mit Joss oder eine Kritik zu einem Konzert oder einer neuen Platte oder auch Klatschgeschichten über das Trio. Meistens lache ich lauthals über das, was dort steht. Joss ist oft ungehalten, zu empfindlich oder eingebildet. Aber sonntags nehme ich solche Dinge leicht, vor allem wenn er mich gerade in unsere andere Welt geführt hat. Unsere geheime Welt, die nur ihm und mir gehört. Niemandem sonst, nur ihm und mir.

Wir stehen auf, und Joss macht Frühstück. Dafür besitzt er eine echte Begabung. Es gibt perfektes Rührei, nicht zu fest, nicht zu weich, sondern cremig und gelb, Toast, Speck, Grilltomaten, Black Pudding. (»Was wäre ein Frühstück ohne ein bißchen Schafsblut?« sagt Joss, um Colman zu ärgern, der sich bei diesen Worten windet.) Frisch gemahlenen Kaffee. Joss liebt Kaffee. Er liebt den Geruch von Kaffeegeschäften und wählt die Bohnensorte selbst aus. Marokko, Kenia, medium geröstet, dunkel. Er liebt die Beschreibung der Bohnen im Geschäft. »Wie bei Menschen«, sagt er lachend. Kommt nach Hause, mahlt sie in der neuen Kaffeemühle, seinem derzeitigen Lieblingsspielzeug. Frischer Kaffee, heiße Milch, die er in der Pfanne erhitzt und aufschlägt, bis sie warm genug ist und schäumt. Frisch gepreßter Orangensaft. Noch mehr Zeitungen.

Wenn wir zu Hause sind, verzichten wir nie auf unseren Sonntagsbrunch. »Sonntagsbrunch!« ruft Joss immer, als säßen wir im Restaurant und er verkünde seinen Gästen die Speisekarte. »Joss Moodys Sonntagsbrunch.« Colman beeindruckt das wenig. Joss stellt singend und schwungvoll die Teller vor uns auf den Tisch. Da da da dah da da da dee da didi bum bum bum brup brup brup baaaade dup dup. Imitiert Instrumente mit der Stimme. Improvisiert. Wenn Colman gereizt ist, schreit er: »Hör auf, Daddy!« oder später dann: »Halt die Klappe!« Joss singt lauter und lauter, stampft mit den Füßen und bewegt die Teller im Rhythmus seiner Küchentänze. »Ich will einfach nur mein Frühstück«, sagt Colman. Ich sehe ihn tadelnd an. »Warum mußt du alles verderben?« frage ich ihn. »Dein Dad macht doch nur Spaß. Sei doch mal nett.«

»Ich bin nett«, sagt Colman dann, »ich will nur mein Frühstück.« Also setzen wir uns zum Essen. Joss kümmert sich gar nicht um Colmans schlechte Laune, und ich versuche, sie nicht zu beachten und gute Laune zu verbreiten, verspüre dabei aber die ganze Zeit diesen schrecklichen Zorn in meinem Innern, für den es eigentlich keinen Grund gibt. Noch nie im Leben habe ich solchen Zorn auf einen Menschen verspürt wie jetzt auf meinen Sohn. Das erschreckt mich. »Okay, auf ein schönes Frühstück«, sage ich mit einer Stimme, die streng und freundlich zugleich klingt. Ich werde ihn beizeiten angemessen bestrafen, wenn es ihm nicht gelingt, sich von einer besseren Seite zu zeigen.

»Du weißt doch, daß ich kein Rührei mag«, sagt Colman. Wie alt ist er da? Neun, zehn? Egal, er hat seit Jahren gerne Rührei gegessen. Ich stehe auf, zerre ihn vom Tisch zu seinem Zimmer. Ich stoße ihn hinein und sage: »Bleib da, bis du Rührei magst.« Im selben Moment weiß ich, daß es nicht ganz fair ist; andererseits ist er auch nicht fair, und ich bin es leid, mir von ihm das Wochenende verderben zu lassen. Seine Schmollerei hängt mir zum Hals heraus. Ich höre, wie er etwas in seinem Zimmer herumwirft. Ich widerstehe der Versuchung, die Tür zu öffnen und ihn zu versohlen. Der gedeckte Tisch sieht noch immer perfekt aus. Nichts hat sich geändert an der hellgelben Tischdecke, der Obstschale und der Kaffeekanne. Die Sonne dringt durchs Fenster und fällt hell auf die Äpfel.

Joss schaut von seiner Zeitung auf. »Das ist nicht nötig. Wenn du das tust, wird er nur noch schlimmer. Komm zurück, wenn du Rührei magst?! Bist du von Sinnen?« Ich lache und stelle mich hinter ihn. Ich küsse seinen Nacken. »Du hast mir weh getan«, flüstere ich ihm ins Ohr, und er lächelt beschämt. Ich beuge mich über ihn und küsse seinen weichen Mund. »Geh und hol ihn«, sage ich und setze meinen Sonntagsbrunch fort.

Als Colman wieder mit uns am Tisch sitzt, sein Rührei ißt und sich wirklich bemüht, bekomme ich Schuldgefühle. Mein süßer Junge. Er sieht so hübsch aus. Ist eigentlich ein guter Esser, denke ich. Warum war ich so hart mit ihm? Er ist doch nur ein Junge. (Wie der Junge, so der Mann.) Warum lasse ich mich derart von ihm ärgern? Ich werde versuchen, mich zu bessern. Eine bessere Mutter zu sein. »Braver Junge«, sage ich und lächle ihn an. Seine Augen sind voller Liebe und Schmerz. Wie bei einem winzigen, bedauernswerten Ödipus.

Wir steigen ins Auto und fahren nach Hampstead Heath. Sonntags unternehmen wir gern einen langen Spaziergang durch die Heide. Dies ist der einzige Ort in London, an dem wir das Gefühl haben, nicht in London zu sein. Die Bäume blühen zaghaft, die Maisonne fällt durch das Laub in unsere Gesichter. Joss und Colman gehen oder laufen Hand in Hand. Wir machen Spiele, während wir spazierengehen. Denken uns Geschichten aus. Ich sehe was, was du nicht siehst. Nein sagen verboten. Ein Lied finden, in dem ein Auto vorkommt. Ein Lied finden, in dem San Francisco vorkommt. Ein Lied finden, in dem »bitter« vorkommt. Joss ist nicht zu schlagen, egal wie ungewöhnlich das Wort auch sein mag. Ich habe es sogar mit Shakespeare versucht, und er hat ein Lied gefunden. Er stimmte »Brush up your Shakespeare« an und tat, als würde er die Heide mit einem Riesenbesen fegen.

Sonntage. Perfekte, ganz normale Sonntage. Heute ist Sonntag. Ich habe nun fünf Sonntage mit Joss verpaßt. Fünf. Er ist an einem Sonntag gestorben. Ich wünschte, er wäre an einem anderen Tag gestorben. Die letzten Sonntage vor seinem Tod waren ganz anders als unsere früheren Sonntage. Er war so krank, und wir wußten beide, daß er im Sterben lag. Wir wußten nur nicht, wann es soweit sein würde.

Jeden Tag erinnere ich mich an Einzelheiten des Sonntags, an dem Joss starb. Einzelheiten, an die ich mich nicht erinnern möchte. Es hat eine Weile gedauert, bis ich jemanden angerufen habe. Ich saß einfach bei ihm und wartete auf die Abreise seiner Seele. Bis zu dem Augenblick, in dem Joss starb, habe ich nie an so etwas geglaubt. Jetzt schon. Weil ich in unserem Zimmer zwei Wesen spürte, als Joss starb. Eines davon war der kranke Mensch, der im Bett lag, aus dessen trockenem Mund knackende Geräusche drangen, wenn er ihn öffnete und schloß, um ihn zu befeuchten. Das andere Wesen besaß keinen Körper, war eher als Geist im Zimmer zugegen. Ein Geist, dem es auf wunderbare Weise gelungen war, seinen Körper frühzeitig zu verlassen und mich zu trösten; mir zu sagen, daß ich loslassen solle; daß alles gut werden würde; daß ich nur loslassen müsse, damit er es auch könne. Einige Augenblicke lang rang ich mit der Stimme dieses Geistes. Ich wollte nicht loslassen. Bis zur allerletzten Minute habe ich an Wunder geglaubt; ich glaubte, er könne es schaffen, sich erholen. Man hört doch andauernd von Menschen, die an der Schwelle des Todes standen und ins Leben zurückgekehrt sind. Ich habe darauf gewartet, habe mir mehr als alles andere auf der Welt gewünscht, daß Joss ins Leben zurückkehrt, sich erholt. Ich habe gebetet. Ich habe meine Hände wie ein Kind verschränkt; ich bin auf die Knie gefallen und habe gebetet. Ich bin nicht gläubig, aber ich habe gebetet. Ich habe gebetet: Hilf mir doch, Gott! Ich wollte Joss nicht loslassen. Ich hielt die Hand dieses kranken Menschen fest. Fühlte mich selbst krank. Von Schlafmangel und blankem Entsetzen geschwächt. Einem Entsetzen, wie ich es noch nie verspürt hatte. Einem so blanken, so mächtigen Entsetzen, daß es vom Körper Besitz ergreift. Die Schläfen summen vor Entsetzen. Der Schweiß riecht danach. Man schmeckt es im Mund, metallisch, giftig. Die Hände zittern vor Entsetzen. Selbst die Stimme, die man sich beruhigend, tröstend, zuversichtlich wünscht, bebt und ist nicht mehr die eigene Stimme. Es ist die Stimme blanken Entsetzens, und man weiß es; man weiß es, wenn man mit seiner alten Stimme zu sprechen versucht und diese neue Stimme aus dem eigenen Mund dringt. Diese neue Stimme, die zu sich selbst »bitte, bitte, bitte« sagt. »Nicht jetzt. Geh nicht.«

Bis mir bewußt wurde, daß es für ihn eine Qual bedeutete. Daß der erste und der zweite Joss gehen wollten. Daß der Geist freundlich war, aber nicht mehr weiterwußte. Der Wagen stand bereit und wartete, er konnte nicht länger warten, wenn er Joss dorthin bringen sollte, wohin er gehen mußte. Daher küßte ich seine Hand und ergriff die Initiative. Ich sagte: »Es ist jetzt gut, Liebster. Du kannst jetzt gehen. Du kannst jetzt gehen. Es ist gut. Du kannst jetzt gehen.« Ich streichelte seine Hand, streichelte sie sanft in eine Richtung. Spürte noch den Geisterhauch eines Pulsschlages. Ich verließ das Zimmer. Ich ging zur Toilette. Als ich zurückkam, war der Pulsschlag verschwunden. Seine Hand war aus den Laken geglitten und hing über die Bettkante. Ich steckte sie wieder zurück. Er war zur Hälfte mit einem weißen Laken bedeckt. Er trug einen Schlafanzug aus cremefarbenem Leinen. Sein Haar war noch feucht, die Haut noch klamm. Seine Hände waren noch seine Hände. Ich konnte meinen Blick nicht abwenden. Er sah anders aus. Ich habe von Leuten gehört, die das Gesicht des Toten mit einem Tuch bedecken. Aber das konnte ich Joss nicht antun.

In den letzten Tagen vor seinem Tod erzählte mir Joss mehr darüber, wie er als Mädchen gewesen war, als während unserer gesamten Ehe. Zwei Tage, bevor er starb, hatte er eine ungewöhnliche Bitte: eine Dose Milchreis mit Götterspeise. Sein Lieblingsnachtisch als Kind. Zum ersten Mal in unserem gemeinsamen Leben sprach er diese Worte aus: »Als ich ein Mädchen war, war Milchreis mit Götterspeise mein Lieblingsnachtisch.« Ich gab ihm ein bißchen Reis auf einem Löffel, es war seine letzte Mahlzeit. Er sagte, ich solle daran denken, die Bandagen wieder anzulegen. Daher knöpfte ich die Pyjamajacke auf und zog sie aus. Es war mühsam. Zum letzten Mal wickelte ich ihm die Bandagen um die Brust. Sie waren Teil unseres gemeinsamen Lebens. Ich wickelte sie fest um seinen Körper, bis die kleinen Brüste flach unter den cremefarbenen Bandagen steckten. Ich habe nicht dabei geweint. Ich finde keinen Weg, um dieses Gefühl auszudrücken. Es war schlimmer als alles, was ich je empfunden habe. Ich spüre es noch immer. Dasselbe Übelkeit erregende Gefühl. Ich spürte es diesen Morgen, als ich aufwachte und einen Moment lang dachte, Joss sei am Leben. Ich zog ihm das Pyjamaoberteil wieder an und knöpfte es zu. Das alles muß sehr lange gedauert haben. Ich deckte ihn mit einem frischen Tuch und einer anderen Decke zu. Ich würde den Arzt und den Bestattungsunternehmer anrufen, damit sie ihn bald abholen konnten; zuerst aber mußte ich es Colman sagen.

Nun wollte ich mir die Hände waschen. Gesicht und Hände mit kaltem Wasser waschen. Ich spürte noch, wie der andere Joss im Nachbarzimmer schwebte. Der Geist-Joss. Der freundliche, verständnisvolle. Ich stand auf, stand auf meinen Füßen. Ich ging in die Diele und starrte das schwarze Telefon an. Ich starrte es eine Ewigkeit an und versuchte, mich an Colmans Nummer zu erinnern. Sie fiel mir zuerst nicht ein. Ich weiß, daß es eine Weile gedauert haben muß, weil sich die dunklen Schatten vertieften. Ich hatte auf die Uhr gesehen, als Joss starb. Es war 1.12 Uhr gewesen, als ich ins Zimmer kam und ihn tot vorfand. Ich hatte gehört, daß in Krankenhäusern die Todeszeit ebenso streng registriert wird wie der Zeitpunkt einer Geburt. Ich wollte es richtig machen. In der Nacht, bevor er starb, hatte ich kurz das Zimmer verlassen und die Zeitansage angerufen. Ich wollte sichergehen, daß meine Uhren mit denen da draußen übereinstimmten. Die körperlose Stimme sagte an, es sei 21.30 Uhr und 20 Sekunden. Jetzt ist es halb drei.

Dann taucht Colmans Nummer vollständig in meinem Kopf auf – 802 0464.

Ich wiege das Telefon in den Armen. Ich sage zu dem Geist, dessen Gegenwart ich noch spüre: »Ich werde unseren Sohn anrufen. Ich werde unseren Sohn anrufen.« Ich tippe die Zahlen ein. Meine Finger sind beinahe zu schwach, um die Tasten zu drücken. Colmans Anrufbeantworter meldet sich. Ich habe diese Dinger schon immer gehaßt. Wie kann er ihn einschalten, wenn er weiß, daß sein Vater im Sterben liegt? Ich gedulde mich bis zum Piepton, auf den man immer warten soll. Als er ertönt, erschrecke ich mich, so laut und gedankenlos ist er. Ich frage: »Colman? Colman, bist du da?« Und blitzschnell habe ich den wirklichen Colman am Apparat. »Colman, dein Vater ist vor ungefähr einer Stunde gestorben«, sage ich. »Könntest du bitte vorbeikommen?«

Ich weiß nicht, was ich ohne ihn angefangen hätte. Er kam ziemlich bald. Aber seinen Vater wollte er nicht sehen. Er sagte, er wolle sich lieber so an ihn erinnern, wie er im Leben war. Hätte er seine Meinung nur nicht geändert. Wäre er bloß nie in dieses Bestattungsinstitut gegangen. Andererseits hätte es wohl keinen Unterschied gemacht. Irgend jemand mußte es ihm sagen.

Als Colman kam, legte er ein Verhalten an den Tag, das ich noch nie bei ihm erlebt hatte: unglaublich praktisch, gut organisiert, verständnisvoll. Er erledigte Hunderte von Anrufen. Kochte mir zahllose Tassen Tee. Ich wollte den Bestatter selbst anrufen. Ich mußte jetzt an die Person denken, die als Joss' Leiche in diesem Zimmer lag. Ich weiß noch, daß ich alberne Dinge bemerkte. Eine Nachbarin, die nie besonders freundlich gewesen war, stand weinend auf der Straße, als die Leiche aus dem Haus getragen wurde. Sie stand weinend auf der Straße, früh am Montag morgen. Ich sah von der Tür aus zu. Ich mußte zusehen, wie sie ihn wegbrachten. Ich mußte mich dazu zwingen. Ein kleiner Junge, der zwei Häuser weiter wohnt – sein Name fällt mir nicht ein –, kam zu mir gelaufen. »Ist dein Mann gestorben? Ist dein Mann gestorben?« fragte er, bis seine Mutter herbeistürzte und ihn zum Schweigen brachte. Ich sah ihn einen Augenblick an und antwortete dann: »Ja. Mein Mann ist gestorben.«

Mein Mann ist gestorben. Ich bin jetzt Witwe. Das werde ich ihnen sagen, wenn sie kommen und Fragen stellen. Mein Mann ist gestorben. Ich bin jetzt Witwe. Mein Mann ist gestorben, ich bin jetzt Witwe.

Warum können sie nicht verstehen, wie normal das eigentlich ist? Viele Frauen werden Witwe. Viele Frauen haben durchgemacht, was ich durchgemacht habe. Viele Frauen kennen die Form, den Geruch, die Farbe des Verlustes. Viele Frauen sind durch Verluste gealtert. Der Kummer hat das Gesicht vieler Frauen verändert. Ich bin nicht allein. Das muß ich mir sagen. Ich bin nicht allein.

Ich belüge mich selbst. Ich habe mich immer belogen und muß wirklich damit aufhören. Ich bin allein. Meine Freunde wissen nicht, was sie zu mir sagen oder wie sie mir schreiben sollen. Es ist ihnen peinlich, sie sind verwirrt, schockiert. Vielleicht wütend. Ich weiß es nicht. Vielleicht empfinden sie die gleiche Wut wie Colman. Ich weiß es nicht. Vielleicht wollen sie wissen, wie ich es »geschafft« habe.

Es ist mir gelungen, meinen Mann vom ersten Anblick bis zum Augenblick seines Todes zu lieben. Ich habe es geschafft, ihn während unserer gesamten Ehe zu begehren. Ich habe es geschafft, seine Musik zu respektieren und zu lieben. Ich habe es immer geschafft, die Art und Weise, in der er aß, zu lieben. Ich habe es geschafft, treu zu sein, mich nie für einen anderen Mann zu interessieren. Ich habe es geschafft, loyal zu sein, unser Privatleben innerhalb der Schranken zu halten, in die es gehörte. Keiner Menschenseele, auch meinem eigenen Sohn nicht, von unserem Privatleben zu erzählen. All das habe ich geschafft. Ich weiß, daß ich ganz und gar lieben kann, mich nicht vor zuviel Liebe fürchte, nicht davor, mich wieder und wieder aufzugeben. Ich weiß, daß ich es geliebt habe, Joss Moodys Frau zu sein.

Es ist mir gelungen, mit einem Genie zusammenzuleben. Was nicht einfach ist, das können Sie mir glauben.

Vielleicht fühlen sich alle Witwen mißverstanden. Die Witwe, die sich ins Bett legt und die Vorhänge schließt, verhält sich nicht erwartungsgemäß – dann müßte sie sich zusammenreißen, tapfer sein –, fühlt sich möglicherweise aber doch wie ich. Ich bin tapfer. Ich habe mich zusammengerissen.

Heute ist Sonntag. Der fünfte Sonntag ohne Joss. Ich habe mir selbst einen Brunch gemacht. Mein Rührei ist nicht so gut wie seins. Mein Kaffee wird immer zu dünn. Mein Speck ist zu dunkel. Ich sitze in Torr am Holztisch und esse. Joss würde es begrüßen, daß ich einen Sonntagsbrunch mache, zu seinen Ehren, in seiner Abwesenheit. Nachher werde ich mir eine Zeitung kaufen. Ich habe schon lange keine Zeitung mehr ganz durchgelesen. Die abscheulichen Artikel haben mich abgeschreckt. Aber heute hätte ich gern ein paar Sonntagsblätter.

Wenn sie kommen, werde ich bereit sein. Ich werde ihnen erzählen, wie es ist, Joss Moodys Witwe zu sein. Ich werde nicht schüchtern sein. Wenn ich darüber nachdenke, wünsche ich mir sogar, daß sie kommen. Wenn ich Colman tatsächlich begegne und er mir direkt in die Augen sieht, kann er dieses Buch nicht schreiben. Das weiß ich genau. Unmöglich. Ob sie nun morgen früh oder übermorgen früh oder übermorgen am Nachmittag oder nächste Woche kommen, ich werde bereit sein.

NACHRUF

Joss Moody

1958 *Millie's Song* (Centre)
1960 *Night Hiding* (ACR)
1963 *Prodigal Son* (ACR)
1966 *Fantasy Africa* (Heygana)
1967 *Moody Moanin'* (Power Label)
1968 *Wee Blue Bird* (Sugar)
1972 *Torr* (Sugar)
1975 *Rainstorms in Italy* (Columbia)
1979 *Blues in a Wild C* (Columbia)
1982 *Rubric* (Columbia)
1985 *Slow 'n Moody* (Columbia)
1987 *Sunday Brunch* (Columbia)
1991 *Joss Moody* (Columbia)
1994 *The Best of Joss Moody* (Columbia)

Joss Moody, Trompeter, geboren 1927, gestorben am 27. Juli 1997.

GUTE HOTELS

Er ist in den vergangenen fünf Jahren mindestens sieben- oder achtmal mit seinem Vater unterwegs gewesen. Kurze Reisen, ein paar Tage mit der Band. Falls es Toblerone in der Minibar gibt, bekommt das Hotel die höchste Punktzahl. Ebenso wenn in der Garderobe ein weißer Bademantel in einer Plastikhülle hängt. Colman hat nur einmal einen Morgenmantel getragen, da war er mit seinem Vater auf Tournee. Hat Spaß gemacht. Sein Vater bestand immer darauf, daß Colman ein eigenes Zimmer bekam. Wenn die Speisekarte für den Zimmerservice Hamburger mit Sesambrötchen oder ein Steaksandwich anbietet, ist sie annehmbar. Ein Hotel mit *Sky Channel* und Filmkanal bekommt die Bestnote. Falls das Hotel keine dieser kleinen Annehmlichkeiten bietet, ist es eine Niete. Dieses hier in Glasgow bietet das ganze Programm. Colman überprüft alles, es ist okay, plötzlich fühlt er sich niedergeschlagen. Er weiß nicht, warum. Spürt, wie seine Stimmung sinkt. Unten in der Bar wartet kein alter Herr, mit dem er sich auf einen Drink treffen kann.

»Was nehmen Sie?« fragt sie und breitet ihre weiße Serviette über das schwarze Seidenkleid. »Wie wär's mit Gin Tonic für den Anfang?« »Bestellen Sie für mich«, antwortet Colman und betrachtet Sophie. Ihre Augen sind groß. Die Wimpern lang. Sie hat blondes Haar, das sie hochgesteckt trägt. Ein paar lange Strähnen umrahmen ihr Gesicht. Sie hat hohe, hervortretende Wangenknochen. Sie neigt den Kopf zur Seite, während sie die Speisekarte studiert. Beim Nachdenken sind ihre Lippen leicht geöffnet. Sie trägt einen leuchtenden Lippenstift, ein auffälliges Rot. Ihre Lippen sind weder voll noch schmal. Die Unterlippe sieht aus, als gehöre sie zu einem anderen Mund als die Oberlippe. »Soll ich wirklich für Sie bestellen?« fragt Sophie und schaut von der Speisekarte hoch. »Sicher doch«, antwortet er. Als der Ober kommt, bestellt sie zweimal Dover-Scholle und eine Flasche Chablis. »Dann also auf uns«, sagt Sophie.

Colman weiß nicht, was er sagen soll. Als der Fisch endlich serviert wird, ist er erleichtert. Sorgfältig löst er die Gräten heraus. Es macht Spaß, die Gräten sicher aus dem Fisch zu lösen. Er legt sie an den Tellerrand. Der Fisch ist ausgezeichnet. Sophie Stones redet ununterbrochen über das Buch. Sie nennt es »unser Buch«. Allmählich wird er sauer. »Unser Buch.«

Als ich allein in meinem Hotelzimmer bin, mustere ich Colman im Geiste wieder und wieder. Ziehe ihn nackt aus. Stelle mir seinen splitternackten Rücken, seinen Arsch, seine Schenkel, die Innenseite seiner Schenkel, seine Eier, seinen Schwanz vor. Den ganzen Colman. Das ist kein Spiel mehr. Nicht mal eine Story. Heute abend hat er mir zum ersten Mal leid getan. Ich tat mir selbst leid. Durch das Mitleid begehrte ich ihn noch mehr. Scheiße, Colman liebt seinen Vater. Er liebt seinen Vater. Ich war gerührt, als ich entdeckte, daß jenes Gefühl, das so deutlich in Colman Moodys Gesicht mit den hohen Wangenknochen geschrieben stand, nicht Haß oder Zorn oder Ekel, sondern Liebe war. Liebe! Es war, als hätte ich sie zum ersten Mal im Leben wirklich gesehen.

Ich ziehe mein schwarzes Seidenkleid aus und hänge es auf einen Bügel. Ich ziehe den weißen Bademantel aus Frottee an und lasse mir ein Bad ein. Ich schütte das Schaumbad hinein. Ich gleite unter die schaumigen Blasen, schließe die Augen. Etwas stimmt nicht. Ich muß ihn fragen, was los ist. Heute abend beim Essen hat er dauernd gesagt, daß er sich nicht mit diesen Leuten treffen könne, daß es ihn total durcheinanderbringen würde, ich müsse es tun. Wollte sich allein mit Mrs. Moore treffen. (Das konnte ich ihm nicht verbieten.) Ich erwähnte Torr, und er ging förmlich in die Luft. Kein Besuch bei seiner Mutter. Nach Torr würde er mich nicht bringen.

Unmöglich. Er sagte: »*Sie* nehme ich *nicht* mit dorthin!« Als trüge ich einen Makel oder so. Das hat mich verletzt. Als wenn ich für ein Schmutzblatt schreiben würde. Mag sein, daß ich für den *Daily Sky* arbeite, aber an sich bin ich freie Journalistin. Es regt mich auf, wenn die Leute meinen, wir seien alle gleich. Colman hat nicht mal auf mein gekränktes Gesicht geachtet. Er liebe Torr, sagte er, die zugigen Straßen, den Wind oben auf den Klippen, den Trampelpfad hinunter zum Hafen, die Boote. Die Männer, die mit endloser Geduld fischen. Den Geruch von Fisch und Regen. Das kleine Café, das es schon seit seiner Kindheit gibt. Torr war heilig. Unberührbar. Ebenso seine Mutter. Man müsse sie in Frieden lassen. Was immer sie auch getan haben mochte. Sie würde sicher trauern, sagte er, als sei ihm erst in diesem Moment aufgegangen, daß seine Mutter trauerte. »Sie trauert verdammt tief, Mann«, sagte er. Ich wußte nicht, wie ich darauf reagieren sollte. Ich wollte sagen: »Sie verstehen mich völlig falsch.« Ich wollte nicht das Risiko einer Auseinandersetzung eingehen. Ich mußte cool bleiben. Viele Leute kriegen kalte Füße, bevor sie auspacken. Kommt andauernd vor. Mehr als einmal ist mir eine tolle Story durch die Lappen gegangen. Ein Knaller, der nach hinten losgeht. Allerdings hätte ich nie gedacht, daß es Probleme mit Colman Moody geben könnte. »Schauen Sie«, sagte ich, »das hier wird ein gutes Buch. Wir wollen darin doch nur das Phänomen ihres Vaters erklären. Es wird anderen Leuten helfen.«

»Das ist Scheiße, was Sie da sagen, und das wissen Sie selbst ganz genau«, erwiderte Colman. »Das Phänomen Ihres Vaters!«

Also versuchte ich, ihn zu beruhigen, aber wenn er sich aufregt, ist er nicht zu bremsen. Verdammter Mist, dachte ich bei mir, muß als Junge ein echter Satansbraten gewesen sein. Einen Augenblick lang empfand ich eine flüchtige Sympathie für Joss und Mill. Moody. »Wir sollten beide darüber schlafen und morgen weiterreden«, sagte ich. »Regen Sie sich erst mal ab.«

Als ich zum ersten Mal an Millicent Moody schrieb, hatte Colman versprochen, gemeinsam mit mir nach Torr zu fahren. Beim zweiten Brief schien er sich bezüglich dieses Besuchs schon weniger sicher zu sein. Er erklärte mir, seine Mutter werde nicht für Geld und gute Worte an einem derartigen Buch mitarbeiten. Dann überlegte er einen Moment lang laut, ob der Ausdruck »für Geld und gute Worte« wohl von Journalisten erfunden worden sei. Das ist typisch für ihn – er lenkt immer vom Thema ab.

Colman sitzt wach in Zimmer 310. Er raucht und trinkt Whisky aus der Minibar. Glenfiddich. Jetzt, wo sein Vater tot ist, wird er immer Malt Whisky trinken. Nachdem er den borkigen Geschmack und das Feuer eines pfeffrigen Malt jahrelang gehaßt hat, kann Colman es nun genießen. Seltsam, wie der Mund plötzlich die Seiten wechselt. Von jetzt an gibt es ein »Schlückchen« nach dem anderen. Colman kennt alle Marken. Sein Vater war ein wahrer Malt-Fan. Glenfiddich (falls nichts Besseres greifbar ist), Glenmorangie, Laphroaig, Jura, Lagavulin, Port Ellen, Talisker, Cardhu, Braes of Glenlivet, Ardberg, Cool Ila. Viel Torf, wenig Süße. Kein ordinäres Zeug wie Jack Daniels, Bells oder Teachers mehr. Colman nippt an seinem Whisky und lächelt vor sich hin. Viel Torf, wenig Süße.

Sophie Stones hat Edith Moores Adresse herausgefunden. Colman sucht betrunken nach dem Zettel, den Sophie ihm gegeben hat. Da ist er: The Larches 12. Ein betreuter Wohnkomplex, in dem alte Leute sicher nicht tagelang tot in der Wohnung liegen, sondern klingeln und jemanden rufen können, bevor sie den Löffel abgeben. Wie würde er sich wohl als alte Frau fühlen, die in einem Haus mit Alarmglocke lebte und plötzlich Besuch von einem Fremden in Begleitung einer blonden Journalistin bekäme, die Fragen über ihre entfremdete Tochter Josephine Moore stellen wollte? Vielleicht sollte er keine schlafenden Hunde wecken. Vielleicht sollte er sie besser gar nicht besuchen. Wie bestürzt sie sein würde. Scheiße. Und wenn sie nun einen Herzinfarkt oder so was bekam?

Plötzlich fällt ihm ein, daß er Mrs. Moore gegenüber gar nicht erwähnen muß, daß Joss sein Vater war. Er könnte einfach sagen, er sei ein Freund gewesen. Wäre das nicht gnädiger als die Wahrheit? Andererseits würde er sie damit belügen. Wie kann eine Lüge besser sein als die Wahrheit? Gute Lügen, auch »Notlügen« genannt. Harmlose, unschuldige Lügen aus den Mündern harmloser, unschuldiger weißer Menschen. Er ist keiner von denen, oder? Kann er als Schwarzer eine harmlose, unschuldige weiße Lüge aussprechen? Oder wenn er sagt, Josephine Moore sei seine Mutter gewesen, müßte sich das alte Mädchen nicht den ganzen Transvestitenquatsch anhören. Wenn ihn dieses Transengerede schon so umgehauen hat, was kann dann erst mit einer alten Frau passieren? Was würde er zu Edith Moore sagen? »Als kleiner Junge hatte ich einen schwarzen Mann als Vater. Er war ein berühmter schwarzer Mann mit einem wunderschönen Gesicht und einem hohen Lachen. Mein Vater spielte Trompete. Er spielte so brillant Trompete, daß die Zuhörer sich plötzlich an Dinge erinnerten, die sie vergessen hatten. Er pflegte zu sagen, seine Trompete erzähle Geschichten. Uralte Geschichten. Aber er verriet nie, was für Geschichten es genau waren. Sag du's mir, pflegte er zu sagen. Manchmal, wenn er einem eine Freude machen wollte, bat er um Stichworte für seine Geschichte. Jeder mußte eins liefern. Was immer einem gerade einfiel. Ein Schmetterling. Eine Truhe. Ein kleines Mädchen, das durch ein Schlüsselloch späht. Haare. Ein Affenbaby. Eine alte Frau in einem Haus am Meer. Und dann erfand er mit seiner Trompete ein Lied, in dem die Geschichte all dieser Dinge erzählt wurde, und manchmal konnte jeder einzelne die Musik des Schmetterlings, des hölzernen Hauses, des kleinen Mädchens wiedererkennen. Mein Vater war ein Trompeter. International bekannt. Als er starb, hatte er vierzehn Alben aufgenommen. Er gewann mehrere Preise und ist mit anderen berühmten Zeitgenossen aufgetreten. Mein Vater wuchs in einer kleinen schottischen Stadt namens Greenock auf, von der kaum einer je gehört hat. Seine Mutter war weiß, und sein Vater war schwarz, was damals sehr ungewöhnlich war. Fällt Ihnen dazu vielleicht etwas ein? Mein Vater war Ihre Tochter.« Colman Moody schüttet den letzten Rest Glenfiddich in sein Glas. Wenn er trinkt, schwingt er im Kopf immer große Reden. Er mag das ganz gern. Er gehört zu den Typen, die, zumindest in ihren eigenen Augen, an Beredtheit gewinnen, wenn sie getrunken haben.

Das ist total unrealistisch, denkt er bei sich. Nichts von dieser ganzen Scheiße kann ich der alten Frau erzählen. Vielleicht ist es auch egal. Durchaus möglich, daß Edith Moore gar nicht da ist. Sie könnte unter Altersdemenz oder Alzheimer oder sonst was leiden. Klar, die Chancen stehen gut, daß sie nicht mehr alle beisammen hat. Aber Fotos müßte sie eigentlich haben. Eins würde schon reichen. Ein Foto von Josephine Moore.

HEUTE IM FERNSEHEN

An jedem Tag ihres Lebens wacht Edith Moore um sechs Uhr morgens auf. Mit etwas Glück hat sie dann von zwei bis sechs geschlafen. Meist schläft sie unruhig, schläft den Schlaf einer Schlaflosen, die nicht einmal im Schlaf die Tatsache vergessen kann, daß sie schläft. Je älter sie wird, desto schwerer fällt es ihr, einen anständigen Nachtschlaf zu finden. Sie muß sich vorstellen, sie wandere durch die Wälder ihrer Kindheit; vorbei an dem alten Haus mit den dröhnenden Männerstimmen; vorbei an einer Zinkwanne, in der sie die Rücken ihrer Onkel schrubbt; vorbei an einer langen Reihe von Schuhen und Stiefeln, die sich durch die ganze Diele im Haus ihrer Kindheit erstreckt. Heutzutage kehrt sie wach und im Schlaf in dieses Haus zurück. Die Vergangenheit ist so lebendig; die Gegenwart so dumpf.

Um sechs Uhr morgens fällt endlich das Tageslicht herein. Edith hat schon vor einer Weile den ersten Schimmer kommen sehen. Dankbar setzt sie sich auf. Ein weiterer Tag für den alten, schwachen Körper. Vor ihrem kleinen Haus wird es lebendig; sie lauscht: der Zeitungsjunge, der Milchwagen. In ein paar Stunden wird die Betreuerin kommen und ihre Runde machen, um zu prüfen, ob sie alle noch leben. Sie hebt vorsichtig die Beine aus dem Bett, bevor sie ihren Füßen das Gewicht ihres Körpers zumutet, zieht ihren Morgenmantel aus Cord an. Sie geht ins Badezimmer und wäscht sich das Gesicht mit eiskaltem Wasser. Als sie ein Mädchen war, gab es bei ihnen kein warmes Wasser, und sie betrachtet es noch immer als Luxus, sich das Gesicht mit warmem Wasser zu waschen. Edith Moore haßt Verschwendung. Sie ist so an Entbehrungen gewöhnt, daß sie sich kein leichtes Leben gestattet. Sie lebt von ihrer Pension und geht nie an ihre Ersparnisse. Ihr fehlt es an nichts, aber sie macht sich Sorgen um die Rechnungen für Gas und Strom. Sie sorgt sich um das Warmwassersystem in diesem Haus. Sie hat nie den Schalter für das warme Wasser finden können, und dennoch, wenn sie spült oder badet, ist es da, kochend heiß. Wenn sie ihre Unterhosen oder ihre Bluse oder den BH oder das Nachthemd mit der Hand wäscht, ist es immer noch kochend heiß. Sie hat die Betreuerin nach dem Wasser gefragt und erfahren, daß aufgrund dieses Systems ständig warmes Wasser verfügbar ist. »Aber wo sind der Tank und der Schalter?« wollte Edith wissen. »Zerbrechen Sie sich darüber nicht Ihren hübschen Kopf«, hat die dicke Betreuerin erwidert, worüber sich Edith derart geärgert hat, daß sie ihr gern eine gelangt hätte. Diese fleischige Betreuerin ist so stinkfaul, daß sie sich nicht einmal die Mühe macht, Dinge herauszufinden, die Edith wissen muß. Sie ist zu sehr damit beschäftigt, diese riesigen Nudelportionen zu verschlingen. Edith hat sie heimlich dabei beobachtet.

Edith mag einfaches Essen: gekochten Schinken, kaltes Huhn, eine Scheibe Zunge, Gemüse, eine Schale Müsli, eine leckere Banane. Jetzt, mit siebenundachtzig, ißt sie viele Sachen gar nicht mehr. Fisch ist nicht ihr Ding. Der Geschmack und Geruch sind ihr zu penetrant. Einmal hat sie aus Höflichkeit ein bißchen Fisch heruntergewürgt. Sie hat vergessen, zu wem sie höflich sein wollte, aber an den Fisch erinnert sie sich noch. Der Gestank. Nie wieder. Sie haßt Essen, das sich wiederholt, ebenso wie sie Menschen haßt, die sich wiederholen. Früher war das jedenfalls so. Inzwischen hat sie den Verdacht, daß sie sich selbst wiederholt, weiß aber nie genau, ob sie etwas schon gesagt hat oder nicht. Immer wenn sie die Gelegenheit zu einem Gespräch hat, und sei es auch nur mit der Betreuerin, muß Edith feststellen, daß sie gar nicht mehr aufhören kann zu reden und nachher nicht die blasseste Ahnung hat, was sie gesagt hat. Aber das traurige Gefühl ihrer Worte bleibt, und sie kann sie spüren, wenn sie ihre Zunge an den Gaumen legt. Eingelegte Zwiebeln, eingelegte rote Bete, Gurken, Frühlingszwiebeln, Blauschimmelkäse, alles mit Curry, stark gewürzte Gerichte. All das muß sie meiden. Alle Gerichte, die sich selbst wiederholen.

Als Edith ihre Tochter Josephine zum letzten Mal gesehen hat, brachte sie ihr ein Curry mit. Edith hatte so etwas noch nie gegessen. Sie besitzt viele Briefe von ihr, die sie sicher in einem alten Koffer unter ihrem Bett aufbewahrt. Briefe in der schwungvollen, ausladenden Handschrift ihrer Tochter. Sie hat jetzt seit vier Monaten keinen Brief mehr erhalten und fürchtet das Schlimmste. Eines muß man Josephine lassen: sie hat jede Woche einen Scheck geschickt. Jede Woche, und das in den letzten dreißig Jahren. Edith hat die Briefe mit dem elastischen Band befestigt, das normalerweise die Kleider im Koffer flachhält. Gesichert.

Es war ein Geflügelcurry. Josephine versicherte ihr, es sei »mild«. Das brachte Edith durcheinander; wie kann ein Curry mild sein? Currys waren wilde, scharfe Gerichte für Heißsporne und Angeber, für Teufelskerle. Das Huhn schwamm in einer gelben, würzigen Sauce, die ihr nicht bekam. Edith erinnert sich noch an das unnatürlich leuchtende Gelb der Sauce. Und das eigenartige dicke, aufgeblähte Brot, das dazugehörte, dieses ungewöhnliche Brot, das nach einer Großmutter benannt war – wie hieß es doch gleich? Man mußte winzige Stückchen von diesem Riesenbrot abbrechen und in diese gelbe Sauce dippen. Josephine saß auf ihrem Stuhl, genoß es, dippte und leckte sich die Finger ab, gab an. In welchem Haus war das doch gleich? Aberdower Street 20? Graham Road 26? Lochore Road 35? Duncan Drive 18? Sie knusperte ein Häppchen von einem Riesenchip, der nach einem Großvater benannt war. Thingimibob. Edith fallen viele Namen nicht mehr ein. Pap. Papperlapapp.

Je stärker sie daran zieht, desto mehr entwirrt sich das Knäuel. Josephine trug an dem Abend, als sie das Geflügelcurry mitbrachte, einen Männeranzug. Darüber wundert Edith sich noch immer. Weshalb sollte sie ihr ein Curry bringen und dabei einen Männeranzug tragen? Warum brachte sie ihr ein Curry, wo sie doch kein ausländisches Essen mag?

Alles fließt ineinander: alte Wörter, die sie nicht mehr zurückfordern kann; alte Sätze, die sie nicht mehr an Land holen kann; alte Erinnerungen, die immer weiter davontreiben. Sie sieht sich selbst, wie sie am anderen Ufer steht und dem kleinen Mädchen zuwinkt, das sie einmal gewesen ist, das behutsam seinen Rock schürzt und ins Wasser watet.

Einige Erinnerungen sind mit der Zeit lebhafter geworden. Manche haben sie erschüttert, da sie sich einfach von selbst anschwemmten wie eine unerwartete Beute, wie ein Schatz, den die Flut mit sich bringt. Wenn diese Erinnerungen heimkehren, und sie neigen dazu, um drei Uhr nachmittags heimzukehren, wenn sie gerade ihr Nachmittagstäßchen Tee trinkt und einen Lebkuchen in den Tee stippt, um ihn gaumenweich zu machen, wenn sie also durch die Hintertür heimkehren, ist sie erschüttert und still. Aber entzückt. Alte Erinnerungen sind wie alte Verwandte. Sie greift nach der Lakritzstange, steckt sie gierig in den Mund. Attackiert die Brause.

Edith Moore verbringt viel Zeit mit Erinnerungen an ihren Ehemann John Moore. Manchmal taucht er ganz plastisch in ihren Gedanken auf. Ein anderes Mal versucht sie, ihn zu erhaschen. John Moore war anders als alle Männer, denen Edith je begegnet ist. Er hatte sehr dunkle Haut und die dunkelsten Augen, die sie je gesehen hatte. Sie erkannte John Moores Augen in den Augen ihrer kleinen Tochter wieder. John Moore ist jetzt schon so lange tot. Ein ganzes Leben weit weg. So weit weg, daß sie ihn erfunden haben könnte. Aber er ist da, er lächelt in seinem grauen Anzug vom Kaminsims herunter. Cathy, die neue Haushaltshilfe – ein nettes Mädchen, das allerdings zu viele Fragen stellt –, hat das Foto in die Hand genommen und gesagt: »Du lieber Himmel, sieht der aber gut aus. Wer ist das?« Cathy wirkte entsetzt, als Edith antwortete: »Das war mein Mann.« Aye. Mag sein, daß sie es verbergen wollte, aber Edith hat es dennoch bemerkt. Sie war entsetzt angesichts dieser ururalten Frau, die mit einem schwarzen Mann gegangen war, mehr noch, ihn geheiratet hatte. Es stand ihr ins Gesicht geschrieben. Edith sah ihr beim Staubsaugen zu, wie sie sich ihr Teil dachte. Sie sah ihr beim Porzellanreinigen zu, wie sie sich ihr Teil dachte. Sie war schlau, aber nicht schlau genug für Edith. Edith ist auf Zack. Selbst wenn sie nicht mehr hundertprozentig da ist, in manchen Dingen ist sie immer noch auf Zack. Ihr entgeht nicht viel. John Moores Bild lag lange im Schrank. Doch er fehlte ihr. Er fehlte ihr, in diesem Zimmer, in seinem grauen Anzug.

Doch es war nicht nur der Anzug. (Sie sieht ihn noch vor sich. Er war dunkel, mit breitem Revers, aus Leinen. Sehr elegant. Zweifellos. Mußte eine Stange Geld gekostet haben.) Die Krawatte gab ihm erst den letzten Schliff. Eine handbemalte Seidenkrawatte. Sie wirkte beinahe tropisch. Mit exotischen Rosa- und Blautönen. Warum hatte sie sich nun so angezogen, und was hatte sie gerade zu ihr gesagt? Edith kann sich an kein Wort mehr erinnern. Das Gedächtnis ist lautlos. Ein Stummfilm. Dort sitzt Josephine mit aufgerollten Hemdsärmeln und ißt ihr Curry, die Krawatte über die Schulter geworfen, um leuchtend gelbe Saucenflecken zu vermeiden.

In ihrer Erinnerung bewegt sich ihre Tochter auf jene ruckhafte, unkoordinierte Weise, die den Menschen in den Stummfilmen zu eigen ist. Ihre Arme scheinen zu groß für ihren Körper, die Ellbogen wirken ungelenk, ihre Augen bewegen sich zu schnell. Die Anzugjacke hängt über der Lehne des Holzstuhls.

Man weiß nie, wann es passiert, denkt Edith bei sich. Als Mutter weiß man nie, wann das eigene Kind loszieht und etwas ganz Seltsames tut und dann verlorengeht. Josephine war alles, was sie hatte. Josephine hat nun schon seit einer Ewigkeit nicht mehr geschrieben, auch nicht den regelmäßigen wöchentlichen Scheck geschickt. Das war immer so lieb von ihr. Edith kann sich nicht dazu durchringen, das Geld auszugeben, sondern spart es für schlechte Zeiten. Vielleicht ist sie für eine Weile ins Ausland gefahren. Vielleicht hat sie unheimlich viel zu tun. Warum kommt sie nicht mehr zu Besuch, so wie früher? Niemand kennt sie so gut, wie Josephine sie kannte. Und wie kann man man selbst sein, wenn niemand einen kennt? Edith könnte vermutlich jeden Tag jemand anderes sein, ohne daß einer es merkt.

Nicht einmal ihr Arzt würde es bemerken. Er besucht so viele griesgrämige alte Frauen, daß er sie wahrscheinlich durcheinanderwirft. Gestern morgen mußte Edith Dr. Ferguson wegen ihrer Angina kommen lassen. Der Arzt sagte zu ihr: »Na ja, Mrs. Moore, Sie werden nicht jünger.« Und Edith entgegnete: »Allerdings nicht.«

Edith schlägt die Zeitung auf und schaut ins Fernsehprogramm. Der Fernseher leistet ihr die beste Gesellschaft. Heute ist ein guter Tag, denn sie bringen Billard. Edith schaut sich leidenschaftlich gern Billard an. Und um halb neun kommt auf *BBC 2* ein großer Kostümfilm. Edith sieht sich so gern diese Leute an, die all die schönen Kleider von früher tragen.

INNENRÄUME

Auf Colman Moodys Digitaluhr ist es 9.27 Uhr. Er steht auf und wankt in die Dusche. Das Wasser donnert auf ihn herunter, traktiert und beschämt ihn, bis er wach ist. Wenn seine Dusche zu Hause so wie diese funktionieren würde, hätte er gut lachen. Heute muß er hellwach sein, geistesgegenwärtig, beherrscht. Er pfeift beim Duschen.

Um 10.47 Uhr ist er aufbruchbereit. Und nervös. Er konnte weder viel von dem großen Frühstücksbuffet unten im Hotel essen noch mehr Lektüre als eine Schlagzeile aufnehmen. Er trägt eine frische Hose und ein Jeanshemd. »The Larches 12«, sagt Colman laut vor sich hin, »The Larches 12«.

Es ist 11.18 Uhr. Eine Reihe Bungalows, in der Mitte ein Grüppchen Lärchen. In den umliegenden Häusern werden einige Vorhänge zurückgezogen, und aus jedem Fenster späht ein altes, mißtrauisches Gesicht. Hinter den Spitzenvorhängen von Nummer 12 ist kein Gesicht zu sehen. Vielleicht ist sie nicht zu Hause. Verdammt. Eigentlich wollte er schon früher kommen. Scheiß-Minibars. Es wäre alles gutgegangen, wenn bei seiner Rückkehr nicht dieser ominöse Zwergkühlschrank auf ihn gewartet, sich ihm angeboten und er nicht seine winzige Tür geöffnet hätte.

Er pocht an die Tür, zuerst vorsichtig, dann lauter. Das Wort »pochen« hat er noch nie im Leben benutzt. Er denkt schon wie sein Vater. Jesus, er verwandelt sich in seinen Vater. Sein Vater sagte oft: »Wer pocht da an die Tür?« Woher kam das bloß? Vielleicht daher, daß nur Männer an Türen klopfen? Er pocht noch einmal und späht dann durch den Briefschlitz. Sie könnte tot auf dem Boden liegen. Niemand meldet sich. Jetzt klopft er noch lauter. Sie könnte taub sein. Wie alt ist die Gute? 87? 88? So um den Dreh. Die blaue Tür von Nummer 12 bleibt verschlossen. Colman versucht, sich vorzustellen, wie die Tür aufgeht und eine Frau auftaucht, die ihn von oben bis unten mustert, als wolle er sie ausrauben, überfallen, ermorden, tagelang in den Kleiderschrank sperren, an ihren Sessel fesseln, sich mit ihrer Spardose davonmachen, die sie unter dem Bett versteckt hat. Ihre Matratze wegreißen und ihre Ersparnisse herauszerren. Männer, die Colman wie aus dem Gesicht geschnitten sind, tauchen Tag für Tag in den Nachrichten auf. Irgendein Oberarschloch von der Polizei hat letztens gesagt, daß Schwarze eher zum Räuber werden als Weiße. Gut möglich, daß ihn Edith Moore von irgendwoher in ihrem kleinen Haus beobachtet, weil sie Angst hat, daß er sie überfallen will. Also ruft er vorsichtshalber durch den Briefschlitz: »Mrs. Moore? Mrs. Moore, ich kannte Ihre Tochter. Mrs. Moore. Mrs. Moore. Sind Sie da?« Colman ist den Tränen nahe. Vielleicht liegt es am Kater. Nun brüllt er mit sich überschlagender Stimme: »Ich will Ihnen doch nichts tun.«

Mittlerweile sind schon fast alle Vorhänge in den benachbarten Häusern zurückgezogen. Mrs. Tweedy steht in ihrem winzigen Vorgarten. Mr. Harrison auf dem Gartenweg. Mrs. Scott am Fenster. Mrs. Saviour und Miss Innes glotzen auch. Die anderen Leute sind krank und können nicht so leicht hinausschauen, aber sie lauschen. Mrs. Mason, die Betreuerin, taucht auf, um herauszufinden, wer der junge Mann ist, der an Edith Moores Haustür hämmert.

Es kommt nur selten vor, daß jemand in diesem Wohnkomplex auftaucht, den noch keiner zuvor gesehen hat. Die Leute wissen, daß Mr. Harrisons Tochter zweimal in der Woche vorbeikommt. Daß sich Mrs. Sinclairs Töchter mit ihren Besuchen abwechseln. Daß Mrs. Tweedy niemanden hat. Daß Miss Innes ein paar motorisierte Freunde besitzt. Daß Mrs. Saviour regelmäßig Besuch vom Pfarrer und vom Arzt erhält. Doch niemand hat je zuvor diesen jungen Mann gesehen.

»Kann ich Ihnen helfen?« erkundigt sich Mrs. Mason bei Colman.

»Ich suche Mrs. Moore. Sie wohnt doch hier, oder?«

»Ja, hier lebt in der Tat eine Mrs. Moore. Sie ist vermutlich ausgegangen. Sie geht öfter aus als die anderen hier. Zum Einkaufen. Sie hat gern frische Sachen.«

Colman überlegt, wie er sich ausweisen kann. Sein Kopf ist erfüllt von den Neuigkeiten. Vielleicht halten sie ihn für einen Kriminellen. Warum sonst sollten sie ihn so anstarren? »Sie ist die einzige hier, die noch selbst einkaufen geht«, erklärt Mrs. Mason. Der Name Colman Moody wird ihr nichts sagen. »In Ordnung, ich versuche es später noch einmal«, weicht er aus. »Du lieber Himmel, Ihrem Akzent nach zu urteilen sind Sie von weither gekommen, was?« »Aus London«, antwortet Colman. Die Betreuerin ist kurz davor, ihm eine Tasse Tee anzubieten, während er auf Edith Moore wartet, die nie lange wegbleibt, schlägt aber vor: »Warum sehen Sie sich nicht in den Geschäften nach ihr um? Wenn Sie da oben nach rechts gehen ...«

»Ich weiß nicht, wie sie aussieht«, platzt Colman heraus.

»Was hat er gesagt?« will Mrs. Saviour wissen.

»Er weiß nicht, wie sie aussieht«, wiederholt Mr. Harrison, der noch ausgezeichnet hört.

Mit zunehmendem Alter wächst in Edith Moore der Verdacht, daß andere Leute sich in ihre Angelegenheiten mischen wollen. Je älter sie wird, desto fester ist sie davon überzeugt, daß die anderen Leute in The Larches nichts lieber täten, als Ediths Tee zu trinken, Ediths Biskuitkuchen zu essen und Ediths Vergangenheit auszuspionieren. Die alten Leute in The Larches können einen Menschen ganz in Beschlag nehmen. Keiner von ihnen lädt sie zu sich ein. Sie wollen nur zu ihr kommen und ihr einen Nachmittag nach dem anderen rauben. Im Gegensatz zu den meisten alten Trotteln ist sie topfit, wenn man von der Angina einmal absieht. Vor kurzem hat ihr ein Arzt im Krankenhaus erklärt, daß er bei einer Patientin ihres Alters noch nie bessere Lungen und ein gesünderes Herz gesehen habe. »Perfekt«, sagte er, »perfekte Organe.« Edith war ziemlich stolz. Sie kann noch laufen. Ist zwar ein bißchen wacklig auf den Beinen, aber sie schafft es immer noch bis zu den Geschäften an der Hauptstraße und zurück.

Auch an diesem Morgen ist sie einkaufen gegangen. Ein halber Liter fettarme Milch. 100 Gramm Edamer. 3 Scheiben Zungenwurst. Eine kleine Rübe. Einen *Daily Record*. Ein kleines Vollkornbrot aus der Bäckerei. Edith haßt Supermärkte. Eine Zeitlang hat sie sich bereit erklärt, in den »großen Laden« zu gehen. Damals wurde alle vierzehn Tage ein Minibus gemietet, der die ganze Meute zu *Safeways* kutschierte. Es war die Hölle auf Rädern. Edith konnte sich nicht aufs Einkaufen konzentrieren, da Jessie Innes ihr andauernd Vorträge darüber hielt, was sie ausprobieren sollte und was besonders günstig sei, an ihrem Einkaufswagen zerrte und sogar Sachen hineinwarf, die Edith überhaupt nicht brauchte. Und dann begutachteten sie an der Kasse gegenseitig ihre Einkäufe. Mr. Harrison ernährt sich schlecht. Kein frisches Gemüse oder Obst. Kein Wunder, daß Mrs. Tweedy fett ist. Ihr Vierzehn-Tage-Vorrat an Kuchen, Keksen, Scones und Pfannkuchen war schier unglaublich. Und es ist nicht so, daß Mrs. Tweedy oft Besuch bekäme. Edith war erleichtert, als die Zuschüsse gestrichen wurden und der Minibus nicht mehr zu *Safeways* fahren konnte. Die anderen alten Trottel dagegen waren am Boden zerstört.

Edith Moore genießt es, gerade so viel wie nötig einzukaufen. Edith ist schlank, immer schlank gewesen. In Topform. Sie findet übergewichtige Menschen unappetitlich. Sie sagt oft zu ihnen: »Bißchen zugelegt, was?« So etwas ist unnötig. Als Edith um die Ecke biegt, entdeckt sie als erstes den massigen Körper von Mrs. Tweedy. Warum um Himmels willen stehen alle auf der Straße, wo es doch jeden Augenblick regnen kann?

Dann erblickt sie den hochgewachsenen, dunklen jungen Mann, der seltsam vertraut wirkt. Mrs. Mason tritt auf sie zu. »Mrs. Moore, auf Sie haben wir gewartet. Sie haben Besuch.« So hatte Colman es sich nicht vorgestellt. Diese öffentliche Begegnung. Er hatte sich vorgestellt, sie sei hinter der Tür, würde zuerst rufen, dann vorsichtig öffnen, einen mißtrauischen Zentimeter nach dem anderen. Colman spielt mit dem Gedanken, durchzustarten und davonzurennen. Sollen die Alten ihm doch hinterhersehen. Seine wahnsinnige Geschwindigkeit bewundern, seine langen Beine, die an ihren winzigen Häusern vorbeifliegen, als kreuze ein olympischer Läufer ihren Weg. Sollen sie doch sagen, er sähe aus wie Linford

Christie oder Sebastian Coe oder ein anderer Läufer von früher, ein erstklassiger Athlet, der auf eine Weise Geschichte geschrieben hat, die sich Colman in diesem Augenblick für sich selbst ausmalt. Aber er steht wie angewurzelt, sucht in Edith Moores würdevollem, stolzem, aber leicht mißtrauischen Gesicht nach etwas, das ihn an seinen Vater erinnert.

Dann fängt es auch noch an zu regnen. Die großen Tropfen fallen auf die Häuser, in den ordentlichen Rinnstein, auf die kleinen, gepflegten Gärten, auf Miss Innes' eigenen Busch und Mr. Harrisons eigene Rosen. Große, runde Regentropfen, wie Riesentränen. Alle Leute aus The Larches haben Angst, sich zu erkälten; in diesem Alter kann eine Erkältung tödlich sein. Man braucht nur etwas Zug abzubekommen, schon ist es vorbei. Sie schlurfen zögernd in ihre Häuser. »Hier entlang, Söhnchen«, sagte Edith zu Colman.

Edith Moore weiß nur zu gut, daß die alten Trottel sie von ihren Fenstern aus beobachten. Es ist Jahre her, seit etwas in Edith Moores Leben geschehen ist, das die Leute zum Glotzen gebracht hat. Eigentlich genießt sie es. Und ist zugleich entsetzt über diese Entdeckung. Die brennenden, klatschsüchtigen Augen von Mrs. Saviour; die vornehme Neugier von Mr. Harrison, der vorgibt, die Blumen zu gießen; den eifersüchtigen Zorn der fleischigen Betreuerin, die noch immer – für alle Fälle – im Regen steht. Edith Moore bemerkt alles. Oh, sie halten immer nach etwas Ausschau, diese alten Trottel, und jetzt haben sie wirklich was zu gucken. Sie werden so lange am Fenster sitzen bleiben, bis er wieder geht. Endlich kann sich Edith rächen: an jenen, die im Winter mit ihren braven Söhnen und Töchtern, die zum Schneeschaufeln kamen, angegeben und verächtlich auf Ediths verschneiten Weg geblickt haben. Wie hat sie sich letzten Winter geschämt. Jedes alte Huhn hatte einen geräumten Weg, nur sie nicht. Und sogar nebenan war geräumt, obwohl die seit dem Tod ihres Mannes letzten Sommer keinen Fuß vor die Tür gesetzt hat. Zwei Töchter tauchten auf. Immer zugange. Immer beim Saubermachen. Als wenn die Töchter mit der Schaufel nicht auch bis zu Ediths Weg hätten kommen können, wo sie doch wußten, daß sie keinen Menschen auf dieser Welt hat.

»Wer sind Sie?« schreit Edith Moore Colman ins Gesicht, als sie vor der Haustür stehen. »Wer sind Sie?«

»Ich kannte Ihre Tochter«, antwortet Colman.

»Wen?« ruft Edith. »Sie müssen lauter sprechen, Söhnchen.«

»Ich kannte Josephine Moore«, brüllt Colman zurück und tritt unbehaglich von einem Fuß auf den anderen.

»Sind Sie ein Freund von Josephine?«

»Könnte man sagen«, erwidert Colman verlegen.

»Was?« fragt Edith. »Sind Sie ein Freund von Josephine?«

»Ja«, erwidert Colman, »ja, ich bin ein Freund von Josephine.«

»Na, denn«, sagt Edith und wühlt in ihrer Handtasche nach den Schlüsseln – sie verstecken sich immer wieder, obwohl sie sie alle mit einer Schnur zusammengebunden hat. »Na, denn. Josephines Freunde sind auch meine Freunde«, schreit Edith Colman ins Ohr. »Ach, da sind sie ja.« Sie konzentriert sich auf die Türschlösser. Zuerst das große Chubb-Schloß, dann das Yale-Schloß. »Das Yale-Schloß klemmt manchmal«, sagt sie zu dem jungen Burschen. »Kann ganz schön haarig sein. Sie müssen kurz warten, während ich mich konzentriere.« Edith drückt die Tür auf. »Na, bitte«, sagt sie triumphierend, »kommen Sie rein!«

»Kommen Sie rein! Kommen Sie rein!« Edith sagt alles mindestens dreimal. Colman spürt ein seltsames Herzflattern; seine Rippen heben und senken sich; Mund und Lippen sind trocken; seine Hände zittern; seine Augen zucken, und sogar seine verdammte Augenbraue zappelt nach oben.

»Sie müssen wissen, ich habe unsere Josephine seit Jahren nicht mehr gesehen, seit Jahren nicht mehr. Geht es ihr gut?«

Colman weiß nicht, was er sagen soll. »Ist eine ziemlich lange Geschichte.«

Edith fällt ihm ins Wort. Sie will sie nicht hören, noch nicht. Noch nicht. Oh, bitte, lieber Gott, noch nicht. »Sie können mir bei einer schönen Tasse Tee alles über sich erzählen. Ich lasse meinen Besuch nicht verdursten. Von der Sorte gibt es viele da drüben«, sie deutet auf die anderen Häuser, »die lassen ihren Besuch verdursten. Bei mir gibt es das nicht.«

Sie ist jetzt in der Küche. Dreht das Wasser auf und füllt den Kessel. Er fährt bei jedem Geräusch zusammen. Wenn er nur nicht so einen Kater hätte. Was geht hier eigentlich ab? Wo ist er nur hineingeraten? Ist sie verrückt oder so? Er hört ein Scheppern, das Öffnen und Zuschlagen von Türen, klirrende Dosen. Sie braucht ewig.

Edith Moore ist so aufgeregt wegen ihres unerwarteten Gastes, daß sie das Beste daraus machen will. Sie wirft einen Blick auf die Küchenuhr. Mittagszeit. Eigentlich könnte sie dem jungen Mann eines ihrer leckeren Schinkensandwiches machen. Gut, daß sie einkaufen gegangen ist. Vielleicht ein Stück Biskuitkuchen dazu. Und ein paar Trauben. Aber sie muß sich beeilen, sonst ist er weg. Die jungen Männer von heute sind so. Können keine Minute still sitzen. Stehen einfach auf und gehen. Der junge Installateur gestern hat nicht mal auf seinen Tee gewartet. Ebenso wie der junge Mann, der die Kabel neu verlegt hat. Keine Geduld mehr. Edith hat bemerkt, daß alle, die etwas für sie erledigt, repariert, aufgehängt oder den Gaszähler abgelesen haben, es furchtbar eilig hatten. Niemand hat noch Zeit für ein Täßchen Tee. Sie hofft, daß der junge Mann, der Josephine kennt, ihre Porzellanhunde, ihre chinesischen Vasen, ihre Mahagoni-Anrichte bewundert. Sie besitzt ein paar schöne Stücke. Josephine ist nichts zugestoßen. Nein, sie war immer ein gesundes Mädchen. Obwohl Josephine seit kurzem siebzig sein muß, ist sie noch immer Ediths kleines Mädchen. Edith Moore hat sie in all den Jahren nicht aufgegeben. Eines Tages wird Edith die Tür öffnen, und sie wird wie aus heiterem Himmel davorstehen.

Colman sieht auf die Uhr. Es ist 12.00 Uhr. Er hat keinen Hunger. In diesem Zustand ist ihm nicht nach essen zumute. Er versucht, sich seine Worte zurechtzulegen. Warum hat er sie nicht auswendig gelernt? Was auch immer er sagen wird, er wird es vermasseln. Das ist nur normal. Was treibt sie bloß? Hoffentlich fängt sie nicht an zu backen. Herr im Himmel, er hofft, sie backt keinen aufwendigen Riesenkuchen. Sie gehört zu dem Typ alte Frau, die einen Kerl wie ihn am liebsten mästen möchte. Was soll er sagen? »Ich packe nur die Einkäufe aus, Söhnchen. Ich bin gleich bei Ihnen«, ruft Edith aus der Küche herüber.

STIL

Einkaufen gehört zu meinen Lieblingsbeschäftigungen. Ich nenne es »Barbarei«. Man kann mich in den Umkleidekabinen eleganter Boutiquen finden, Federn am Maul, das Gesicht blutverschmiert. Einkaufen ist ein blutiger Sport. »Halali!« rufe ich mir zu, wenn Sophie auf Shoppingtour geht. »Halali!« Hier ist jede Frau auf sich selbst gestellt. Dem minimalistischen Look auf der Spur. Ich jage John Rocha, Nicole Farhi, Clements Ribeiro, wenn ich kühn bin, wenn ich wilde Muster und Streifen in Limone, Mandarine und Türkis vorführen will. Das Fashion Pack. Donna Karan, NY. Immer auf der Suche nach dem Neuen, total abgefahren und anders. Netzstrümpfe. Sophie Stones hetzt nicht nur *einem* Look hinterher. Wenn mir nach Glitzerkram zumute ist, hole ich mir Glitzerkram. Wenn ich ein Busineßkostüm will, hole ich mir ein Busineßkostüm. Ich pirsche mich an einen funkelnden, paillettenbesetzten Fummel heran und reiße ihn hinterhältig von der Stange. Ich sage: »Oh, Gucci, Gucci!«, wenn ich finde, was ich gesucht habe.

Ich betrachte mich selbstkritisch in den boshaften Spiegeln der Umkleidekabinen. Bin froh, daß ich Größe 40 habe. Ich bin zwar nicht so schlank wie Sarah, aber auch nicht so fett wie die Frau neben mir, die sich in 44 zwängt, obwohl sie vermutlich eher eine Kandidatin für 50 ist. Ihre Unterhose von *Marks and Spencer* klemmt in der Arschritze. Arme, fette Kuh.

An diesem Morgen falle ich in die Sauchiehall Street ein, danach in die Buchanan Street, beäuge die Schaufensterpuppen, suche nach etwas, das schick, glanzvoll, sexy ist. Etwas, bei dem andere Leute sagen würden, daß Sophie Stones ein Auge für Schneiderkunst hat. Ich mag das Wort »Schneiderkunst«. Schneiderkunst. Der Einkaufstrieb läßt sich weder unterdrücken noch besänftigen. Ich kaufe den ganzen Laden. Ich kaufe nicht ein, weil es mir Spaß macht – manchmal habe ich das Gefühl, ich rette damit mein Leben. Vollgepackt mit schwarzen, geschlitzten Röcken, goldenen Stricktops – rückenfrei mit Halsträger –, Hosen und Jacken und schwarzen Spitzentops – so sieht die Garderobe der Frau aus, die ich gern sein möchte. Ich weiß, noch bin ich nicht diese Frau; aber die Kleidung kann lügen. War es so bei Joss Moody? Ging es um Kleidung, die lügt?

Eine Garderobe, vollgepfropft mit berühmten Namen. Man muß jemand sein, um jemanden zu tragen. Ich besitze ein preisgekröntes schwarzes Seidenkleid von Sara Sturgeon. Eine Armani-Weste. Ein Männerhemd von Calvin Klein, das umwerfend gut aussieht. Ein reicher Freund hat mir sogar mal ein Kleid von Versace gekauft. Hosen von Donna Karan. Und Schuhe. Schuhe! Oh, Gott, Schuhe. Reihe um Reihe, Pumps und Pantoffeln mit Pfennigabsätzen. Bei schicken Schuhen könnte ich zur Mörderin werden.

Wer hat für Joss Moody eingekauft? Hat Millie all seine Hemden besorgt? Ließ Joss je an sich Maß nehmen? Ein Schneider würde doch sicher merken, daß im Schritt was fehlt, oder? Und die Schuhe? Welche Schuhgröße hatte sie? Die Schuhe mußte sie wohl oder übel selbst kaufen.

Was liebe ich noch mehr als Einkaufen? Meinen Job. Ich liebe die Tips. Die Kopfjagd. Die Warnungen. Die Auflage. Den Wettbewerb. Wettbewerbsklatsch. Die Beute. Die Insiderinformationen. Ich bemerke die Blicke von unten, das Nicken, das Zwinkern, den Tritt unter dem Tisch. Ich habe immer das Ohr an der Tür. Ich weiß gern Bescheid. Bin auf dem laufenden. Die Geständnisse eines Colman Moody sind Beute, Blut, Eingeweide. Ich kann nichts dafür.

Es fasziniert mich, wie anonym die Kleider im Geschäft wirken, bis man sie besitzt; in diesem Augenblick werden sie Teil meiner Garderobe, sehen so nach Sophie aus, als seien sie maßgeschneidert. Wer immer sie entworfen hat, muß mich die ganze Zeit im Kopf gehabt haben.

Aber ich bin nicht nur wegen der Einkaufsjagd so aufgeregt. In eben diesem Moment befindet sich Colman im *Haus der Mutter*. Hoffentlich bekommt er die Story sofort. Wenn er nur nicht die Nerven verliert. Die Mutter von Joss Moody. Ich habe ein Zeitungsfoto von ihr im Kopf. Ich habe eine Weile gebraucht, bis ich es gefunden hatte, aber immerhin. Das ist für Sophie ebenso aufregend, als würde sie die Mutter von Peter Sutcliffe oder Ian Brady oder Fred West aufspüren. Die Mutter des berühmten Transvestiten. Schön, schön, schön. Colman ist hingefahren. The Larches 12. Schade, daß die Anschrift so unschuldig klingt! Hat nicht ganz das Flair von Rillington Place 10 oder Cromwell Street 25. Keine Adresse, bei der ich eine Gänsehaut bekomme. Aber Edith Moore hat sicher nicht ihr ganzes Leben in diesem betreuten Wohnkomplex gelebt! Natürlich nicht! Sie muß die anderen Adressen herausfinden, wo Joss Moody als Kind und Teenager gelebt hat. Eine davon hat bestimmt den richtigen Klang.

Sobald ich auch nur einen depressiven Hauch oder eine paranoide Brise wittere, gehe ich zum Einkaufen, bin manchmal da, bevor die Geschäfte öffnen. Einkaufen verdrängt Depressionen. Auf jeden Fall. Wenn ich das richtige Outfit kaufe, gefalle ich Colman vielleicht. Ich sollte ihn besser nicht mit meiner Schwester bekanntmachen. Auf Sarah würde er abfahren. Wie alle Männer. Die Männer sind schon immer auf Sarah abgefahren. Sie hat mir meinen ersten Freund, Paul Ross, weggeschnappt. Das habe ich ihr nie verziehen. Den *ersten*. Ich werde nie vergessen, wie ich mich gefühlt habe, als ich ihn Hand in Hand mit Sarah die Straße entlanggehen sah. So wie er sie ansah, hatte er mich nie angesehen. Voller Bewunderung. Am schlimmsten war, daß er nicht aussah, als bewundere er ihren Körper, sondern ihre Persönlichkeit. Das hat mich umgehauen. Noch nie hat mich ein Mann so angesehen.

Colman mag lässige Klamotten. Vielleicht sollte ich mir eine schwarze Jeans kaufen. Eine schwarze Jeans und ein rotes Seidenhemd. Wie wäre das? Er müßte bald zurück sein aus dem Haus der Mutter und Bericht erstatten.

Es regnet, zuerst leicht, dann dicht und schwer. Ich stelle mich vor einem Geschäft unter und wähle mit meinem Handy die Nummer des Hotels. »Zimmer 310, bitte.« Ich presse das Telefon mit der Schulter ans Ohr, stopfe die Tüten mit den neuen Kleidern zwischen meine Beine und halte sie mit den Knien fest. Glasgower eilen in Geschäfte hinein und heraus. Sitzen mir gegenüber im Café, trinken Cappuccino. Einige Passanten werfen wütende Blicke auf mein Handy, als sei es ein verdammter Pitbull. Colman ist nicht da. Es klingelt und klingelt. Ich hinterlasse eine Nachricht auf der Mailbox des Hotels. »He, Cole. Wie ist es gelaufen? Ich rufe in einer halben Stunde noch mal an. Wie sieht's mit Essen aus? Ich habe ein tolles Thai-Restaurant entdeckt. Ich hoffe, Sie mögen thailändische Küche. Bis dann.« Hat sich das blöd angehört? »Ich hoffe, Sie mögen thailändische Küche«, imitiere ich meine Stimme. Ich stecke die kleine Mordwaffe in ihr weiches Lederetui und stopfe sie ins offene Maul meiner Handtasche. Sie schnappt zu. Wo zum Teufel ist er? Ich hoffe, er hat unser Buch nicht erwähnt. Ich habe doch gesagt, er soll Sophie alles überlassen. Hoffentlich wird er nicht weich und packt aus. Ich traue ihm nicht.

Ich muß meine Beute heimbringen.

In Zimmer 308 probiere ich die neuen Sachen an. Zweite Runde. Hier in den Hotelspiegeln sieht alles anders aus. Ich stehe auf dem Bett, knöpfe langsam meine rote Seidenbluse auf und berühre mich, während ich die ganze Zeit in den Spiegel schaue. Nachdem ich gekommen bin, rufe ich wieder seine Nummer an. Keine Antwort. Es ist 19.30 Uhr. Was hat er vor? Ich lasse Badewasser ein. Gieße zwei Fläschchen Schaumbad hinterher. Anständiger Schaum muß sein. Bestelle beim Zimmerservice Gin Tonic. Warte ungeduldig, bis ein schwarzer Anzug mit weißem Hemd ein winziges Tablett bringt. Ich steige in die Wanne, in einer Hand den Gin Tonic, in der anderen die Zeitschrift *Hello*. Himmel auf Erden. Er kommt bald zurück. Was ist los? Geht es Sophie um das Buch oder um Colman selbst? Die Mutter wird kaum so lange aufbleiben, oder? Gehen nicht alle alten Leute lächerlich früh ins Bett? Wahrscheinlich haben sie sich viel zu erzählen, denke ich und seife mich ein.

Ich versuche, auszusehen wie die badenden Schauspielerinnen im Film, aber es gelingt mir nicht. Das Wasser stört mich. Ich kann mich nicht entspannen. Ersticke im Schaum. Ich springe raus und rubble mich heftig ab. Das Telefon im Zimmer blinkt nicht. Ich prüfe nach, ob mein Handy eingeschaltet ist und der Akku voll ist. Ich habe ihm beide Nummern gegeben. Sophie kann es nicht ertragen, wenn man sie nicht anruft. Ich brauche einen blinkenden Anrufbeantworter, ein überquellendes Fax, einen Berg E-mails, um mich geliebt zu fühlen. Warum hat er mich nicht angerufen? Was zum Teufel hat er vor? Spielt er den Unerreichbaren? Soll er doch sein Spielchen spielen, das kann ich auch. Soll er doch anrufen. Dann sage ich ihm, daß ich heute früh schlafen gehe.

Es ist 20.15 Uhr. Ich habe den Fernseher an. Mein Haar ist fertig. Gel ist drin. Rouge aufgelegt. Ich lehne mich auf meinem Doppelbett zurück und zappe durch die Sender. Fernbedienungen sind etwas Wundervolles. Wie konnten die Menschen bloß fernsehen, bevor sie erfunden wurden? Ich mag schnelle Bilder, ein kurzes Aufblitzen von irgend etwas, und schon geht es weiter. Das Hotel hat Satellit und Kabel. Ich bleibe lange genug bei der Talk-Show, um zu hören, wie eine Mutter ihrer Tochter den Freund ausgespannt hat; dann weiter zu *World in Action*; schließlich entscheide ich mich für den Rest von *East Enders*. Mir ist nach schlafen zumute, nach einkuscheln. Aber ich bleibe vollständig angezogen auf der Decke liegen.

HAUS UND HEIM

Früh am Morgen wickelte ich ihm immer zwei cremefarbene Bandagen um die Brüste. Ich wickelte sie ganz eng. Ich dachte nur daran, es möglichst gut zu machen. Gut machen hieß eng wickeln. Je enger ich wickelte, desto flacher waren seine Brüste. Nur darum ging es ihm. Ob es bequem war, interessierte ihn nicht. Vermutlich war es ein wenig unbequem. Ich kann mich nicht erinnern, daß wir uns dabei unterhalten hätten. Ich habe nicht viel nachgedacht. Ich mußte ihm beim Anziehen helfen, damit er seinen Tag genießen und sich behaglich fühlen konnte.

Ich habe es getan, ohne darüber nachzudenken. Er zog ein weißes T-Shirt an. Darüber ein zweites T-Shirt. Darüber ein Oberhemd. Er zog Boxershorts an. Ich schaute weg, während er sie mit Socken ausstopfte. Er zog seine Hose an, wobei er ständig das Hemd und die Boxershorts richtete. Wenn er angezogen war, fühlte er sich immer wohler. Irgendwie sicherer. Mein großer, gutaussehender Mann. Er lächelte mir schüchtern zu. Dann fragte er: »Wie sehe ich aus?« Und ich antwortete: »Perfekt. Du siehst perfekt aus.«

Hier in Torr habe ich noch einige Bandagen. Ich weiß nicht, was ich damit machen soll. Ich kann sie nicht wegwerfen. Ich kann diese Bandagen nicht verschenken. Ich kann sie nicht verbrennen oder vergraben oder in den Mülleimer werfen. Sie liegen in der obersten Schublade meiner Kommode, zusammen mit meiner weißen Baumwollwäsche. Dort liegen sie zusammengerollt und schlafen wie ein kleines, harmloses Tier. Sie riechen noch nach ihm. Sie riechen nach seiner Musik; dem torfigen Geruch des Jazz. Ich habe die Bandagen und seine goldene Trompete, seine Mundstücke, seinen verbeulten, alten Kasten, seinen letzten Handzettel, der seine triumphale Rückkehr in Gestalt eines einwöchigen Gastspiels bei *Ronnie Scott's* ankündigte. Das sind die persönlichsten Dinge, die ich besitze.

Einmal schlief ich mit zwei Bandagen unter meinem Kopfkissen. Das ist Lichtjahre her, es war in den bizarren ersten Tagen nach seinem Tod. Welche Tage es waren, weiß ich nicht mehr. Alle Tage sind gleich. Ich durchlebe wieder und wieder und wieder und wieder denselben Tag.

Wenn ich den Kasten öffne, starrt mich die Trompete an; die stumpfen Tasten sind wie Augen. Sie wirkt traurig. Ungespielt. Sie sieht aus, als würde sie fragen, wo ist der Jazz geblieben? Wo ist mein Meister? Ich lege meine Lippen an ihren engen goldenen Mund. Aber ich kann keinen Ton erzeugen. Ich lege sie zurück in ihren pelzigen Kasten. Sie ist leblos. Ich schiebe den verbeulten Kasten unter mein Bett.

Seine Brüste waren nicht sehr groß. Sie ließen sich leicht flachdrücken. Niemand außer mir wußte, daß er sie besaß. Ich habe sie nur dann berührt, wenn ich die Bandagen um sie herumwickelte. Näher als beim Wickeln kam ich ihnen nie. Er hielt die Arme hoch, während ich das Ende in die Bandage steckte und dann behutsam mit einer Nadel befestigte. Ich mußte dafür sorgen, daß sich diese Nadel auch im Laufe eines langen Tages niemals löste. Das war alles. Ansonsten existierten sie nicht. Nicht wirklich.

GESICHTSZÜGE

Um neun Uhr abends verläßt Colman Moody das Haus von Edith Moore. Als er geht, sieht sie sich gerade die Neun-Uhr-Nachrichten an. Er trägt das Foto der siebenjährigen Josephine bei sich. Edith Moore hat es in einen braunen Umschlag gesteckt. Da ist sie, Josephine Moore mit sieben, mit einem Zahnlückenlächeln, die ersten beiden Milchzähne sind gleichzeitig herausgefallen. Ihr Haar ist eine Masse schwarzer Locken. Ein breites, glückliches Grinsen. Sie trägt eine weiße Bluse und weiße Söckchen. Glänzende schwarze Schuhe. Einen dunklen Faltenrock. Sie steht neben der Wand des Hauses, in dem sie damals wohnte. Aberdower Road 20. Edith hat ihm alle Adressen genannt, unter denen sie je gewohnt hat. Sie spulte sie mit der Zufriedenheit eines Menschen herunter, der froh ist, endlich einmal korrekte Erinnerungen wiedergeben zu können. Am Ende jeder Adresse legte sie eine dramatische Pause ein. Colman bleibt unter einer Straßenlaterne stehen und sieht sich noch einmal das Foto an. Er kann sich nicht herausreden. Jetzt, wo er das kleine Mädchen gesehen hat, entdeckt er auch im Gesicht seines Vaters, wie er es in Erinnerung behalten hat, einen femininen Zug, der immer dagewesen sein muß.

Die Straßen sind zu dunkel und das Licht zu trüb, um das kleine Mädchen deutlich zu erkennen, aber er steht trotzdem da und späht auf das Bild. Wartet, daß etwas geschieht. Daß ein anderes Bild hinter dem in seiner Hand erscheint. Eine Verwandlung, die all dem einen Sinn verleiht. Er steckt das Mädchen zurück in seinen braunen Schlafsack und streicht das rauhe Papier glatt. In seinem Kopf klingt ein Lied, dasselbe Lied, mit dem ihn sein Vater in den Schlaf gesungen hat. Träume zu verkaufen. Träume zu verkaufen. Angus hat Träume zu verkaufen. Sanft trägt er das Foto, um es vor Schaden zu bewahren.

Er schlendert die Braehead Road entlang, hat keine Eile. Edith hat ihm gesagt, er solle bis zur Uhr laufen, dort gäbe es ein Taxiunternehmen. Es sei schneller, als wenn man anrufe. Er ist froh über den Spaziergang, die Abendluft. Wie brachte sein Vater es fertig, sie nicht mehr zu besuchen? Was für eine Vergeudung. Colman hat bei Edith Moore zu Mittag und zu Abend gegessen. Die alte Frau hat ihn richtig gemästet. Es kostet ihn schon Mühe, nur einen Fuß und dann den anderen zu heben, einen geraden Schritt zu machen, seinen Arm hin und her zu schwingen. Sein ganzer Körper ist schwer von dieser dumpfen Traurigkeit. Sie liegt auf seiner Brust wie ein fetter, schlafender Hund am Feuer, am Kohlenfeuer. Ein namenloser Mensch aus der Vergangenheit seines Vaters war im Kohlenkeller und hat die Kohle in einen Blecheimer geschaufelt und sie aufs Feuer gekippt. Colman geht langsam, setzt einen Fuß vor den anderen. Keine Spur von Leichtigkeit in seinen Schritten. Er muß schlafen, schlafen. Heute abend kann er Sophie Stones nicht gegenübertreten. Er braucht einen Drink, einen Malt Whisky, und dann Schlaf. Er muß sich im Schlaf vergraben, tiefer und tiefer sinken, bis er sich seiner selbst nicht mehr bewußt ist, bis er jemand sein könnte, der von ihm träumt.

*

Er öffnet seine Tür so leise wie möglich. Sie könnte da sein. Er will sie nicht sehen. Er ist angespannt. Von jetzt an gilt Alarmstufe eins. Er probiert die blöde, kleine Plastikkarte aus, findet sie zum Kotzen. Was ist nur aus den großen Schlüsseln geworden, an denen dicke Metallkugeln baumelten, um zu verhindern, daß die Schlüssel gestohlen oder vergessen wurden? Scheiße, die waren besser als dieser Plastikkram. Rotes Licht, rotes Licht. Endlich bekommt er grünes Licht und betritt leise wie ein Dieb sein Hotelzimmer. Wovor sollte er sich fürchten? Er gleitet in sein Zimmer, horcht auf Geräusche der Journalistin. Auf Geräusche der Klatschtante, das ist besser. Die Klatschtante hat den Fernseher an. Er kann ihn hören. Er schaltet seinen auch an und sucht das Programm, das bei ihr läuft. *Gleich und gleich gesellt sich gern.* Er stellt den Ton leise. Sein Blick fällt auf das blinkende Telefon. Das kann nur die Klatschtante sein, auf dem Anrufbeantworter. Er will es sich nicht anhören.

Er muß sich hinlegen. Wann hat er sich je zuvor so gefühlt? Es wäre eine Erleichterung, wenn er sich erinnern könnte, ob er sich je zuvor so gefühlt hat; dann wüßte er wenigstens, daß er nicht total durchgedreht ist. Er kann sich an nichts erinnern. Das Telefon klingelt. Er springt auf. Macht er sich Sorgen, weil er feige ist? Weil er schwach ist? Er gehört zur schlimmsten Sorte Feigling. Er ist ein Feigling, der für seine Feigheit bezahlt werden will. Das muß es sein. Geh ans Telefon, Colman. Sag ihr, sie soll sich verpissen. Wenn er doch nur in Edith Moores sicheres, warmes Haus zurückkehren könnte, das Haus mit dem muffigen Geruch alter Frauen.

Es klingelt und klingelt und klingelt. Dann springt der Anrufbeantworter an. Er imitiert zuerst seine, dann ihre Stimme. Ein paar Minuten später hört er sich die Nachricht an, drückt den Hörer vorsichtshalber fest ans Ohr. Dieser Apparat bringt sie wirklich gut rüber. Ihre Stimme klingt klagend. Und da ist noch etwas. Sie hört sich ein bißchen daneben an, ein bißchen besorgt. Die Klatschtante dreht also durch! Er lächelt und öffnet die Minibar. Ihm kommt der Gedanke, sie könne ahnen, daß er sich versteckt, und an die Tür klopfen. Ein kurzes, rasches Klopfen. Was dann?

Er hat sich zur Geisel gemacht. Zur Geisel dieser Klatschtante. Stimmt genau. Er lacht leise. Mit einer einzigen geschmeidigen Bewegung kippt er den feurigen Drink herunter. Er brennt zuerst in der Kehle, dann wärmt er den Bauch. Schon besser. Er gießt sich noch einen ein. Sie zahlt. Soll sie doch zahlen. Er wird sie sich wegtrinken.

LEUTE:

Die alte Schulfreundin

Letzte Nacht hat May Hart geträumt, sie sei als erste an die Unfallstelle auf der M8 gekommen. Alles geschah vor ihren Augen, Metall wurde zerschmettert und zerdrückt, kreischte, bis es in sich zusammenbrach. Die monströsen Scheinwerfer des Lastwagens waren ein heller Schrei.

Sie mußte anhalten. Sie fuhr direkt auf den Unfall zu und stieg aus. Ihre Beinen zitterten, als habe sich der wilde Nachtwind in ihren Knochen verfangen. Das Mädchen lag mit dem Gesicht nach unten auf der Straße, war noch am Leben, stöhnte. Sie brachte es in die stabile Seitenlage, die sie aus dem Fernsehen kannte. Einen Moment lang erkannte sie im Traum mit absoluter Klarheit ihr Alter. Sofort begriff sie, wie absurd es war. Sie war zu alt zum Autofahren, zu alt für solche Risiken. Wie konnte sie mit siebzig schon helfen? Im nächsten Moment kniet ein junger Polizist neben dem Mädchen, beugt sich darüber. Hinter ihm ist ein riesiger Baum gewachsen. Seine ungeheuren Äste wogen im Licht des Unfalls. Erst dann begreift May, wer das Mädchen ist. Josephine Moore. Sie hat sie seit Jahren nicht gesehen. Sie fragt sich gerade, weshalb Josephine nicht gealtert ist, als der Polizist sie und Josephine auseinanderreißt. In der Hand hält er ein Bündel Injektionsnadeln, spitz und dünn wie ein Haar. »Ich muß dir eine Spritze geben. Sei ein braves Mädchen.« Josephine wehrt sich, windet und krümmt sich auf der Straße, kriecht wie ein verwundetes Tier die M8 entlang. Der Polizist tobt. Das Scheinwerferlicht des Lastwagens fällt auf seine Uniform. »Ich sagte, du sollst ein braves Mädchen sein«, dröhnt er. »Ein braves Mädchen!« brüllt er so laut er kann. Im Traum spielt sie einen Moment mit dem Gedanken, dem Polizisten eins mit seinem eigenen Schlagstock zu verpassen. »Ich kenne sie«, erklärt sie, »sie ist mit mir zur Schule gegangen.« Er sieht sie an, als sei sie verrückt. »Ich glaube, Sie sind ein bißchen durcheinander. Moment, ich sage dem Sanitäter, er soll Ihnen etwas zur Beruhigung geben.«

An diesem Morgen begreift May Hart, daß das Gespräch mit dieser Frau der Grund für ihre Alpträume ist. Josephine Moore ist vier Nächte in Folge auf dem Asphalt gestorben. Sie ist immer elf Jahre alt. Nur in einem Traum war May ebenfalls jung, das war der schlimmste von allen. So schrecklich, daß sie sich nicht einmal mehr daran erinnern kann.

Was hat sie ihr erzählt, das von Bedeutung sein könnte? Vor fünf Tagen, am Dienstag morgen, tauchte Sophie Stones in der Milk Street 9 in Greenock auf, nachdem sie May zuvor angerufen hatte. Sie hatte erklärt, sie schreibe über ihre alte Schulfreundin Josephine Moore (einen Artikel? ein Buch? May hat es vergessen, der Anruf kam so überraschend). Natürlich konnte May sich an sie erinnern. Nein, sie wußte nicht, daß sie gestorben ist. Sie hatte seit Jahren nichts von ihr gehört. Sie schien einfach aus Greenock verschwunden zu sein. Das war alles. Die Journalistin sagte nur, daß Josephine ein berühmte Trompeterin geworden sei. »Tatsächlich?« hatte May gefragt. Sie war erstaunt und ein bißchen sprachlos, da sie nicht besonders an Musik interessiert war. »Das wußte ich leider nicht, ich kenne mich nicht gut aus mit Musik.«

May suchte ihr wie versprochen einen Abzug des alten Schulfotos heraus. Sie konnte sich nicht mehr an alle Namen erinnern, aber an Josephine erinnert sie sich noch. Sie war das einzige farbige Kind in der Klasse. Ein sehr hübsches Mädchen. Schöne Zähne. Ein bezauberndes Lächeln.

An dem Morgen, als die Journalistin kam, stand May um halb acht auf, wusch sich, zog eine schwarzweißkarierte Hose und ein grünes Hemd an. Nicht übel für siebzig, dachte sie bei sich. Hast dich gut gehalten. Der Spiegel verriet ein oder zwei Schwachstellen. Ein paar Äderchen, die wie winzige, rote Wurzeln durch die Haut schimmerten. Sie holte ihren Lockenstab, um dem Haar mehr Fülle zu geben. Dann sprühte sie Haarspray hinein, für den Halt.

Sie benutzte ein mildes Spray – sie haßt das Zeug, bei dem das Haar wie versteinert aussieht. Sie cremte ihre Wangen mit Feuchtigkeitscreme ein. Sie nahm etwas von dem Parfüm, das ihr Sohn im Duty-free-Shop gekauft hatte. Sie roch teuer. Sie verbarg die Äderchen unter Make-up. Legte etwas von dem Lippenstift auf, den ihre Tochter in ihren Weihnachtsstrumpf gesteckt hatte. Die Vorstellung, über ihre Kindheit zu sprechen, machte sie nostalgisch. Schon jetzt spürte sie eine allergische Reaktion bei dem Gedanken, so früh am Morgen über die Vergangenheit zu reden; sie mußte niesen, als sie an die Schulmädchenverliebtheit zwischen ihr und Josephine dachte. Die würde sie der Journalistin gegenüber jedenfalls nicht erwähnen.

Sie prüfte ihre Zähne im Spiegel, biß sie zusammen und preßte die Zunge gegen die Zahnreihen. Die oberen waren ihre eigenen. Sie empfand mehr Stolz darüber, an ihren Zähnen festgehalten zu haben als an ihren Ersparnissen. Viele junge Zahnärzte wollten sie überreden, sich von ihnen zu trennen. Die beiden Schneidezähne stehen leicht übereinander, wie ein Kreuz. Als junge Frau hat sie es gehaßt; jetzt empfand sie eine blödsinnige Zuneigung zu dieser schrulligen Überschneidung. Sie hat mehrfach mit dem Gedanken gespielt, sie korrigieren zu lassen, entschied aber, es würde etwas von ihrem Charakter nehmen. Du bist wie deine Zähne, dachte sie. Deine Zähne prägen dich mehr als Körper, Ernährung oder Beruf. Das Leben ist bloß eine Reise von den Milchzähnen bis zu den falschen Zähnen, aufgelockert von Füllungen und Kronen. Von der wunderbaren Zahnfee bis hin zu den Geschwüren, die unter schlecht sitzenden Prothesen wuchern. Die falsche Zahnreihe in ihrem Mund ist der Beweis. Sie erinnerte sich an den traumatischen Tag, als die reiche Zahnfamilie in den unteren Bereich des Hauses einzog. Das waren schlaue Hochstapler, gewandter und glänzender als die echten in der Etage drüber. Beim Anblick dieser albern funkelnden Zähne, die sich ballfein gemacht hatten, wurde May klar, daß ihr Mann sie nicht liebte. Nicht wirklich. Er steckte hinter dieser Entscheidung für falsche Zähne, weil er selbst ein Gebiß hatte. Er war eifersüchtig, das war alles, eifersüchtig, wenn sie herzhaft und unschuldig in einen roten Apfel biß und genußvoll kaute.

Im Rückblick wurde ihr klar, daß dieser vom Mief der Betäubungsmittel durchwehte Tag, der sich wie ein weißer Rock im Wind blähte, der wahre Wendepunkt ihres Lebens war. Ohne ihre Zähne im Unterkiefer war sie verletzlich, weniger beredt, weniger sicher. Es stimmte: Ihre Zähne veränderten ihren Gang. Du bist wie deine Zähne.

Als sie die Journalistin in ihre Wohnung ließ, bemerkte sie, daß die Frau für ihr Alter furchtbare Zähne hatte. Zu groß für ihren Mund, einer war etwas verfärbt. Tatsächlich überlegte sich May in diesem Augenblick, ob sie wirklich mit ihr reden sollte. Was hätte Josephine davon gehalten, daß diese junge Frau ein Buch über sie schrieb? Sie sah nicht vertrauenerweckend aus. Sie sah total falsch aus. Glatt und gekünstelt verströmte sie mit der Designerkleidung und ihrem Lächeln falschen Charme. Je älter May geworden ist, desto besser kann sie Falschheit in Menschen aufspüren. Es ist zu spät, sie kann nicht zurück. Komisch, sie hatte schon so ein ungutes Gefühl. Als würde etwas passieren.

Sophie Stones griff nach dem Schulfoto und starrte endlos in die Vergangenheit. Daraufhin schaute May es sich noch einmal an und erinnerte sich an manches. Rhona Elliot hatte rote Augen und weinte. Sie ging nie gern zur Schule. Kathleen Baxter sah schon damals aus wie eine alte Frau. Aileen Forbes starb an einem epileptischen Anfall. Namen kehrten wieder. Sie konnte hören, wie Miss Scrivner ihren Namen bellte: »May Hart.« Jeder wurde bei dem Namen gerufen, der im Klassenbuch stand. Mindestens die Hälfte ihrer Klassenkameradinnen war nicht unter diesen Namen bekannt. Bei manchen Namen bestand nicht einmal eine Ähnlichkeit. Sie alle besaßen zwei Persönlichkeiten. Sie rekonstruierte gerade die Ecke des Spielplatzes, in der sie sich immer mit Josie und Kathy Baxter herumtrieb, als sie Sophie sagen hörte: »Erstaunlich, erstaunlich!«
»Ich weiß, wir sind nicht jünger geworden!« bemerkte May. »Klingt blöd, aber es stimmt. Man glaubt immer, einem selbst würde es nicht passieren. Als junger Mensch ist man unbesiegbar.«

Sophie Stones zögerte, als wolle sie ihr widersprechen. »Warten Sie's ab«, sagte May zuversichtlich.

»Wie war sie denn?« fragte Sophie, während sie noch immer das Foto anstarrte, als sei sie verhext.

»Oh, sehr lustig. Josie war sehr lustig.«

»Ein Wildfang?«

»Nein, ganz und gar nicht.«

»Woher stammten ihre Eltern?«

»Na ja, das war ein kleiner Skandal. Ihre Mutter war aus Glasgow, aber der Vater war schwarz.«

»Ja, aber woher kam er?«

»Von den Westindischen Inseln.«

»Von den Westindischen Inseln?«

»Das erzählte man sich.«

»Aber von wo genau?«

May zuckte die Achseln und lachte. »Woher soll ich das wissen? Soweit ich weiß, lebte er schon sehr lange hier. Selbst wenn ich den Ort gekannt hätte, würde ich mich nicht daran erinnern. Was Namen angeht, bin ich ein hoffnungsloser Fall. Er starb, als Josephine noch jung war, elf oder so.«

»Er starb!« Sophie Stones kreischte beinahe. »Er starb! Mein Gott! Natürlich!«

»Brauchen Sie das alles für den Artikel?« fragte May Hart besorgt.

»Buch«, korrigierte Sophie. »Ich schreibe ein ganzes Buch.«

»Und dafür müssen Sie das alles wissen?« erkundigte sich May. »Sehr interessant, nicht wahr?«

Sophie Stones lächelte katzenhaft. »Eigentlich ist es noch interessanter, als Sie glauben, May.« Sie öffnete ihre braune Aktentasche. »Werfen Sie mal einen Blick darauf.« Sie gab May einige Fotos, auf denen ein Jazzmusiker zu sehen war, groß, gutaussehend, mit dunklen Anzügen und gemusterten Krawatten. In der Hand ein Saxophon.

»Ist das einer von den Männern, mit denen Josephine gespielt hat? Ist das ein Saxophon?«

»Nein, eine Trompete«, antwortete Sophie.

»Na bitte, ich habe ja gesagt, ich verstehe nichts von Musik.« May lachte.

»Nein, das ist kein Musikerkollege – das ist sie.«

»Sie wollen mich auf den Arm nehmen«, sagte May noch immer lachend. »Warum hat sie sich als Mann verkleidet?« May schaute sich ein Foto genauer an. Hinter dem Gesicht des Mannes erkannte sie das Mädchen, an das sie sich erinnerte. Josie sah sie aus diesen Augen an. Wenn man nur das Gesicht betrachtete, hatte sie sich eigentlich überhaupt nicht verändert.

May lehnte sich in ihrem Sessel zurück. Josie sah so hübsch aus mit ihrer Trompete! Während sie wie gebannt das Foto anstarrte, stieg wieder die alte Liebe in ihr auf. Keine Liebe läßt sich mit der zwischen Mädchen vergleichen. Nicht die Liebe, die sie für ihren Mann oder einen nachfolgenden Geliebten empfunden hatte. Keine Liebe konnte es mit dieser brennenden, fieberhaften Treue aufnehmen, dieser hysterischen Hingabe, dieser totalen Besessenheit. Als Mädchen wäre May Hart für Josie gestorben. Sie liebte alles an ihr. Ihr Haar. Ihre Lippen. Die Art, wie ihr Rock gerade über die Knie reichte. Ihr komisches, hohes Lachen. Wie sie einen packte und berührte, wenn sie mit einem sprach. May liebte sogar Josephine Moores Schweigen. Ihr Schweigen war einfach vollkommen! In der Tat liebte sie ihr Schweigen am meisten, dieses scheue, alberne, anrührende Schweigen, das nur von mädchenhafter Verlegenheit und Kichern unterbrochen wurde. Als May Josie nun in Männerkleidung sah, wurde ihr bewußt, daß sie Josie ihr ganzes Leben lang vermißt hatte. Was für ein Stil! Dieser Anzug! So hatte ihr Bert im Anzug nie ausgesehen. Sie war zu Tränen gerührt. Sophie Stones war verwirrt. Sie sollte später in ihr MOODY-Notizbuch schreiben: »May Hart war angesichts der Täuschung ihrer alten Schulfreundin derart aufgewühlt, daß sie in Tränen ausbrach.«

May Hart war außer sich. Ungefähr sechzig Jahre zerfielen zu Staub. Josie und sie rannten durch den Wald an der Rückseite der Schule, die zur St.-Mary's-Besserungsanstalt gehörte, in der angeblich allen bösen Kindern mit dem Riemen die Finger gebrochen wurden. Sie waren auf dem Weg in ihre Höhle. Sie fanden den Eingang im dichten Gebüsch. Überall lagen zerplatzte Kastanien, das Innere unvermittelt weiß, wie bei Birnenhälften. Josie und May fanden ein paar unbeschädigte Kastanien von der Farbe eines wunderschönen braunen Pferdes. Sie rieben die Kastanien an ihren Pullovern, bis sie glänzten. Schönheiten. Sie durchbohrten sie mit der metallenen Stricknadel, die sie zu dieser Jahreszeit in ihrer Schultasche zu verstecken pflegten. Eine Schnur wurde durch das Loch geführt und kam lachend am anderen Ende wieder heraus. Bei dieser Gelegenheit stachen sie einander in die Daumen. Blutsschwestern. Dann beugte sich Josie vor und sagte zu May: »Hast du jemals das Küssen ausprobiert? Sollen wir üben, damit wir gut küssen können, wenn wir groß sind?« Sie küßten einander ein bißchen. May gefiel es, aber sie wich zurück. »Ist das falsch, was wir hier tun, Josie?« »Nein, wir üben doch nur.«

»Ich weiß, es ist ein Schock«, sagte Sophie Stones gerade, »nicht einmal ihr Sohn wußte, daß sie eine Frau war.« May blickte direkt in Sophies Mund. Ihr verfärbter Zahn starrte sie an wie ein Verbrecher. Sie mußte sie irgendwie loswerden. »Meinen Sie, ich könnte eins von den Fotos behalten?« fragte sie. »Um der alten Zeiten willen.«

May sah zu, wie die Journalistin ins Taxi stieg. Sie winkte nicht. Sie hatte gewußt, daß sie nicht winken würde. Sie mußte sie beobachten, um zu sehen, ob ihr Urteilsvermögen sie nicht trog. Sophie Stones war nicht der Typ, der anderen zuwinkt, wenn er wegfährt. Nein, nein, nein. Sie sah unverwandt geradeaus, als sie in dem schwarzen Taxi saß, supercool. May spürte eine Übelkeit im Magen. Was hatte sie ihrer wunderbaren Josephine angetan? Hatte sie ihr irgendwie geschadet? Um nichts in der Welt hätte sie Josie etwas Schlechtes gewünscht. Sie nahm die Tasse in die Hand, aus der die Journalistin getrunken hatte. Am Rand klebte Lippenstift. Sie wusch die Tasse gründlich ab. Dann schrubbte sie sie noch einmal. Danach warf sie die Tasse auf den Boden, sah zu, wie sie in Scherben zersprang. Als sie die Journalistin gefragt hatte, wie es Josephine gelungen sei, den Sohn zu bekommen und ein Leben als Mann zu leben, hatte sie geantwortet, daß Josephine eine Frau geheiratet und einen Sohn adoptiert habe. Als sie gefragt hatte, wie die Frau aussehe, hatte die Journalistin geantwortet: »Schön. Wirklich außergewöhnlich schön. Ich habe ein Foto von ihr, der Sohn hat es mir gegeben. Wenn Sie es sehen möchten.« Damit hatte sie May sehr unglücklich gemacht.

»Nein, schon gut. Lieber nicht«, hatte sie geantwortet. Weshalb sollte sie sich ein Foto von Josephine Moores Frau anschauen? Das war doch absurd. May nahm das Foto, das die Journalistin ihr geschenkt hatte. Josephine trug einen eleganten Anzug; ihre herrlichen Lippen spielten Trompete.

LEITARTIKEL

Was geschah mit Josephine Moore? Sieh dir das Foto an. Da ist sie, aufgeweckt, mit schokoladenbraunen Augen. Das Bild ist grobkörnig, und wenn es Töne von sich geben könnte, würde es knistern und spritzen. Da ist sie. Neben ihrem Haus in einer Straße mit dunklem Pflaster. An der Hand einer sehr viel jüngeren Edith Moore. Man sieht, sie hat ihr schönstes Lächeln aufgesetzt. Das schönste Lächeln für das aufmerksame Auge der Kamera. Sie wurde nicht jeden Tag fotografiert. Sie trägt einen Faltenrock und weiße Söckchen. Eine weiße Bluse. Wie lange man das Foto auch anschaut, die Kleider verändern sich nicht. Sie sind fest in ihrer eigenen Zeit verhaftet. Doch wann immer man dem kleinen Mädchen ins Gesicht schaut, entdeckt man etwas anderes. Beim ersten Mal das breite Lächeln. Beim zweiten Mal sind es die Augen, die einen faszinieren. Die Augen eines Mädchens, das weiß, aus ihm wird etwas Besonderes. Ist das möglich? Oder nur Einbildung? Nein, da ist dieser Blick. Dieser Blick, der seiner Zeit um Jahre voraus ist, der wartet. Klar und feurig. Machen sie dieses zuversichtliche Funkeln der Augen, dieser temperamentvolle Blick zu einem Wildfang? Nein. Nein, das kann man nicht behaupten. Sie sieht einfach nur wie ein kleines Mädchen aus. Ein glückliches kleines Mädchen. An der Hand seiner Mutter. Die Hände ruhen ganz leicht ineinander. Die eine Hand ist die Wiege der anderen. Sieh dir das Foto an. Noch einmal. Und noch einmal. Das ist Josephine Moore mit sieben Jahren. Die Frau neben ihr, die ihre Hand hält, ist ihre Mutter, Edith Moore. Dieses Foto wurde in Greenock, der schottischen Kleinstadt in der Nähe von Glasgow, in der Josephine Moore aufwuchs, aufgenommen.

GUTE HOTELS

Ihm ist der Malt ausgegangen. Er greift zum Hörer und spricht leise hinein. Er bestellt eine halbe Flasche. »Welche Malts haben Sie?« Er steht an der Tür und wartet auf den Zimmerservice. Als er die Schritte hört, öffnet er die Tür und bedeutet dem Mann mit den Fingern an den Lippen, er solle leise sein. Er unterschreibt die Rechnung und flüstert ihm zu, sein Baby schlafe gerade. Dann schließt er sanft die Tür. Er braucht zwei weitere Whiskys, bis er genügend Mut gefaßt hat. Er wird zu ihrer Tür gehen. Er wird ihr sagen, daß Schluß ist. Er hat ja noch keinen Vertrag abgeschlossen. Keinen verdammten Deal.

Sein Herz klopft jetzt schnell. So schnell, daß er meint, er könne sein eigenes Blut riechen. Er muß es hinter sich bringen. Dieses Buch macht ihn allmählich fertig. Er braucht sich bloß dieses Foto von seinem Vater als kleines Mädchen in einem Buch mit furchtbaren Bildunterschriften vorzustellen. Sein Vater kehrt wieder zu ihm zurück. Kehrt immer zu ihm zurück. Er läßt ihn nicht allein. »Kuschel dich ein, kuschel dich ein«, sagt er und steckt die Bettdecke um ihn herum fest. Er mag den Klang der Worte, die sein Vater sagt, sein Vater mag sie auch. Den Klang der Worte und die heimelige Wärme seiner Decke. »Kuschel dich ein«, sagt er. »Kuschel dich ein.« Er klopft so laut an die Tür von Zimmer 308, daß sie es trotz des dröhnenden Fernsehers hört.

DIE STERNE IN DIESER WOCHE

Diese Nacht ist unruhig, als sei die Dunkelheit selbst ängstlich. Der Mond ist schon aufgegangen. Der Mond bewegt sich dort draußen durch die schnell wirbelnden Wolken, sinkt in die Wellen, taucht wieder auf. Einen Moment lang scheint er hell und prachtvoll, dann verschwindet er wieder. Heute ist Vollmond. Die Sterne schimmern auf sie herunter. Sie sagt sich, sie ist nicht mehr lange auf dieser Welt. Vielleicht erhellen die Sterne zum letzten Mal ihre Nacht.

Sie kommt von der Türschwelle herein, nachdem sie hinaufgeblickt hat in den weiten Nachthimmel, nachdem sie den Mond beobachtet hat, der von den anrückenden Wolken gejagt wird. Oh, der Mond ist ein schlauer Patron. Er entkommt ihnen immer. Sie macht die Tür zu und schließt ab. Legt die Kette vor. Sie prüft zweimal, ob alles abgeschlossen ist.

Edith Moore setzt seufzend den Wasserkessel auf. Horcht auf ungewöhnliche Geräusche in der Nacht. Das Haus mag zwar geschützt liegen, zieht aber gelegentlich dennoch üble Gestalten an, die wissen, daß dort nur alte Leute und eine faule Betreuerin wohnen. Die alten Leute in dem Wohnkomplex geben ein prächtiges Angriffsziel ab.

Josephine, Josephine. Edith zieht zuerst die Pantoffeln aus, dann ihren Rock, den sie ordentlich gefaltet über die Lehne des Schlafzimmerstuhls hängt. Sie steigt aus ihrem Unterrock. Sie zieht die Strümpfe aus, steckt die Hand in den leeren Fuß und dreht ihn auf die andere Seite, streicht ihn glatt. Sie kann sie noch einen Tag tragen. Sie zieht ihre Unterhose herunter, muß sich bücken, um herauszusteigen. Das Bücken verursacht ihr jetzt Schmerzen. Sie leidet unter Arthritis im Rücken und in den Hüften. Sie streift das Baumwollnachthemd über und zieht ihren Morgenmantel an. Sie geht ins Badezimmer und wäscht ihre Unterhose aus. Man kann keinen neuen Tag mit einer schmutzigen Unterhose beginnen. Jeden Abend wäscht sie als letztes ihre Unterhose aus. Sie hängt sie über den Heizkörper und fragt sich, warum die Heizung noch an ist. Sie war sicher, daß sie sie ausgeschaltet hat. Der Wasserkessel pfeift. Sie macht sich eine schöne Tasse Tee mit einem Spritzer Milch. Sie mag ihren Tee kochend heiß. Sie nimmt ihn mit ins Schlafzimmer und schaltet alle Lampen aus. Sie sitzt im Bett und trinkt ihren Tee. Heute abend kann sie nicht lesen. Sie kann ihr Buch nicht einmal aufschlagen. Sie hört keine Laute außer den Geräuschen der Heizung, die in der Nacht vor sich hin rülpst und gurgelt.

GUTE HOTELS

»Das glaube ich einfach nicht!« ruft Sophie Stones schrill.

Sie sitzen in einer Ecke in der Hotelbar im zweiten Stock. Auf der Ledercouch. Es sind kaum noch Gäste da. Es ist ein Uhr morgens. Colman kippt einen Lagavulin herunter. Sophie trinkt Cognac.

»Wie können Sie derart gegen unseren Vertrag verstoßen?«

»Es geht um mein Moralempfinden. Ich kann es einfach nicht.«

»Sie? Ausgerechnet Sie reden von Moralempfinden?«

»Ich habe mehr Moralempfinden, als Sie warme Mahlzeiten gegessen haben«, erwidert Colman betrunken. »Sie würden Moral nicht mal erkennen, wenn Sie Ihnen ins Gesicht springt«, setzt er auf der Suche nach einem passenderen Ausdruck hinzu.

»Ich verstehe nicht, was an diesem Buch unmoralisch sein soll«, sagt Sophie und rülpst.

»Klar, genau das ist ja Ihr Problem.«

»Für wen halten Sie sich eigentlich?« Sophie zischt wütend, betrunken, spürt ein trauriges sexuelles Verlangen.

»Für wen ich mich halte? Ich bin Colman Moody, der Sohn von Joss Moody, dem berühmten Trompeter. Für mich wird er immer mein Daddy sein. Das hört nicht auf, nur weil plötzlich der Run auf Bücher da ist.«

»Der Run auf Bücher? Sie sind blau wie ein Veilchen. Sie müssen völlig von Sinnen sein. Wir sind beide besoffen. Lassen Sie uns aufhören, Cole. Das Buch würde Ihrem Vater nicht schaden. Erstens ist er tot, und zweitens ...«

»Ich dachte, wir sollten nicht mehr darüber reden.«

»Und zweitens wird es den Leuten helfen, sich an ihn zu erinnern. Es gibt nur die Wahrheit wieder. Sie erfinden doch nichts hinzu.«

»Wie kann ich aus Edith Moores Koffer voller Briefe ein Buch machen?«

»Von einem ganzen Koffer war nicht die Rede. Stimmt das wirklich?«

»Na bitte, da haben wir's doch. Keine Moral. Keine beschissene Moral.«

»Wie können Sie es wagen, mir Vorwürfe zu machen? Das ist nicht fair, Cole. Seien Sie nicht gemein.«

»Hören Sie auf, mich Cole zu nennen. So nennen mich meine Freunde, und zu denen gehören Sie nicht.«

Edith Moore. Edith Moore steht vor ihm am Meer, an der Hand ein kleines Mädchen, seinen Vater. Das Mädchen hat dichtes, krauses schwarzes Haar wie er selbst. Es ist taub. Das Mädchen mag ihn und fängt an, mit ihm zu spielen. Dann führt es ihn in den Keller. Sie sind jetzt in einem wohlhabenden Haus. Sie unterhalten sich die ganze Zeit in Zeichensprache. Plötzlich läuft alles mit Wasser voll. Überall dringt Wasser ein. Colman nimmt das taube, kraushaarige Mädchen auf den Rücken. Er muß es vor dem Ertrinken retten.

Wie wahnsinnig rennt er eine Treppe hinauf. Eine Wendeltreppe, die hinauf zu den Schwimmfüßen führt. Eine Wendeltreppe, die unter ihm zerbröckelt. Er nimmt immer zwei halbkreisförmige Stufen auf einmal. Er trägt das Leben eines kleinen Mädchens auf dem Rücken. Er muß es retten. Muß es retten. Muß.

*

Er wacht schwitzend auf. Er liegt neben Sophie Stones im Bett! Scheiße, wie konnte das bloß passieren? Er kann sich an nichts erinnern. Er weiß nur noch, daß er in der Bar war. Seine Uhr leuchtet im Dunkeln. Es ist vier Uhr morgens. Er steht leise auf und sammelt seine Kleider vom Boden auf. Seine seidenen Boxershorts, seine Hose, sein Hemd. Er klemmt sich die Sachen unter den Arm und schleicht hinüber zu Zimmer 310. Aber er hat seine verdammte Karte nicht dabei. Er steht splitternackt im Flur. In seiner ganzen lächerlichen Nacktheit. Er legt schützend die Hand über sich. Jesus, er kann doch nicht den Rest der Nacht hier herumstehen, wie Gott ihn erschuf. Seine Kleider! Zum Glück hat er die mitgenommen. Sie liegen in einem Bündel neben der Tür. Er muß sie fallengelassen haben. Er hebt die Hose auf und kramt in den Taschen nach der Karte. Nichts. Er zieht sich eilig an. Scheiße. Ihm bleibt nichts anderes übrig, als um vier Uhr morgens an der Rezeption nach einem Zweitschlüssel zu fragen.

LEITARTIKEL

Was macht der Ghostwriter, wenn der Geist kalte Füße bekommt? Wenn es den Geist gruselt, wenn er eine Gänsehaut bekommt, wenn sich ihm die Haare sträuben? Was macht der Ghostwriter, wenn sich der Geist nicht länger für den Stoff interessiert? Wird der Ghostwriter dadurch überflüssig? Wie überzeugt ein Ghostwriter einen Geist davon, daß ein Thema sich lohnt?

Fakt ist: Ghostwriter verlieben sich oft in ihre Geister.

Fakt ist: Wie Biographen entwickeln sie eine Besessenheit für ihren Stoff. Schon bald können sie keine klare Grenze zwischen ihrem Leben und dem Leben des Menschen mehr ziehen, den sie als Thema gewählt haben. Viele Ghostwriter glauben, daß sie die einzig wahre Autorität zu ihrem Thema sind, nicht die Geister selbst. Sie neigen dazu, gereizt zu reagieren, wenn ihr Thema ihnen widerspricht.

INNENRAUM

Als ich letzte Nacht betrunken einschlief, neben mir Colman, der sich zusammengerollt hatte, dämmerte es mir. Es machte sie an. Sich als Mann zu verkleiden und Trompete zu spielen machte sie an. Es ist viel darüber geredet worden, daß Joss Moody einfach nur Trompete spielen wollte. In den Artikeln wurde berichtet, daß es in den fünfziger Jahren keine Jazzmusikerinnen gab. Es gab unterschwellige Sympathiebekundungen. Von sehr verständnisvollen Leuten.

Was aber würden diese Leute sagen, wenn sie hörten, daß es nichts und doch alles mit der Trompete zu tun hatte? Wären sie immer noch so verständnisvoll? Sie trug diese Bandagen gern, oder? Sie liebte diese ganze Verkleidung. Legte jeden herein. Ging aufs Herrenklo. Das hat sie doch angemacht, oder? Ihre Haare anzuklatschen. Ein neues Männerhemd zu kaufen und die winzig kleinen Nadeln herauszulösen. Das Rasieren. Das Einseifen.

Am meisten aber liebte sie die Macht: die Art und Weise, in der Frauen und Männer sie behandelten. Sie muß diesen Gang geübt haben. Ich habe ein Video von ihr. Sie hat diesen Gang gut einstudiert. Sie erwachte nicht eines Morgens und beschloß, ein Mann zu sein. Sie muß es vorher geübt haben. Es kann ihr nicht leicht gefallen sein, es zu verbergen. Es war anstrengend. Wenn ich etwas zu verbergen habe, bin ich ängstlicher als sonst. Bei jedem Betrug schlägt mein Herz schneller. Sie ist umgezogen, nicht wahr? Sie zog weg aus Greenock, wurde dann ein Mann. Mußte eine größere Stadt finden, erst Glasgow, dann London. Sie konnte den Kontakt zu ihrer Mutter bald nicht mehr riskieren. Wann hat Edith Moore ihre Tochter zum letzten Mal gesehen? Ich hoffe, Colman hat daran gedacht, sie zu fragen. Sie hat diesen Gang einstudiert. Diesen coolen Blick. Klar, sie spielte gern Trompete, aber es steckte mehr dahinter. Sie war gern ein Mann. Ganz einfach.

Mag sein, daß die Öffentlichkeit Perverse haßt, aber sie liest nur allzugern über sie. Weshalb? Weil jeder ein bißchen pervers ist. Jeder lebt sein Leben mit einem Stück Perversion in sich, das unaussprechlich, verstohlen, verabscheuenswert ist. Ich weiß das. Auch ich habe meine Leichen im Keller. Für Sarah gilt das auch, sie gibt es bloß nicht zu. Es gibt einige Dinge, über die in der Familie nie gesprochen wird.

Als ich um 7.10 Uhr aufwache, ist Colman weg. Ich habe nichts davon gemerkt. Ich stehe auf und sehe mich in dem verwüsteten Zimmer um. Betrachte die Flaschen und Gläser und meine peinlich gefalteten Sachen auf dem Stuhl. Ich kann mich nicht erinnern, sie gefaltet zu haben. Auf der Kommode liegt ein Zettel. »Geht nicht. Tut mir leid, Kumpel, Colman.« Ich packe den Zettel und zerknülle ihn zu einer Kugel, einer festen Papierkugel. Ich ziele auf den Papierkorb. Arschloch. Verdammtes Arschloch.

Ich drehe den Wasserhahn im Bad auf. *Kumpel.* Er will mich demütigen. Er weiß, er kann nicht mehr zurück. Es steht zuviel auf dem Spiel. Und ich würde mich lächerlich machen. Ich habe allen von diesem Buch erzählt. Die Sache mit ihm bringe ich später in Ordnung. Es war nur der Alkohol. Nur der Alkohol, nicht wir. Ich hätte nicht zulassen dürfen, daß wir soviel trinken. Er sollte eigentlich reden statt gehen. Wahrscheinlich schläft er jetzt nebenan. Besser, er schläft sich aus.

Als ich vor zehn Wochen das Bestattungsinstitut in Nordlondon aufsuchte, in dem er aufgebahrt lag, fand ich heraus, daß mein Vater eine Frau war. Zu sagen, ich war erstaunt, ist viel zu milde ausgedrückt. Ich erlitt einen tiefen Schock. Ich fühlte mich betrogen. Ich konnte es wirklich nicht glauben, doch es stimmte. Jeder konnte sehen, daß es sich um den Körper einer Frau handelte. An dem Menschen, den ich als meinen Vater betrachtet hatte, wirkten die Brüste und das Schamhaar ekelerregend. Krankhaft. Er hätte sich ebenso gut in einen Albino verwandeln können, das hätte mich weniger schockiert. Sein Schamhaar und die Brüste sahen grotesk aus, monströs. Ich war so entsetzt über den Anblick und meine Reaktion, daß ich beschloß, ein Buch darüber zu schreiben.

Ich dachte, ein Buch würde auch anderen Menschen helfen. Ich weiß, nur wenige Menschen werden je in meine Lage geraten (wer nicht, kann sich glücklich schätzen), andererseits stoßen vielen Menschen ungewöhnliche Dinge zu. Jeder, dem etwas so Außerordentliches passiert ist, wird sich in diesem Buch wiederfinden. Ich mußte dieses Buch schreiben, um meinen Vater und gleichzeitig auch mich selbst zu verstehen.

Ich überfliege, was ich geschrieben habe. Es ist eine Rohfassung, aber sie gefällt mir. Gute Idee, Colman »er« sagen zu lassen, das macht er in Wirklichkeit auch. Nach dem Frühstück werde ich noch ein bißchen dran arbeiten, das eine oder andere Wort ändern. Vielleicht dieses »wer nicht, kann sich glücklich schätzen« streichen. Colman muß daran erkennen, daß ich nicht die übliche Klatschgeschichte schreibe, daß ich nicht die Ghostwriterin des Grauens bin. Auch ich bin empfindsam. Vermutlich fühlt er sich geschmeichelt, weil Sophie ihn so gut versteht. Ich bin in ihm drin. Ist das nicht ein Jazzsong? Könnte der Titel sein. Ja! Ich recke triumphierend die Faust. Das ist es, wenn das ganze Buch aus Colmans Sicht geschrieben wird. *Under my skin.* Absolut brillant. Das werde ich ihm vorschlagen. Später, bei einer guten Flasche Wein und einem anständigen Essen. Heute abend könnten wir das Thai-Restaurant ausprobieren. Er ist bestimmt überrascht, daß ich überhaupt noch mit ihm rede. Ich werde Colman vermissen, wenn das Buch fertig ist. Diesen blöden Cole und seinen albernen Zettel!

HAUS UND HEIM

Die Möwen fliegen in V-Formation. Eine von ihnen rebelliert und fliegt in die andere Richtung. Ich folge ihr mit den Augen. Der Himmel ist ausgebleicht. Es ist windig. Ich nehme den Küstenpfad hinunter nach Kepper, unter mir das Meer. Mit diesem Meer bin ich alt geworden. Der Wind zeigt sich als wilder Tanzpartner des Meeres. Er beißt in mein Gesicht, kneift mich in den Nacken. Ich weiß noch, wie ich Colmans kleine Hand festhielt und mit ihm auf eben diesem Weg ins Dorf hinunterging. Ich weiß noch, daß ich am Ende immer sein Fischernetz tragen mußte. Ob er sich wohl daran erinnert?

Als die Zeitschriften anfangs ihre schrecklichen Lügen druckten, fühlte ich mich kraftlos. Ich war entsetzt über das, was ich las. Ich stellte mir vor, daß alle Leute, die ich kannte, diese Schlagzeilen lasen. Ich stellte mir vor, daß Joss sie las. In jenen ersten drei Tagen hatte ich das Gefühl, mein Leben läge in Scherben. Nicht nur durch den Tod von Joss, auch durch die Berichterstattung darüber. Inzwischen haben sich die Zeitungsartikel jedoch wie Geier auf dem nächsten Aas niedergelassen, ich bin eine Nachricht von gestern. Falls Colman dieses Buch macht, wird alles wieder ans Licht gezerrt werden. Das kann ich nicht zulassen. Ich muß etwas dagegen tun. Ich habe Colman geschrieben, daß ich ihn nie wiedersehen will, wenn er dieses Buch macht. Auch an Sophie Stones habe ich geschrieben, damit sie weiß, daß ich meine Anwälte einschalten werde, falls sie an diesem Buch weiterarbeitet. »Was würden Ihre Eltern denken, wenn Sie gegen den Willen der Hinterbliebenen ein Buch schreiben? Sie würden es sicher nicht gutheißen«, habe ich geschrieben. Ich habe mir gedacht, wenn sie überhaupt irgendeine

Erziehung genossen hat, wird ihr das zu denken geben. Die beiden weißen Briefumschläge habe ich an das Hotel in Glasgow adressiert.

»Wie geht es Ihnen, Mrs. Moody?« fragt mich Mrs. McGonigal im Postamt.

»Mir geht es gut.« Ich schiebe meine Briefe unter der Trennscheibe hindurch.

Ich habe heute morgen einen schönen Brief bekommen, den unsere Sekretärin an mich weitergeleitet hat. Einen wunderbaren Brief von einer Gruppe Jazzmusikerinnen, die eine Band gründen wollen. Sie wollen sie die Joss Moody Memorial Band nennen. Das hat mir Hoffnung gemacht. Ich bin mir nicht sicher, ob Joss die Idee gefallen hätte. Mir gefällt sie jedenfalls.

REISE:

Die Küstenstraße

Der Nahverkehrsbus folgt der alten Küstenstraße bis Lair. Das Meer liegt rechts von ihm. Er sitzt am Fenster, schaut hinaus. Es ist so lange her, seit er diese Straße entlanggefahren ist. Er erkennt die Umrisse der fernen Hügel. Die Riesenstirn, den Langen Finger, den Schlafenden Hasen. Das ist schon der dritte Bus, in dem er heute fährt. Von der Buchanan-Busstation in Glasgow nach St. Andrews, von St. Andrews nach Pittenweem, von Pittenweem nach Kepper.

In St. Andrews mußte er eine Stunde auf den nächsten Bus warten. Er hat Bruce Savage, den Metzger, angerufen.

»Ach, Colman, Colman, wie geht es dir denn?« fragte Bruce. »Das mit deinem Vater tut mir leid.«

Er war der erste Mensch, der es Colman mit so einfachen Worten sagte. Es überraschte ihn. »Könnten Sie meiner Mutter eine Nachricht zukommen lassen?« erkundigte sich Colman. »Könnten Sie ihr sagen, daß ich allein zu ihr unterwegs bin? Mein Bus kommt um zwanzig nach vier an.«

»Klar, kein Problem«, sagte Bruce.

»Vielen Dank. Sie muß unbedingt wissen, daß ich allein komme, in Ordnung?«

»Allein. Ich habe verstanden«, antwortete Bruce lachend. »Was ist denn passiert? Hat dir jemand das Herz gebrochen?«

Der Bus fährt durch eine enge Kurve, sie sind auf der anderen Seite des Hafens. In der Ferne sieht er Kepper liegen. Sein Gesicht ist nah am Busfenster. Derselbe alte Fischerhafen, in dem er als Junge zahllose Stunden verbracht hat. Sein Vater und er und Angus im alten Ruderboot. Das Warten, bis die Schnur zuckte und ruckte, das Öffnen der Dose mit Maden oder frischen Ködern, das Befestigen der Korken und Fliegen an der Schnur, die Auswahl der Haken. Das Taumeln bei der seltsamen Empfindung, wenn er mit seinem Schlegel auf den Fang einschlug. Manchmal sprang ihm der Fisch aus der Hand und flutschte über Bord, selbst wenn er schon tot war. Dieses nachträgliche Erschauern der Fische verblüffte ihn noch immer. Er und Angus und sein Vater saßen schweigend da. Schwiegen wegen der Fische, wollten den großen Fang anlocken. Das besondere Schweigen von Fischern. Er kann jetzt seinen Vater sehen, wie er den Dreipfünder am Schwanz hochhebt und von einem Ohr zum anderen grinst. »Ich hab' ihn«, sagt sein Vater.

Er holt den Brief seines Vaters hervor. »Erst nach meinem Tod öffnen.« Er holt tief Luft. Er ist bereit dafür. Was immer es ist, er ist bereit. Vorsichtig öffnet er ihn. Ein langer Brief. Muß eine Weile gedauert haben, ihn zu schreiben.

LETZTE WORTE

Weißt du noch, du wolltest die Geschichte meines Vaters hören. Ich habe dir gesagt, seine Geschichte könne die Geschichte jedes schwarzen Mannes sein, der aus Afrika nach Schottland kam. Ich sagte dir, seine Geschichte sei die der Diaspora. Jede Geschichte mündet in denselben Fluß, und dieser Fluß fließt ins Meer. Aber jetzt, wo ich sterbe, habe ich meine Meinung geändert. Es ist nicht nur das Fieber. Ich schwitze nicht nur. Ich leuchte mir selbst heim. Weil er mir die Geschichte erzählt hat, sehe ich ihn so deutlich, als sei ich selbst dort.

Mein Vater kam tatsächlich von einem Schiff, geradewegs in eine dicke Nebelbrühe; die Einheimischen nannten so was eine »richtige Erbsensuppe«. Er hatte nie zuvor Nebel gesehen. Die Luft fühlte sich auf seiner Haut feucht und unheimlich an, und er fror. Ein Geisterland. Menschen und Wetter in Unsicherheit gehüllt. Schattenmenschen, dachte er, ohne Substanz, ohne Farbe. Er war ein Junge voller Ängste. Damals war das Leben etwas, das ihm zustieß. Andere Leute zogen die Fäden, und er bewegte wie eine Marionette die Glieder. Dieses neue Land war ein kalter Geist mit kalten Fingern, die seine Wangen nach Wärme abtasteten. Es war, als sei er von diesem Schiff ins Nichts gelangt, als könne ihn die fremde graue Luft ganz und gar verschlingen.

Es war um die Jahrhundertwende. Er sagte, um eine Jahrhundertwende kann man sehen, wie sich die alten Leute zurückwenden und die jungen nach vorn wirbeln und drängen. Wenn ein neues Jahrhundert beginnt, dreht sich jeder wie in einem fortwährenden Reigen. Manche schlagen eine neue Seite auf, manche drücken ein Auge zu, verschließen die Ohren, manche drehen den langen Spieß um, manche gleiten zurück, der alten Landzunge entgegen. Wenn sich das Pendel des großen Stundenzeigers an der alten Uhr nach vorn bewegt, drückt jemand es immer wieder zurück. Jemand, der den Fortschritt ablehnt oder darüber verärgert ist oder meint, jede Veränderung sei falsch. Jemand, der spürt, daß es an der Zeit ist, die Sanduhr umzudrehen. Wenn ein neues Jahrhundert beginnt, juckt es manchen Leuten in den Fingern, sie wollen betrügen, desertieren, flüchten. Die Überläufer in ihren langen schwarzen Mänteln schreiten der Jahrhundertwende langsam entgegen. Das neue Jahrhundert bricht an wie ein wildes Wesen im Sturm, das mit nassem Gesicht am Ufer auftaucht.

Als mein Vater um die Jahrhundertwende in Schottland eintraf, drängten sich die Einheimischen mit den langen, bleichen Gesichtern und langen, dunklen Mänteln aneinander. Sie standen zusammengedrängt an der Felswand des Hafens; es sah aus, als seien sie dem Fels entwachsen. Sie bewegten sich kaum. Stocksteife Menschen, aus Klippen gemeißelt. Das gigantische, ankernde Schiff ragte vor ihnen auf. Mein Vater schaute zurück. Seltsam, wie unbeweglich soeben eingelaufene Schiffe im Hafen aussehen. Er konnte kaum glauben, daß ihn das riesige Schiff hergebracht hatte. Es wirkte wie ein ungeheurer Roman, dessen Buchstaben in Kursivschrift wie ein epischer Titel an der Seite prangten: *HMS Spiteful*. Je näher er auf die Menschen zuging, die darauf warteten, daß sich die Passagiere über den Hafen ergossen, desto unwirklicher wurden sie. Ihre weiße Haut glich der durchscheinenden Haut von Gespenstern. Diese Leute sahen aus, als würden sie nie diejenigen finden, auf die sie warteten; die Gestrauchelten und die Verlorenen, die in ihre Hände bliesen, um sie zu beleben. Sie standen schon eine Ewigkeit in diesem verschwiegenen Wetter, mit blutleeren Wangen. Mein Vater pflegte zu scherzen, diese Leute *seien* das vergangene Jahrhundert.

Als er sie durch den geisterhaften Nebel erblickte, eine Hand oder einen Stiefel, einen Hut oder eine Schulter aufblitzen sah, jemanden bemerkte, der sich im Nebel mit der Faust übers Gesicht fuhr, fühlte mein Vater sich körperlos. Sein eigener Körper war vom Nebel aufgelöst; sein linker Arm fehlte, sein linker Schuh. Aus der Nähe betrachtet, gewannen die Leute an Kontur, enthüllten etwas Wirkliches. Diesen ersten Empfang vergaß er nie. Er sagte, wenn er die Augen schließe, könne er es noch immer sehen. Seltsam, wie sein Gedächtnis immer wieder zurückwanderte, um Nebel, Dunst, Körperlosigkeit einzufangen. »Das Gedächtnis ist etwas Komisches«, sagte er mehr als einmal zu mir. »Es fängt ein, was man nicht erwartet, das Glitschige, Flüchtige, den Geschmack feuchter Luft.« Aber an das, woran er sich erinnern wollte, konnte er sich nicht erinnern. Er las viele Bücher in der Hoffnung, sie würden ihn an das erinnern, woran er sich erinnern wollte: den heißen Staub auf der roten Straße, den Jakarandabaum, den warmen Atem seiner Mutter an seinem Hals. »Das Problem mit der Vergangenheit besteht darin, daß man nicht mehr weiß, woran man sich erinnern könnte«, sagte mein Vater. »Für mich ist mein eigenes Land mehr oder weniger verloren, ist in einer dunklen, dunklen Nacht im Meer ertrunken. Manchmal«, sagte er und beugte sich vor, als wolle er mir eine Geistergeschichte erzählen, »manchmal glaubst du, dein eigenes Land heule im Sturm, sei kurz vor dem Ertrinken. Mein Land, mein eigenes Land, wird mich immer verfolgen«, sagte mein Vater.

Mein Vater wuchs in Schottland auf. Das Schicksal ist schön und schrecklich zugleich. Als mein Vater sechs war, überredete sein Vater einen schottischen Kapitän, den Jungen mit nach Schottland zu nehmen und dort für seine Ausbildung zu sorgen. Als das Schiff in Greenock in der Nähe von Glasgow einlief, wurde er von Robert Duncan-Brae erwartet. Dieser kannte den Kapitän und die Mannschaft der *HMS Spiteful* und bot ihnen an, meinen Vater bei sich aufzunehmen. Das Leben sei wie ein Blitz, der sich gabelt, sagte er. Er konnte genau erkennen, wo sich sein bisheriges Leben deutlich vom kommenden trennte und eine neue Zukunft vor ihm aufflammte.

Mein Vater fuhr zum ersten Mal in einer Pferdekutsche. Zunächst konnte er das Pferd gar nicht erkennen. Es war eine Phantasiegestalt, halb verborgen im Nebel; nie würde er den Klang der Hufe vergessen, mit denen es ungeduldig auf das Straßenpflaster stampfte. Er hörte, wie das Pferd sich schüttelte und schnaubte und seinen Riesenkopf zu den Göttern emporwarf. Das Pferd hatte Zügel ums Gesicht, an denen der Mann auf der Kutsche dauernd zog. Die Duncan-Braes waren eine vornehme Familie. Mr. Duncan-Brae half meinem Vater in die Kutsche, und er schlief beim Hufgetrappel auf der Straße sofort ein. Es war wie ein Trommelrhythmus. Wie Musik, die er schon kannte.

Im großen Haus angelangt, bekam er eine Schale Porridge. Der sah aus wie klumpiger Nebel. Hungrig, wie er war, schlang er ihn mit einem Löffel hinunter. Er schmeckte nach gar nichts. Er schaufelte ihn in sich hinein. Man legte ihn in ein Bett und ließ ihn sehr lange schlafen. Die Duncan-Braes waren nicht unfreundlich zu meinem Vater. Aber er vermißte seine Mutter, sein Land, sein Mutterland. Mein Vater hatte eine wunderschöne Singstimme und konnte beinahe jedes Lied, das ich mir wünschte, aus dem Gedächtnis singen. Wann immer er ein schottisches Volkslied sang, trat dieser abwesende Ausdruck in sein Gesicht. *Heil Ya Ho, boys, Let her go, boys, Swing her head round, And all together.*

Ich habe noch nie gehört, daß es einer Familie mit Doppelnamen an Kleingeld gefehlt hätte. Mein Vater wurde Diener bei den Duncan-Braes. Er polierte Mr. Duncan-Braes Schuhe, bis sich sein dunkles Gesicht darin spiegelte. Er putzte das Silber, polierte das dunkle Holz, wischte den harten Küchenboden. Er staubte die zahlreichen Bücher in Mr. Duncan-Braes Bibliothek ab. Er brachte sich selbst das Lesen bei. Er liebte die Welt der Bücher, schwelgte in Sprache, versuchte sich an neuen Wörtern, selbst wenn er sie falsch aussprach. Er wußte noch, wie er endlos den Satz »Das ist eine vollkommene Meisterleistung« wiederholte. Der Köchin gefiel seine vornehme schwarze Zunge nicht. Sie schmorte in ihrer Unterlegenheit, pflegte er zu sagen. Tatsächlich jagte seine Beredtheit ihr Angst ein. Wie konnte er sich mit seinen scharf geschwungenen Worten, die wie ihre Tranchiermesser blitzten, in der Küche herumtreiben? Er wurde sein Dienstbotendasein leid. Er verstand sich nicht mit der Köchin. Als er achtzehn war, verkündete er Mrs. Duncan-Brae, er wolle weggehen.

»Missus, ich wäre gern Maler«, sagte er. Auf der langen Schiffsreise nach Schottland hatte er einige Kabinentüren gestrichen, was ihm gut gefallen hatte. Daher verließ er den Haushalt der Duncan-Braes und wurde Lehrling bei einem Anstreicher in Dundee. Er fand ein gutes Auskommen in seinem Handwerk. Jemand hat ein Bild von meinem Vater gemalt, das ich dir mit dem ganzen Kleinkram hinterlasse. Es heißt *Mumbo Jumbo*, und über diesen Titel bin ich wütender gewesen als über irgend etwas sonst in meinem Leben. Sogar der Name, den man ihm gab, John Moore, war nicht sein ursprünglicher Name.

So ist es bei uns: Wir ändern unsere Namen. Das haben wir alle gemeinsam. Wir alle haben unsere Namen geändert, du, ich, mein Vater. Alle aus verschiedenen Gründen. Vielleicht wirst du meinen eines Tages verstehen.

Mein Vater starb, als ich elf war. Ich erinnere mich an das verkniffene Gesicht meiner Mutter. Ihr furchtbares Schweigen. Ich weiß noch, wie schrecklich still es ohne ihn in unserem Haus war. Daß es entsetzliche Ähnlichkeit mit einem Traum hatte. Daß ich monatelang erwartete, ich würde aufwachen und ihn wieder lebendig vorfinden. Ich erinnere mich, wie traurig meine Mutter beim Backen war; einmal erwischte ich sie, als sie in den Teig weinte. Sie ist nie darüber hinweggekommen. Ich bin nie darüber hinweggekommen. Der Tod von John Moore hat uns beide für immer verändert. Niemand sah mich an wie er, mit leuchtenden, bewundernden Augen; niemand klatschte im Rhythmus, wenn ich tanzte und sang. Die Liebe meiner Mutter war spürbar, aber anders. Nicht wie seine. Auf der Straße fehlte mir seine schwarze Hand, an der ich mich festhalten konnte, die ich mit meiner Hand vergleichen konnte. Damals war ich allein. Ich sehe auf meine Hand und versuche, mich an die Handlinien meines Vaters zu erinnern. Sie waren dunkler als meine, seine Lebenslinie, seine Herzlinie.

Vielleicht verstehst du es, vielleicht auch nicht. Ich wußte, du würdest herkommen. Ich wußte, du würdest nach Dingen suchen. Ich habe dir alles hinterlassen, meine Briefe, Fotos, Platten, Dokumente, Urkunden. Alles ist hier. Es gehört mir und dir. Heute morgen wollte ich all das vernichten. Den ganzen Kram verbrennen. Ich habe es nicht getan, sonst hätte ich mich selbst verbrannt. Das konnte ich meiner Musik nicht antun. Vor allem aber konnte ich es dir nicht antun. Ich dachte bei mir, wer kann all das verstehen? Dann dachte ich an dich. Ich hinterlasse mich dir. Mit allem, was ich habe. Hinterlasse dir alle Briefe, die ich versteckt habe. Ich habe etwas Seltsames entdeckt, das wahrscheinlich nur ein Sterbender entdeckt – damit hast du also noch Zeit! –, ich habe entdeckt, daß die Zukunft ganz anders ist, als man glaubt. Daß unsere Sorgen zu gering sind. Es ist recht einfach: All das ist meine Vergangenheit, die Summe meiner Teile; meine Zukunft bist du. Ich werde jetzt auf eigenartige Weise dein Sohn sein. Du wirst mein Vater sein, der meine Geschichte erzählt oder auch nicht. (Ich bin nicht von gestern.) Vor ein paar Jahren noch wäre mir bei dem Gedanken, daß du dir all das ansiehst, übel geworden. Du wirst es verstehen oder auch nicht. Du wirst mich behalten oder verlieren. Du wirst mich lieben oder hassen. Du wirst mich verändern oder bewahren. Ich bin weg. Mein eigener Vater sitzt noch singend hier am Bett. Die Gegenwart ist nur ein Ruderschlag. *Heil Ya Ho, boys, Let her go, boys.*

Weißt du noch, wie du auf meinen Schultern gesessen hast? Erinnere dich daran. Erinnere dich, wie du auf meiner Trompete gespielt hast. Weißt du noch, wie wir mit Angus auf dem alten Boot gefischt haben? Ich bin albern; erinnere dich, an was du willst. Ich habe dir alles gesagt. Mein Vater kam tatsächlich von einem Schiff.

ANTEILE

Die Frau ging den Hügel hinunter zum Hafen. Der Bus war schon angekommen. Sie ging schneller. Als sie um die Ecke bog, wo die Fischerboote im Wasser dümpelten, sah sie ihn. Er kam auf sie zu. Er bewegte sich genau wie sein Vater. Ein Vogel erschreckte sie, der dicht an ihrem Kopf vorbeiflog. Es schien, als sei der Vogel aus ihr hervorgeschossen. Sie sah zu, wie er hoch in den Himmel stieg, die Flügel senkte, kurz zögerte und dann weiter hinaufstieg. Sie hörte sein Rufen im Wind, als ahme er ein Instrument nach.

Nachweis der Liedtexte